an impossible story

# 新古事記

村田喜代子

講談社

# 目次

装画　萩結
装幀　六月

# 新古事記

# 第一章

# 「あたしはベンジャミンと故郷《くに》を出た」

久しぶりに会いにきたベンジャミンがいきなり、遠い土地へ行くことになったと言い出したので、どんな土地かと聞いたら秘密なんで誰にも教えられないと答えた。

それでじつはあたしもここを抜け出したいと思っていたので、彼の行く所に一緒に行きたくなった。それは素晴らしい考えだという気がした。

あたしもついて行くと彼に言うと、彼は引っくり返りそうになったけど、あたしの気持ちはすぐしんと落ち着いて、長いこと思案したみたいに鎮まって、

「あなたが出て行くことには大賛成よ。素晴らしいわ。それであたしもその旅について行きたいんだけど、どうかしら。賛成してくれると嬉しいわ」

と言った。彼は崖っぷちに追い込まれた人間みたいに声が出なかったけど、例の薄青い眸の端に喜びの光が射すのが見えたわ。誰だって秘密の旅というものは淋しいものよ。

「しかし連れて行けるのは家族だけなんだ」

「なら家族になってもいいわ」

もうそんな時間はない、とベンジャミンは言った。向こうに仕事が待っていて、今さら教会に式を挙げに行ったり、役場に婚姻届を出す時間もなかったのだ。

「だいいち君のパパとママに、服を着替えて挨拶に行かなきゃならないだろう」

あたしは両親の顔を思い浮かべた。

あれは去年の春だったか。コーヒー豆か何かを買いに町へ出たら、サム・アリヨシの店の窓ガラスに『うちは日系ではない！』と書いた大きな紙が貼ってあった。人だかりがいっぱいできていた。けれど声を出す人は誰もいなかった。

ヒロ・ヤマグチの雑貨店の窓にも貼り紙が出ていたけど、それには殴り付けるような文字が並んでいた。

『うちの夫は第４４２連隊に入って、祖国アメリカのため戦っている！』

その年の二月にフランクリン・ルーズベルトが出した『大統領命令９０６６号』で、国防上重要な西海岸に住む日系人はただちに移転所へ入らねばならなくなった。つまり収容施設行きなのだ。それへの町の住民の抗議だった。みんなれっきとしたアメリカ国籍を持っているのに。

　家に帰って台所にいる母さんに話すと、台所の椅子に腰をおろして母さんは何も言わなかった。通りで貼り紙を見ていた人たちのように青ざめた顔をしていた。それから仕事を終えた父さんが事務所を閉めて戻ってきて、震える母さんをなだめた。

「うちは日系移民じゃないから心配はいらない。もっと以前のトクガワ将軍の時代に、この国に派遣されてきたんだ」

それは大統領令が出て以来、父さんの口癖になったのだ。あたしの眼は茶色だけど父さんのは黒い。サム・アリヨシやヒロ・ヤマグチのおじさんたちと同じ眼の色だ。

「わが家は移民の会にも入ってないし、この町の誰もうちの家の素性のことは知らないんだ」

「でも役所にはお義父さんの代の記録があるんでしょ」

と母さんは不安そうに言う。

「何、どんな記録だって？　うちの父さんはトクガワの将軍の軍艦に乗ってこの国にやってきて、任務を終えるとまたその艦であの小さい島に帰って行ったんだ」

暮れかかった台所は息が詰まる静けさだった。

あんた、聞いた？

と母さんは口には出さないであたしの顔を見た。

聞いたわ。

あたしも無言でうなずいた。

母さんは椅子から立ち上がると、腰に片手を当てて父さんのほうへ向き直り、

「それならこの国に残った十八歳の水夫は何者なの？　わかっているでしょう、あなたのお父さんよ」

しっ、大きな声を出すな、と父さんが外を見て言った。

とりあえず当面いる服と着替えや、洗面道具とか日記帳とか、あたしが家を出るとき旅行鞄に詰めたのは、日系人収容施設に入る人たちが急かされてやった支度と同じようなものだ。さし当たって向こうに行けば食べる物と寝る所はある。その条件は似ていた。

一九四三年五月初めのある朝だった。

ベンジャミンとあたしは鉄道の駅に行った。

故郷のカリフォルニアを出て東へ向かう。ベンはサンフランシスコ駅からニューメキシコのアルバカーキまでの切符を買っていた。父さんと母さんが車で駅まで送ってくれた。

「うちには日系の痕跡はないんだからな。おれたちのことは心配するな」

お祖父さんはあたしが生まれるずっと以前、五十年も前に亡くなったのだ。

「それでも危なくなってきそうだったら、しばらく東部の叔父さんの所に行ってるわ」

母さんの弟は東部のペンシルベニアで農園をやっている。この嫌な戦争が終わるまで田舎の仕事もいいかもしれない。手を振る両親の姿を見ていると、思い出が後ずさりするみたいに小さくなった。

ニューメキシコ行きの汽車に乗ると白人の英語に交じって、スペイン語が流れてくる。白い人と浅黒い人。真っ黒な顔もいて黄色いアジアの人もいる。合衆国のもとをたどるとインディオの人たちを除いて、みんなどこかの国からきているのに、ルーズベルトはどうして日系だけを嫌うのだろう。

日系が本土空襲の手引きをしかけたっていうけど、それは日系に限ったことじゃないらしい。ドイツやイタリア移民にも密告者がいるって聞いた。ベンの肩にもたれてうとうとしていると、スペイン語が調子の高い歌声みたいに聞こえる。ときどき汽車が停まると靴音が出て行き、また次の歌声の人たちが乗ってきた。

汽車は東へ東へ走って行き、あたしの眼が覚めるたびにあたしのカリフォルニアが飛び去っていく。

窓の景色が内陸の山と平原に変った頃、あたしは本を読んでいるベンに外を見るように声をかけた。ベンはちょっと顔を上げただけで、また本に眼を戻して読みふける。アリゾナの空は突きぬけるように高く広く、いろんな形の雲が湧き出ていた。動くのは空だけで下界の山々は身じろぎもしない。ニューヨークの学校に行ったベンと違って、あたしは生まれて初めて生まれ故郷のカリフォルニアの外へ出た。

日が暮れると途中の駅で待っていた寝台車に乗り換えた。耳の中でずっと汽笛が鳴っていた。ガラガラに空いた小部屋の一つに入って腰をおろして、あたしたちがサンドイッチの包みをひらいたとき、通路に何人かの靴音が流れてきた。

ふた組の男女が通りかかった。二人の男は帽子をかぶり、スーツに身を包んでいた。金縁メガネの五十代くらいの人物と、もう一人はひとまわりほど若い紳士だった。どことなく彫りの深い顔立ちだ。二人の女は控えめな服にも隠せない華やかさを忍ばせていた。四人はあたしの聞いたことのない言葉で話し合った。横を通るときにあたしがふと顔を上げたので彼女たちと否応なく眼が合った。思わず会釈すると女の一人があたしに微笑みを送ったのだ。

「さっきの汽車でお会いしましたわね」

今度は流暢な英語だった。

「白人のあなた方にお会いして、ずいぶんホッとしましたのよ。わたしたち、とんでもないよその国に迷い込んだようでしたもの」

「ええ、本当に」

ともう一人の女性もうなずいて言った。それで辺りの空気がやわらいだとき、向かいに座っていたベンが弾けるように立ち上がった。

「べ、ベーテ博士……」

と言いかけて、

「失礼しました。人違いです」

ベンと二人の男はそれとなく辺りを見まわした。夜更けの寝台車には人影がない。

「君たちもあそこへ行くのですか」

と金縁メガネをかけた年上の男に聞かれて、ベンは直立したまま「はい、そうです教授！」と低い声で答えた。

その夜、ベンとあたしはメガネの教授に誘われて、彼らの小部屋に招かれた。


夜が明けると汽車は雄大な平原を走っていた。

食堂車のテーブルでメガネの教授が話した。

「ここは百年くらい前までよその国だった。スペインから独立したメキシコでね、それからアメリカ領になったのは百年くらい前のことだね」

だからこのあたりの土地には歴史があるのだと言う。住民の中でも人口が多いヒスパニック系は合衆国では新参のほうで、いちばん古参の人々はアパッチやナバホ族なのだという。わが者顔をした白人より百年もそれ以上も前から、インディオはこの国の大地に棲み着いた。

するといま問題になっている日系人はいちばんの新参者だった。父さんはうちはトクガワ将軍の時代だったから、そこらの日系より四十年くらいも前でルーツが違うと言うけど、そんなのは、ほんの爪の先っぽの話だ。差別好きのルーズベルト大統領は汽車に乗ってここへくるべきだ。ヒスパニックもアジアもアパッチもナバホも、ここでは少数派の黒人もみんな普通に暮らしている。

昼過ぎ、ガランとした車内にまた一組の白人の男女が乗り込んだ。これもまたどことなく学者風の中年の男とその妻らしかった。何だかベンとあたしも若い夫婦に見られているような感じがする。メガネの教授が声をかけた。三組は顔見知りらしかった。握手を交わし再会を喜び合う。

可哀想にベンは遅れて乗ってきた男の顔を見ると、ひどく緊張して挨拶した。若い研究者の彼はどっちを向いても憧れと畏敬とで頭が上がらないようだった。自己紹介をして握手を交わすと、ベンはそっと溜息をついて隣の無人の車両にあたしを誘った。

「最初の二組はドイツからきた学者だ。今入ってきた人物はイタリアからきた学者なんだ」

「有名な方なのね」

「世界的学者だからね。メガネの教授もそうだよ」

少しかすれた声で彼は言った。ということは、とあたしは考える。ここにいる彼らも外国人でよそ者ということだ。偉くて有名なよそ者なのだ。

あたしは首をかしげてベンを見た。

「そんな凄い人物ばっかりやってきて、いったい今から行く所で何をしようというの」

「決まってるだろ？　ぼくらが頭を寄せ合ってすることと言えば」

と学者の末席を認めるベンジャミンは言った。

「勉強以外に何がある」


アルバカーキの小さな駅に着いた。

汽車が止まって、ガクンと揺れたときあたしは眼を覚ました。ホームへ降りてそれから駅の外へ出たときに、もしか居眠りしていた間に国境を飛び越えてしまったんじゃないかと動顛した。懐かしいアメリカの町はもう跡形なく消え去って、乾ききったメキシコかどこかの片田舎に入り込んだようだった。

道行く男は浅黒い顔に真っ黒な髭をもじゃもじゃと生やし、女たちは深紅や原色の服の胸を高々とそびえさせている。誰も彼も射貫くような黒い眸に誇りを込めて、あたしたちを眺めていた。何だ、こいつら、と言う風に。

あたしたちの金や茶髪の白い顔はぺらぺらの薄っぺらでなんて頼りないことか。インディオの誇り高い容貌に較べたら、たとえ学者たちだって敵わない。

文明から離れた遠い土地にきたんだと、あたしは思った。ここが最終目的地に一番近い町だった。

その目的地は空の彼方にあった。軍用車の運転手が高い岩峰の連らなりを指差した。標高九百フィート級の岩だらけの山脈の中に入って行くのだった。

レストランで跳び上がりそうに辛い唐辛子入りの炒め飯を食べると、いよいよ出発ということになる。これから行く場所は高地なので高齢者とご婦人方は気をつけてと念を押される。金縁メガネのドイツ人学者が心配ないと答えた。

「ここには何度かきている。あそこを開いたのはぼくらだ」

二台のジープに分かれて発進した。

不思議な形をした岩の山々が、次々に生きものみたいに岩壁の向こうから現れる。夕焼け色が染み込んだような赤い色の岩山があった。小麦粉をふりまいたようなキラキラと輝く白い山もあった。真っ黒いタールを塗りつけたような怖ろしい山もあった。それらの赤や白や黒の岩山は腕をふり上げたり、足をけり上げたりしたような格好もあった。

獣みたいなのも神像みたいなのもある。どれもみんな生きて一瞬動いたまま固まったようで、この岩山が動かないのがひどく理不尽なことに思えてきた。

「素晴らしい天地創造の業《わざ》だ。ぼくはいまだ神なるものを見たことはないが、これらを造ったのが神というなら、これらを造ったもののみを、仮に神という言葉で呼ぶことにしてもよかろう」

何を言ってるのだろう。

「すると偉大なのは自然か？　神か？」

とイタリアの学者が口をはさみ、

「自然はおのずからなる力の内に、かくなる現象を発動せしめるのだから、むろん自然だろう。神とは自然の影法師のことをいう」

奥さんたちはもう知らないふりをしていた。もうこの点に関しては愛想を尽かしているみたいだった。あたしのベンはどうなんだろうと思う。学者の卵だから同じ気持ちなんだろうか。あたしはこんな岩山を粘土みたいに捏ねてこしらえた暴れ者の神を信じてもいいと思う。

「この辺りは白亜紀の階段状地層でね」

と金縁メガネじゃないほうの学者が言った。

「その頃、ここは海底だった。弱い地層はしだいに崩れていって、長い歳月をかけて造形の手が加えられていったんだな」

彼らはみんなといるときは英語でしゃべるようだ。

「ということは旧約聖書の神は今もお仕事中なのね」

「急ぐこともないだろう。太陽はまだ五十億年ほどは燃え続けるだろうから、地球の寿命もそのくらいは残っている」

「有り難いこと」

奥さんがそっと笑った。

メサの頂上に着いたのは昼過ぎだった。

燃え疲れた太陽が傾きかけていた。まるいテーブルが一つ、空中に浮いていた。メサというのは台形の岩山のことだった。

ここは誰にも知られてはいけない場所だ。軍の機密で「Ｙ地」と呼ばれて、合衆国のどの州にも属していない。

「いいね、以下にのべる三つのことを忘れないように」

メガネの教授が神のように大仰な身振りで説教した。

「一つ、君らの両親がいくら聞いてもこの場所を教えてはいけない。二つ、われわれはこの現象世界から姿を消して、今日からＹ地の住民となるのだ。そして三つ、もとの世界と通じる窓口は郵便局の「私書箱１６６３号」であることを忘れないように」

奥さんたちは笑みをがまんして黙っていた。

頭に張り付くほど天が間近にある。標高のせいで空気が乾き澄み切ってヒリヒリ痛いほど。地面と空との距離感がないのだ。太陽は空の真上で燃えていて、きらきらと火の粉を振りまいている。

教授の言う現象世界とは、つまりこのすべての暑苦しい世界のことだろうか。頭の上は空だけで前後左右は宙空で、すごく下のほうにリオ・グランデ河の川床が見おろせる。痩せてひねくれた松の木の林と、ずっと向こうには岩の連山と赤い砂漠がどこまでも続いている。

こんなカラッポの景色は初めて。Y地の研究所はそのカラッポにちゃちな鉄条網を張り巡らせ、その中には陽に当たり過ぎて干涸らびたような道路が何本か通って、そこに半円形の屋根や、菓子箱みたいな四角形、長方形の木造の建築中の建物がポツン、ポツンとばらまかれている。

ゲートの前でベンとあたしは車を降りた。三組の学者夫婦は車に乗ったままゲートの中へ入っていった。あの粗末で小さな建物のどれかで彼らは生活する。電話もラジオもない静かな日々を味わうのだ。

メサの台地は広すぎて、どちらを向いても真っ直ぐ見渡せるほど。

「実験物理学の方の建物はまだ基礎工事もできてない」

とベンジャミンが言った。

「でも、ぼくらの理論物理の方は建物などなくてもやれる。紙と鉛筆が一本あればいい。今日から仕事ができるんだ」

車に手を振ってベンとあたしは鉄条網に沿って歩き出した。五百ヤードほど先に板壁の小さな白い建物が見える。白ペンキを塗った扉の上に板の看板が掛かっていた。

『ジム・オッタヴィアン動物医院』

台地の上の建物はどれも急ごしらえの殺風景で、すべて木造だ。玄関の前に陶器で作られた実物大のペキニーズとテリアが、『WELCOME!』と書いた板切れを両端からくわえて座っていた。犬たちはミッキーマウスみたいな丸い目で笑っているようだった。

あたしはその犬の顔を見るとふと涙ぐみそうになった。どんな地の涯か知らなかったが、やっと今ここへ着くことができた。呼び鈴がないので勝手に中へ入って声をかけると、上がり口に積み上げた引っ越し荷物の木箱の後ろから、白衣のボタンがはち切れそうな太った人物が現れた。

「ああ、看護婦かね。上がって上がって」

と忙しそうに手招きする。

「電話でお話しした受付係の娘です」

とベンが言った。

「薬剤師じゃないのか。何でもいいから入ってくれ」

言われるままに中に入ってみると、辺りは荷解きのすまない木箱だらけで薄暗かった。ベンは手伝わされそうな不穏な気配を察してか、後から電話をするからと手真似で示すと気がかりそうな顔で出て行った。

彼は早くゲートに入って、さっさと独身寮の入寮手続きをすまさねばならなかった。

ベンが去ってあたしが旅行鞄を提げて突っ立っていると、オッタヴィアン先生がまた奥から顔を出して、

「委託犬の給餌を頼む」

と診察室の向こうのドアを指差して引っこんだ。イタクケン？　キュウジ？　理解できない言葉だった。看護婦や薬剤師はどうしたの。みんなまだこのメサには到着してなくて、先生は孤軍奮闘で荷物の片付けに掛かりきっている様子である。あたしは先生が指さした診察室の奥のドアを開けてみた。

そこには七個のケージが置かれていた。金網の檻に閉じ込められた小さい眸が一斉にあたしを見上げた。部屋はしんとなった。犬は賢い。茶色のチワワが一匹、白と黒と茶のビーグルが二匹、白い巻き毛のコッカスパニエルが一匹、あと雑種の中型犬が三匹。犬とあたしは視線を交わした。

あたしは部屋の木箱の一つを開けた。犬の餌の缶詰めがぎっしりと入っていた。給餌用のアルマイトの皿も詰めてある。選ぶ余裕もなくて適当に缶詰めをあけて皿に入れた。

ケージを開けると犬たちが皿に飛びかかった。

「待て」とあたしは声をかけた。躾の入った犬たちは餌の皿に突っ込んだ顔を上げて、ぷるぷる震えながら「待て」をした。老犬になって逝ったわが家のリンドバーグを思い出した。耳もお尻も前足もぷるぷる震えて待っている。

「よし」

で飛びついた。ポリポリ、ガシガシと興奮に震えながら食べる。ウー、ウー、息が漏れる。おなかが空いている証拠だった。小さいのも大きいのも皿に頭を突っ込んでいる。あたしはじっと犬たちの様子を見るうち、自分の気持ちも落ち着いてくるのを感じた。冷え冷えと岩だらけの月面世界におりてきたみたいだったのに、こんな生きものたちに出会うなんて。食べ終わったチワワがあたしの膝に前肢をかけた。コッカスパニエルはあたしの胸にすがり付いた。ビーグルはおとなしく座っていた。犬の匂いを嗅いでいるうち、ここでならやっていけるという気がした。

あたしは自分に言い聞かせた。

このオッタヴィアン動物医院でこの子たちと暮らしているうちは大丈夫だ。

動物は不思議な生きものだと思う。おかしいけど、あたしは少し泣いた。それから犬の皿を片付けると、部屋の壁に掛けてある七本のリードを取って犬の首に一本ずつ付けた。看護婦がくるまであたしが世話をするしかない。七本のリードを握って外に連れ出した。

メサの鉄条網に沿って行くと、石ころだらけの荒れ地が広がっていた。乾燥した山には大きな木は生えてなくて、痩せたポンデローサの松林ばかりだ。月面世界よりはましだった。向こうから馬に乗った監視兵がやってきた。鉄条網の外周を見張っているようだ。

この中に彼らが守るどんな秘密の機構があるのか。馬はカツカツとやってきた。犬たちは黙って下を向いて歩いた。馬と眼を合わせないように気をつけている。馬も犬も脇目もふらずに歩いた。彼らはみんな賢かった。

日が暮れた頃、給食を配達する軍用車がやってきた。オッタヴィアン先生とあたしはキッチンの食卓をはさんで、また今度も唐辛子の利き過ぎた奇妙なパスタを食べた。食後に先生がコーヒーを淹れてくれた。窓の向こうに鋭い光が流れて消えた。指差したら流星だと先生は言う。

「ここの山の星はみんな恐竜の目玉みたいに光るんだ」

恐竜の目玉がどんなものか知らないけど、あたしは笑った。先生は太っているわりに快活な声で早口だ。四十代の半ばくらいかと思う。

「この建物は鉄条網のすぐそばですよね」

とあたしは言った。歩いてると針金のトゲトゲが服に刺さりそうなくらい。

「どうせなら鉄条網をめくって入れてくれたら……」

「そんな融通のきかない所がＹ地なんだ」

先生は首を横にふり立てて、

「ここの研究所の中は学者とその家族、ああ、奥で寝ている委託犬もそうだがね、そのグループと、彼らを護衛する軍隊と二つが入ることになっている」

学者を護衛するって？　それじゃ下っ端の研究生のベンジャミンも、もしかしたら軍隊に守られているのだろうか。

「そうだ、君の友達は守られている。そしてぼくらは守られていない。当然、警護する理由もない」

　ということはベンの身体が護られているというより、ベンが携わっている研究が厳重な警備下に置かれている。そういうことらしいとあたしはだんだんわかってきた。

　また金属の輝きを流してもう一個星が飛んだ。カチン！　と当たったら痛そうだ。

「ぼくらは護ってもらう必要がないからゲートの外だ。犬の飼い主たちはゲートの中からここへ通ってくる。うちの子がおなかをこわしたとか、変な草を食ってゲロゲロ吐いてるとか言ってね」

　明日は看護婦と薬剤師と事務の女性がくる予定らしい。

　それだけのスタッフがいたら、シロウトのあたしなどいらないんじゃないか。そう思ったけど黙っていた。ベンが誰かに頼んで無理に入れて貰ったのかもしれない。

　片付けがすんで先生が二階の部屋に引き揚げるとき、一本のキーをもらった。あたしが入る一階の寝室の鍵だった。

「若い女性に敬意を表する証しだ。ゆっくりおやすみ」

　夜までベンはとうとう電話をかけてこなかった。彼も忙しい一日だったはずだ。

初めての夜だったけど、ベッドに入るとあたしは魔法にかかったみたいにすぐ眠り込んだ。夕方まで七匹の犬の世話をしたおかげだ。動物の匂いが導眠剤になるなんて知らなかった。うとうとと眼をつむるとカリフォルニアの風景が浮かんでくるのを、一回死んだ人間が前の世界を見るような遠い感じがした。それからすっと眠りに落ちた。

そしてどのくらい経った頃か、あたしは薄青い世界の中にいた。またあの夢だと思った。いつもすぐ気がつくのだ。あたしが生まれる前に死んだお祖父さんは、ヒコタロウという日本人だった。一度も会ったことがないので、お祖父さんの顔は影になって目鼻が隠れている。

サーシャお祖母さんの話では、トクガワ将軍の使節団に雇われてこの国にきたときは十八歳の水夫だった。まだ日本人が頭にチョン髷を結って、腰に刀を差していた時代のことだ。でもヒコタロウはサムライではないから刀は差さなかった。

ヒコタロウは将軍の軍艦がサンフランシスコ湾に停泊している間、ホームステイ先のマダムにとても気に入られた。礼儀正しくて賢いヒコタロウは、子どものいなかった夫婦に愛された。カンリン丸という艦がいよいよ帰国の途に就くとき、マダムは悲しみのあまり泣き崩れた。

行かないで、ヒコタロウ！

この利発な少年に文明国アメリカの教育を受けさせたいとマダムは思った。彼を抱きしめて泣いたのだ。サーシャお祖母さんにその話を聞かされながらあたしは成長した。

今もときどきサンフランシスコ湾の夢を見る。出港するカンリン丸の甲板から、マダムの所へ戻るため、真っ逆様に海へ飛び込んだヒコタロウ。

戻ってきてヒコタロウ。ヒコタロウ。ヒコタロウ！

マダムの声があたしの夢の中に響く。

ヒコタロウはこの国に残って、ジョージ・クラウドというアメリカ人らしい名前を付けられた。いったいどこからそんな名前を手に入れてきたのだろう。でもヒコタロウは何も知らされなかった。知らないほうがいいこともある。

いずれにしろマダムはずいぶん骨を折ったのだろうと、お祖母さんは言う。二十五歳のときジョージ・クラウドことヒコタロウは、アイルランド系アメリカ人の娘と結婚した。それがサーシャお祖母さんだ。二人の結婚生活はサーシャお祖母さんにすると短かすぎた。頑健だったはずのヒコタロウが、五十歳の若さで病死してしまったからだ。

お祖母さんは孫のあたしに話すときだけ、亡くなったヒコタロウがよみがえる。日本に帰らなかったヒコタロウ。アメリカ人の名前で生きて死んだヒコタロウ。お祖母さんは八十八歳まで彼の思い出と過ごして、亡くなった後、ヒコタロウの思い出をどうしてかあたしが引き継いだ。

カンリン丸の甲板からサンフランシスコ湾にザンブリと飛び込んだ、あの若い日のヒコタロウを受け取った。あたしの見る夢の中では、その水は湾の中なのか、外の海なのか、そんなこともさだかじゃない。

ただ薄青い水がいちめん広がった中を、ヒコタロウが独り泳いでいる。いいえ、そうじゃない。

ヒコタロウになったあたしが泳いでいる。

ゆるい抜き手で、ひらり、ひらりと。魚のように。

*

ベンジャミンが『オッタヴィアン動物医院』にあたしを置いて行ってから電話はないし、スタッフの看護婦や薬剤師もまだやってこなかった。しかたなくオッタヴィアン先生は新入りの受付係のあたしに指図して、運び込まれた荷物を解いて片付ける。それから夕方になるとれいの委託犬の散歩に出かけた。

初めて会ったときは犬たちはものすごく温和しかったけど、翌る日にはあたしが獣医なんかじゃなく看護婦でもなくてただの見習いだってことを見抜くと、ビーグルはあたしに飛び蹴りを食わせ、チワワはスカートに嚙み付いた。飼い主から引き離されて犬も気が立っていた。

それでオッタヴィアン先生がビーグル二匹のケージを開け、あたしは白い巻毛のコッカスパニエルを出してリードを付けた。艶々してまるで銀色のドレスみたいな子。それから二人と三匹で外へ出た。研究所の広大な敷地のフェンスに沿って歩いて行く。

ニューメキシコの空はカラーンとしている。天の底がカラッポなのだ。つまり雲がない。太陽は焼け付く熱風を送り地上はカラカラに干上がって、たぶん雲を湧かせる湿気もないのだ。犬たちはそんな地面を嗅ぎ続けながら歩く。あたしのリンドバーグもそうだった。

「ほら顔を上げて！」

あたしはシルバーのドレスの裾を引きずるスパニエル嬢に言った。犬は賢くて人間に一番親しい動物だけど、この習性だけは好きじゃない。この子たちはくる日もくる日も、道端の仲間のおしっこや馬糞の臭いのする地面に鼻をこすりつけて、短い一生をすり減らした。

赤い顔をしたコンドルが高い空を切るように飛んでいく。見てごらん、とあたしは思わず言った。

「空を見なさい、空を。あんなに広くて高いのに」

ははは……、と先生は笑った。

「ぼくなんか、長年こんな犬ばっかり相手にしてるからさ、地面と反対の空が好きになったんだな。そうでもしないと、こいつらと一緒に寄り目になっちまうからね」

そういえばオッタヴィアン先生の右眼と左眼の間はずいぶん広くて、そのせいで医者の威厳に欠けた顔だ。

「空にはきのうやきょうの区切りもない。ときどき流れ星が飛んで行くだけだ」

あたしはきょうの先生の机に置かれた、一日遅れの新聞の漫画を思い出した。でも人間は遠くを見る生きものだからこそ、戦争するのじゃないかと思う。兵器会社の宣伝広告に死んだ猿の絵が描かれて、新聞にはこんな文字が並んでいた。

『ちっぽけな黄色い連中に赤い大きな穴をあけてやる！』

この死んだ猿が日本兵なのだ。カンリン丸から逃亡したヒコタロウお祖父さんの時代から、合衆国は変ってしまったんだ。でもその責任は日本にあるって思う。何だってニッポン人は自分の国からあんなに遠いハワイの真珠湾に、奇襲攻撃なんかかけたのか。そのせいで今あの国は太平洋の島々で滅茶苦茶にやられている。ルーズベルトのニッポン嫌いはチャーチルの百倍だ。

人間は遠い所を見ることができる。ヒコタロウお祖父さんがトクガワ将軍の使いでアメリカにきた頃は、ニッポン人はまだ眼と眼の間が狭かったんだとあたしは思う。自国の地面だけに鼻をこすりつけて三百年とか暮らしてきた間は、今みたいなことはなかったのだ。

「先生、犬の視力は弱いんでしょう」

「ああ。その代わり鼻は人間の何千倍も利くがね」

でも鼻はたいして戦争の役に立たない。

歩いて行くと鉄条網のフェンスの先に、Ｙ地のゲートが見えた。きのうの昼頃からゲートの前に軍用車が長い列を作っている。おとといアルバカーキ駅であたしたちを待っていたのと同じ車が、今日も長い旅をしてきた人々を駅から運んできた。旅人たちはゲートの順番待ちに飽きて車から降りていた。たいてい若い学者とその家族で、子ども連れの夫婦も結構いる。まだ居住区もろくにできていないのに、こんなに入居者がやってきて、大丈夫なんだろうか。入れない家族は建物ができるまで、近在の農家を買い取って提供するらしい。

そばを通りかかると奥さんたちはとりどりのお洒落なワンピースなどを着て、白い夏服姿の子どもたちは透き通る羽根をつけたエンジェルみたいにそこらを跳びはねていた。いち早く胸騒ぎをおぼえたビーグルたちが、食い入るようにそっちを見ている。この旅人の中に犬たちの飼い主がいるのだろうか。二匹のビーグルが泣きそうな眼であたしを見上げた。

子どもたちはみんな興奮していた。何しろ頭の上は底なしの空で崖の下は絶壁が何百フィートもなだれ落ちていて、ここはどう見たって空に浮いている。車から降りたおとなたちは溜息をついて見おろし、子どもたちは叫び声を上げて興奮した。

いいから、あんたたち。

と、あたしは彼らを見ながらつぶやいた。

うちの病院に預けた犬を忘れないで……。

車の列を横切ってゲートの前にさしかかったとき、リードを握ったあたしの右手がグッと引っ張られた。アッと思わず声が出たときにはリードが手から外れていた。ゲートの前では四人のＭＰが順番待ちの車を一台ずつ通していた。その車の横をすり抜けて、銀色のドレスがリードを翻してゲートの中へ飛び込んだ。待って！　あたしはとっさに声がかすれた。

「名前を呼べ」

と先生が言った。きちんと躾が入ってる犬は呼びが利くはず。

ナラ！　と、あたしは叫んだが、でもその声より早く犬の姿はまっしぐらに消えていった。後を追ってあたしもゲートに飛び込むとＭＰたちが制止するのをすり抜けた。悪いけど構ってはいられない。

オッタヴィアン先生が代わりに門衛に何か大声で説明している。その間にあたしは走った。広場の先に格子状に広い道路が何本も通り、緑色に塗った細長い箱型の建物がずらっと並んでいた。倉庫にも仮設住宅みたいなのにも見えた。真ん中の道を矢のように銀色の毬みたいなのが突っ走って行く。それがどんどん小さくなった。

「ナラ！」

あたしは必死で走った。ゲートから順番に入ってくる車が通りの建物の前に停まって、次々に学者の家族を降ろしていく。これからＹ地での生活が始まるのだった。ナラだって自分の家族を待ち焦がれている。犬の影は緑色の建物の町並みに消えてしまった。

Ｙ地はまだ建設の途中だった。

角を曲がるといきなり造成途中の剝き出しの荒野になった。けれどまた次の緑色の町が現れる。建物は全部、木造建築のようだった。敷地のずっと奥の方では背の高いクレーンの影が動いている。いったいこの砂漠と荒野と岩山のロストワールドみたいな所に、これからどのくらいの人々が集まってくるのだろう。何百人か、いやそれ以上か。ここは何だ？　あたしは鳥肌が立った。

所々にコンクリートで作った共同の洗濯場みたいなものがある。水道の蛇口がずらっと並んでいた。町の中に掘っ立て小屋があった。中を覗くと電話機が二台据えてある。住人の共用電話なんだろう。見ていると無性にベンの声を聞きたくなった。あたしも彼にしゃべりたくなった。ね、何とかして！　って。

こんなに広い軍の施設の中で見つかりそうもない探し物をするときは、引き返してゲートのＭＰに相談するよりも、ベンジャミンに窮状を訴えるのが一番と思うけど、彼の所属も何も知らない。ただテックエリアの奥の方と聞いただけ。

あたしの探し物は学者の家族から預った飼い犬で、ここの軍隊は学者の家の持ち物を守るのが任務なんだと思う。当然、彼らの飼い犬は保護されねばならない。野生の動物なんかと違って、迷子になって気が動顛した犬はパニックになるだろう。早く見つけねばならない。

あてどなくあたしは歩いた。どこかでリードを引きずった犬が誰かの手で捕まっているのじゃないか。見逃されるはずはない。手入れの行き届いたコッカスパニエルは美しい犬だった。そのまま捨て置かれるはずがない。

二つめの十字路を曲がって、次の角も通り抜けたとき、道の向こうに女の人と犬が立っていた。ナラだ。人と犬は一緒にあたしの方を見た。さっきはあんなに逃げたのに、あたしを見るなりナラはリードを引っ張ってもがいた。あたしが駆け出すと女の人も気づいて近付いてきた。ナラのリードを手渡してくれた。

あたしは彼女にお礼を言い、彼女はあたしの家をたずねた。ここの住人と思ったのだろう。

「外からきた者です。ゲートを出ると、右手五百ヤードくらい先に見えてる動物病院です」

「ああ、あそこね」

と彼女はにっこりした。

「うちにもレトリバーがいるから、そのうちお世話になるかもしれないわ」

落ち着いているのであたしよりだいぶ年上に見えた。

「犬を追って入ってしまったのなら少し面倒ね」

と彼女は眉をひそめた。ここは身分証がなくては出入り不許可なのだと言う。事情を話してすむような所ではないらしい。あたしはそんなものは持っていない。それにたとえ持っていたとしても、犬の散歩に身分証を携行するなんてありえない。彼女は心配だからゲートまでついて行くと言って一緒に歩き出した。あんたのせいだよ、とあたしはナラに言った。

肩を並べて歩きながら彼女がこっちを向いた。

「わたしはエスターっていうの。あなたは」

学者の家族を乗せた車が次々とすれ違って行くので、あたしたちは大きな声を出した。

「あたしはアデラ。アデラ・クラウド」

それから犬を見て、これはナラよ、と教えた。

ゲートに戻るとさっきまでの車の列は片付いて、ＭＰの数が二人に減っていた。オッタヴィアン先生とビーグルの姿もない。病院は留守番がいないからとにかく帰ったのだろう。あたしはナラのリードをわざとＭＰに見せるようにして、お騒がせしてごめんなさい、と眼を合わさないで言った。

「それじゃゲートを開けて」

金髪のＭＰが黙ってあたしの前に右手のひらを出した。言うまでもないとその顔が語っている。身分証！

「犬を追って中へ飛び込んだので、そんなものは持たないわ。さっき入ったようにして今度も出るしかないわ。当然でしょう？」

自分でも乱暴なことを言うとわかってる。案の定、ＭＰもやり返した。

「なるほど、あなたは犬を一匹引っ張ってきて、ここでリードを放せばどんな人間でも無許可で出入りできると思っている。泥棒でもスパイでもね。つまり一匹の犬と合衆国の身分証明を同等とみなすのですね」

あたしは返答に詰まった。

「それなら、『オッタヴィアン動物医院』の院長に、あたしの身元を保証して貰ったらどうかしら」

院長はＹ地での診療許可を得ているはずだ。ノー、と彼は冷たい青い眼で言った。

「大統領の犬の主治医でもだめです。何しろスパイは身近にいるものです」

虚しく言い合っているときエスターが割って入った。

「わたしの夫はテックエリアに所属します。そこのウォルター軍曹を呼んでください。たぶん彼がうまく解決してくれるでしょう」

テックエリアは学者たちの中枢機関だ。ＭＰの緊張が少しほどけた感じだった。あたしも身を乗り出した。

「それならあたしの婚約者もそこにいるはずです。彼の名前はベンジャミン・バードです」

するとブラウンの髪のＭＰが口をはさんだ。

「せっかくですが、それについても応じることはできません。身分証を持たない人間が、Ｙ地内の住民の名前を一方的に特定することはできないのです」

あたしの前にある厚い壁はびくともしなかった。ＭＰたちは自分の顔の上に職務用のもう一つの顔をかぶっている。

「ここに電話はあるかしら」

あたしは窓から門衛小屋の中を見た。

「婚約者のいる所に電話をかけてみてください。そして彼がここへきて、あたしのことを保証してくれたら問題はないんでしょう」

「むろんありません。そのためにはまず婚約者の担当部署のコードネームを教えてください」

「そんなものは知らないわ。そっちで名簿を引いて調べてみてください」

「いいえ、それもできません」

とまた元の金髪が交替した。

「われわれに掌握できるのは、われわれ自身の部署だけです。士官は士官の職務の範囲に限り、GIはGI内部の職域範囲に限り、学者の方々の管轄はわれわれ合衆国陸軍の守備範囲を超えます」

あたしは溜息が出た。

「ならいったいどなたがここのすべてをご存知なの？」

「その答えもわれわれの知るところではありません」

あたしは黙った。これがごく普通の軍の規約というものか、それとも特別区の独得の規約なのかあたしには見当がつかない。あたしは腕時計を見た。もうすぐ夕暮れがくる。

せめてオッタヴィアン先生にこの身動き出来ない状況だけでも知らせたくて、あたしは門衛小屋の電話機を使わせてほしいと彼らに頼んだ。これはあっさりと受け容れられて、金髪がさっき先生から受け取ったらしい名刺を取り出した。彼が小屋に入って電話をつないでくれると先生の声がした。病院にはまだベンジャミンからの電話はないという。先生の気配を察したのかナラが大きく電話に吠えた。

「おお、見つかったようだな」

と先生は安堵の声を出した。

「あれから看護婦のメリー・フォックス嬢が到着してね、今ちょうどコーヒーを淹れて貰ったところだ」

先生の声は少し明るかった。そして電話を切ると、でもあたしの問題はまだ何一つ解決していなかった。

「とにかくここから出してほしいわ。そしてあなたが明日の朝、ほら、フェンスの向こうに見えてるあの動物病院にきてみてください。あたしはそこで働いている。どうぞ見にきてほしいわ」

二人のＭＰはゲートの彼方にある白い小さな建物をちらと見ただけだった。

あたしが口をつぐむと、エスターが顔を上げた。

「この電話はわたしの夫の部署につながるかしら」

「ええ。あなたがそのコードネームと番号をご存知なら」

「仕事中にかけたことはないけど覚えています」

エスターと門衛の兵士は小屋の中に入って行った。あたしは窓からじっと見ていた。ＭＰからエスターが電話を受け取り、ダイアルを回している。二人はしばらく待っていた。回線が施設内を経巡っているようだ。やがてつながったようで、彼女が受話器を耳に当てたまま、あたしを中から手招いた。門衛に呼ばれてあたしも入る。電話の声は落ち着いた男の人の声だった。エスターの夫だ。婚約者の名前を聞かれて、

「ベンジャミン・バード」

と答えた。あたしの身柄が解放される暗号だ。答えながら体がぼうっと温かくなった。ゲートの上の空に夕焼けが始まりだしていた。メサの彼方の山々がだんだん赤く染まっていく。寒くなったので小屋の中で待っていると、さっきナラの姿が消えてしまった方角の道から、車の音が聞こえてきて、ベンジャミンの運転するジープが小屋の前に停まった。

　あたしは表に飛び出た。何日ぶりに会うのだろう！

　ドアの外はいちめんカチカチカチと音が響いていた。

　空から地面からあたり四方いちめんカチカチ、カチカチ鳴り響いて、ベンの声も打ち消された。メサの台地に氷の玉が落ちてきていた。

「雹《ひょう》よ！　五月の雹が降ってきたわ」

　エスターが空を仰いで言った。白く濁った氷の玉が見る間にどんどん大きくなって、ガラガラガラガラという音に変わる。その音で耳が一杯になった。足元の地面は氷漬けになっていく。あたしとエスターとナラはジープに飛び込んだ。

　空も台地も真っ白に閉ざされた。

ベンはまず今まで付き合ってくれたエスターを彼女の案内で集合住宅の家に送って行った。そして世話になったお礼を言うと、それから道を引き返して、キラキラ光る氷の粒でクリスマスみたいに飾られたゲートを出た。

とんだ災難の後には、天からのプレゼントみたいに穏やかな日が訪れた。メリー・フォックスは有能な看護婦で、犬たちからあたしより何倍も勝る尊敬を受けた。彼女は良く働いて夕方にはあたしの委託犬の散歩も手伝ってくれた。というよりあたしがメリーの散歩のアシスタントになった。

メリー看護婦の後から変わった助っ人がやってきた。浅黒い艶のある頬と黒い眸の中年女性で、赤と黒の鳥の羽で編んだ帽子をかぶり、黄と青の縞模様の長いスカートをはいて現れた。プエブロ族の村からくる女で名前はアーイダといった。

彼女は力持ちで引っ越し荷物の持ち運びや移動は朝飯前、ところが電気で動く自動洗濯機のスイッチを入れると怖ろしい声で絶叫した。水と石鹸の粉と服が入ったままのを、暴れる熊を蹴り倒すみたいに見事に足で引っ繰り返した。洗濯機は軍の払い下げを買ったので、修理ができるまで長い間、浴室で手洗いをする羽目になった。

若い薬剤師のドナルド・ケリィが到着すると、いよいよ病院は開業の運びとなり、委託犬のビーグル二匹とコッカスパニエル嬢と雑種三匹が飼い主の所に戻って行った。チワワだけ引き取り手がまだこない。出て行った犬の代わりみたいに今度はジャーマンシェパードと、レトリバーと、ブルドッグが送られてきた。この新参者にはプエブロ族のアーイダが身をすくませて後ずさったものだ。

診療が始まると、Y地に入ってきた学者の若い奥さんたちで待合室は夏の初めの花壇みたいになった。彼女たちは膝に載せた自分の子どもの見せっこをした。おなかをこわした犬や草にかぶれている犬たちは病院に怯えて体を縮ませ、奥さんたちはすごく元気だった。

あたしは手際の良い受付係になった。診察室では何の役にも立たないけど、窓口で患者の犬の受付をすませた後、その犬を先生の前に連れて行くときがあたしの出番だ。狭くて高い円形のテーブルが犬の治療台だ。その上に載せるとすべての犬がしゅんとおとなしくなる。観念する。

その台に載せるまでの看護婦の苦労を、あたしが肩代わりしてあげた。彼らをおとなしくさせる特別な魔法をあたしは使うことができたのだ。そっと名前を呼んで体に触りそれからヨッコイショと抱き上げる。大きな犬でも子どものようになっている。特別なことじゃない。死んだリンドバーグには赤ん坊のときからそうしていた。

きのうきたジャーマンシェパードの浣腸のときも騒がなかった。半開きのドアから覗いていたアーイダが、

「狼ならあたしもやれるけど」

と後でしきりに感心した。ジャーマンシェパードは狼より精悍で体も大きい。ここでは都会から連れてくる犬の方が珍しくて恐れた。

治療を終えた犬たちに薬剤師のケリィが薬を出す。彼は雪みたいな真っ白な肌をして、奥さんたちが見とれるくらいだ。顔は細くて眼も糸みたいで鼻はとんがっている。あたしはピノキオを思い出す。真っ白な手の指が素早く動いて紙袋にカサカサと薬を入れた。ベンジャミンとは大学で知り合った仲だっていう。

Ｙ地に働きにくるのはアーイダ一人じゃなかった。毎朝、プエブロの男たちや女たちが絶壁の下の村から、軍用車に詰め込まれて大勢登ってくる。夕方、病院を閉めてアーイダが帰って行った後、あたしはオッタヴィアン先生に言った。

「あたしはここの研究スタッフの婚約者だけど、ゲートは通行不許可です。それなのに何台もバスでやってくるインディオの人たちが許可されるって変じゃないですか」

「彼らは願ってもない安価な労働力なんだよ」

「洗濯機を壊しても？　電化製品は高価ですよ」

先生はカラカラと笑った。

「彼らをＹ地のゲートの中に入れても、話が外部に漏れることはないからね」

「どうしてです。あの人たちは英語は慣れたものですよ」

　彼らが白人と悶着を起こさず生きていくには、白人の国の言葉はなくてならないものだ。

「プエブロ族は居留地の外の人間とは没交渉なんだ。めったに外へ出て行くことがない。また彼らの住む所へわざわざ入ってくる人間もない」

「そうでしょうか」

　とあたしは言った。白人はインディオの居留地に絶対に入らないと断言できるだろうか。だってつまりＹ地のあるこの岩山だって、プエブロ族の居留地の一部なのだ。

　普通の白人はこんな所に入ったりしないけれど、ある種の特権を持った白人たちは堂々と入ってくる。もとは荒れ地だったインディオの土地から、今は銀やウランなどの貴重な鉱石が出てくるからだ。インディオの居留地は不毛の荒れた大地だけど、一方で地下に宝物の眠る摩訶不思議な場所だった。

「婚約者も簡単に出入りできないゲートを、大勢のプエブロが団体で出入りするのこそ問題ですよ」

　あたしは憤りとともにあのＭＰたちの顔を思い出した。

「インディオの村にどんな人間が探りに入るかしれないわ。気の良いあの人たちなら何でも話すでしょう」

「なるほど」

オッタヴィアン先生は持て余し気味にうなずいた。

「あたしの方がずっと口は固いです。あまりにも対応が違いすぎるわ。矛盾します」

そのとき先生の眼間距離の長い小さな目玉が光った。

「そうとも。アデラ、君の言う通りだ。矛盾は軍隊が持つ顕著な特徴だ。容赦なき殲滅と、栄光の勝利。こんな真反対の言葉がまかり通る組織なのだ」

そして先生とあたしは黙り込んだ。

もう胸の中をさぐっても何も言うことがない気がした。

メリー看護婦とケリィ薬剤師もやっぱり黙って、きょうも軍の配送車が運んできた弁当をテーブルに並べた。みんな黙って十字を切って弁当のフタを開けた。

朝、着替えをして自分の部屋から廊下に出ると、食堂の方でオッタヴィアン先生とケリィ薬剤師の声がした。きのう雹が降ったけど、きょうもまた寒い朝だった。

「アッ、先生。だめですよ」

とケリィの低い声がする。

「ばあさんを下敷きにしちゃいけません！」

何だか先生がケリィに叱られている。

「薪はボウボウと燃えるように置くんです。こうやって木と木の谷間に橋を渡すようにば、あさんを置いてやると、ほら、燃え移って炎に包まれる……」

何だか怖ろしげな話だ。中を覗くと鉄の暖炉に向いて二人がしゃがみ込んでいた。暖炉の火はやっと燃え始めたようだった。ケリィが暖炉に薪を入れてみせている。

「また右と左に薪の束を入れて谷を作り、ばあさんをもう一本渡す。その上にまた薪の谷を作って、ばあさんをもう一本……」

先生とあたしはケリィの手付きを見守った。薪の間にできた谷の空気が火の勢いを強める。暖炉の谷は何層も作られて、ケリィの言う「ばあさん」の木は下からどんどん炎に呑まれていく。

「その薪をどうして「ばあさん」なんて呼ぶの？」

「さあ、どうしてかな。わけはわからないけど、昔からぼくが生まれた北の国ではそう呼んでいたんだ」

ケリィはかがんで火を見つめながら言った。

「暖炉の火は昔から男が点けるものだった」

とオッタヴィアン先生が言った。「うちの家はわれわれ息子たちが医者で忙しかったんで、じいさんが火の番だったがね」

先生がそう言うとケリィがうなずいた。

「ああ、そうですね、暖炉の火は家の主人が熾《おこ》すんですよね。それでじいさんのいる家はじいさんが火付け役をしたんですね」

「そうだな、火は万物の霊的な最高の力だ。昔、ストーブの火が消えると悪が忍び寄ってくると言った。だから前の夜の熾《おき》が消えないうちに、男が火を熾して朝が始まるのだ」

火を熾せない先生が、重々しく火の講釈をした。

「そうなんだ！　つまりじいさんが火付け役で、ばあさんが大事な薪になったというわけですね。じつに神聖な役割分担です」

とケリィが一つの真実を見つけたようにつぶやいたので、あたしは少しムッとして口をはさんだ。

「わからないわ。どうしてばあさんが燃やされなくてはならないの。まるでばあさんのいけにえだわ。何てひどいじいさんばあさんの話なのかしら」

まあまあまあ、と先生がゆっくり立ち上がって言った。

「これは年老いた夫婦の愛の姿の譬えなのだ」

あたしは眼をまるくした。愛ですって？

先生は暖炉の火が正しく燃え始めたので、何だか清々しい表情になっていた。

「これは命の霊力の火をじいさんとばあさんがつくる話なんだよ。ばあさんはじいさんにわが身をゆだねる。じいさんはばあさんの尊い体を炎につくり変える。雪深い北国の美しい神話なんだ」

薪のはぜる小さな音がして、部屋には薄い煙の匂いが流れていた。

あたしはどこにいるのかしらと思った。部屋の中では暖炉の炎が燃えている。そして窓の外では初夏の朝の太陽がメサの台地を照らし始めていたのだから。

*

あたしはサーシャお祖母さんが書いた古いノートを持っている。ベンジャミンと一緒にここへくるとき旅行鞄に入れてきた。お祖母さんのノートに書いてあることは、あたしが幼いときから、よく聞かされていたものだ。でもこればかりはオッタヴィアン先生も知らないことだっていう。

　ヒコタロウ

姓はない。この世でたった五文字のヒコタロウ。サーシャお祖母さんが鉛筆で書いた字だ。あたしの知らない東洋の国の文字。何て書いてあるのって聞くと、これはお祖父さんの本当の名前なんだっていう。

　私の愛する人

横に英語で書かれている。ヒコタロウお祖父さんが五十歳で亡くなった後、サーシャお祖母さんはこのノートを書き始めたのだ。だからラブレターみたいなノート。

お祖父さんは生前からこっそりと、お祖母さんに日本の言葉や文字を教えていた。そして父さんには何も教えなかった。知らない方が生きやすいこともあるんだって。その選択は当たったって思う。

日本の文字は面白いよ、とお祖母さんは声をひそめてあたしに言った。ほらって、ノートを指差す。

人、人、人、人、人、人

細くて小さい草が折れ曲がったような形。メサの上から見下ろすリオ・グランデ河の川床に生えてる痩せたポンデローサ松の葉みたいだ。これは人間という字だよ。ほら、人間が歩いてるみたいだろう。ええ、ほんとに、とあたしは言った。人間はこうやって歩いていく生きものなんだ。

お祖母さんはノートの頁を繰った。人と似ている字がここにあるのよ。ほら、これは火のこと。熱い火が燃えてるでしょ。

火、火、火、火、火、火

でもお祖母さん、どうして人と火が似てるの？　とあたしは聞いた。人間は生きもので、火はボウボウ燃えるものでしょ。似てないわ。とあたしは言った。あたしはその頃たぶん十歳かそこらだった。

そうね、お祖母さんにもよく分からないけど、こうも考えられるんじゃないかしら。お祖母さんはゆっくりとしゃべった。つまり人間は火を使うことができる生きものだからねって。猿なんかにも狼なんかにもできないことよ。ほら、人が両手に火を持ってるように見えない？

火、火、火、火、火、火

ほんとに見える、見える。両手に松明をかざしているみたいだ。サーシャお祖母さんとノートを開いて見るのは楽しかった。ヒコタロウの故郷は謎の国よ。だってこんな不思議な文字を使うんだから。

サーシャお祖母さんのそばには、いつもダルメシアンのリンドバーグが寝そべっていた。あたしはリンドバーグの茶色の眸を見た。犬はどう書くのかしら。するとお祖母さんはうなずいてまたサラサラと書いてみせた。

犬、犬、犬、犬、犬

わお、どうしてなの！　犬が人間や火と似てるなんて。でも、ああすごく似てる。そうねえ、ってお祖母さんも笑い出した。なぜかしら、お祖父さんに聞いておけばよかったわ。残念ねって。

　でもあたしは聞かなくてもすっと分かった。納得したのだ。人間には火が必要で、その火の次には犬が必要だったって。だから人の字の右にチョンと付いてる点は、それが「犬」ってことなの。平原の彼方に火山が火を噴いていた頃、人間がマンモスとかをやっつけて食べるには、賢い狩猟犬が沢山、必要だったはず。でもそれなら、「犬」の字の横線はいったいどんな意味なんだろう。

「それはね」

　とサーシャお祖母さんは考えながら言った。

「それは人間に服従するものっていう、何だかそんな感じがしない？」

　あたしたち人間の言うことをきちんと聞く動物。お祖母さんがそのとき言った服従という言葉は、当時のあたしにはまだよくわからなかった。子どもだったあたしに犬のリンドバーグは淋しいとき頬ずりしたり、嬉しいとき抱きついたりする友だちだった。でも今なら人間と犬の関係はあのときより理解できる。

一日の仕事が終わって自分の部屋に入ると、あたしはサーシャお祖母さんのノートと濃密な時間を過ごした後、それから普段の自分の気持ちを取り戻してベッドに入る。

窓の外には夜空の平和を守る月と星が光っている。あたしの眼にその月は人間のようで、星はその月にかしずく賢い犬たちのように見える。

Ｙ地の建物はどんどん地面を占領していった。空の近さまで町が登り詰めている。不思議な眺めだった。

夏に入っても朝は冷えて、オッタヴィアン先生と薬剤師のケリィは、相変わらず暖炉の火付けにまごついていた。毎朝、ばあさんの薪が何本も暖炉の中に組まれ、やがて赤い透き通ったヴェールみたいな炎がばあさんを包むまで、先生とケリィは煙に咳き込んだ。やっとばあさんが燃え出す。火と火がくっつき合って、赤いドレスの燃えさかるダンスが始まるのだ。

朝の平均気温は華氏六十（摂氏十六）度くらい、それが昼には八十度に上がる。朝食をすませて白衣に着替えると、あたしはオッタヴィアン動物医院のドアの鍵を開ける。外にはいつもの光景が待っている。犬なしでは生きていけない人間たちと、人間なしでは生きていけない犬たちが行儀良く並んでいる。

「昨夜はアレンちゃんのおなか、だいじょうぶでした？」

「ええ、おかげで下痢は治まって、わたしも子どもたちもぐっすり眠れたわ。アレンの寝床のそばで」

フレンチブルのアレンはおととい、散歩中に何か悪い草を食べたのだ。奥さんたちは受付で順番カードを渡されると、犬を連れて待合室の椅子に腰を降ろした。きのうから奥さんたちの話題は、ホワイトハウスに住んだ歴代大統領一家の犬たちの話題だ。

「愛犬家のフーヴァー大統領のときは、ジャーマンシェパード二頭にフォックステリア、コリーにでっかいウルフハウンド、それに精悍な狩猟犬のセッターと、もうぞろぞろいたんですって。ホワイトハウス動物園よ。そしてそのほかもすごい奴がいたの」

「どんな」

「クロコダイルの夫婦！」

ワッと奥さんたちが笑い崩れた。

「でもなんと言っても動物好きではセオドア・ルーズベルト大統領が筆頭ね。何頭もの犬に加えて馬もいた。それから穴熊のジョナサンとジョサイア。あとガーター蛇のエミリー・スピナッチ！」

待合室に叫び声が上がる。

蛇のエミリー・スピナッチですって！

「それより凄いのがウッドロー・ウィルソン大統領。彼はホワイトハウスに羊の群れを連れ込んだのよ。それで敷地内の芝生を食べさせて、それから毛を刈って売り上げの五万ドルを赤十字に寄付した」

「羊たちの浄財ね……」

「きのうの新聞にね」

と、きょうも奥さんの一人が話しを替えた。Y地の新聞は一日遅れだから、これはおとといの新聞の話。

「こちらはフランクリン・ルーズベルト大統領の方だけど。彼がね、ゆったりと椅子に座ってる写真が載ってたのよ。その足元にジャーマンシェパードのメジャーが寝そべっているの。ご主人様のおそばに控えてるお利口な犬って感じね。それがシャッターを押そうというとき急にパックリと口を開けたのよ。ふふふ、その張り裂けそうな大あくびの顔と、大統領の普段の顔が並んでいたっていうわけ！」

彼女はそれだけ言うと、もう堪らないとばかりに噴き出したので、あたしたち聞いてたみんなの頭にも、ルーズベルト大統領と犬の顔がパッと二つ一緒に浮かんで、待合室も受付もゲラゲラ大笑いの渦に巻き込まれた。

「シェパードの口って実際、喉元までめらめらめらーって開くのよ」

話し終えた奥さんのそばで、まさにそのとき彼女のジャーマンシェパードのジェフが本当に喉の奥が見えるほど大あくびをした。大統領の犬のあくびがうつったみたいだった。

シェパードのあくびというものを初めて見た小さい子たちの奥さんは、眼を見張っていた。奥さんはジェフの頭を撫でた。

「まあ。この子は病院をちっとも怖がらないのよ。やっぱり体の大きな子はしっかりしてるのね」

　彼女はちょっと得意そうに言う。

いいえ、そうじゃないのよ。あたしは心の中でつぶやいた。犬は怖がったり、緊張したりするとあくびをするの。ジェフはきのうオッタヴィアン先生に二本も注射されて、きょうもやられるんじゃないかって怯えてるの。ルーズベルト大統領のメジャーもそのとき周囲を沢山のカメラに囲まれて緊張したんだと思う。あくびには犬だけのわけがあるのだ。

　診察室のドアが開いてジェフの呼ばれる番がきた。奥さんが立ち上がってジェフのリードを引いたけど、案の定ずるずるとジェフは引かれるばかりで、ドアの敷居の前で頑張ったけど、とうとう診察室に引っ張り込まれた。

　診察室の中ではオッタヴィアン先生がジェフを診察しながらつぶやいた。

「いったい君のおっ母さんはどうやって、飼い主の目を盗んで情事をやり遂げたんだろうな。君の親父さんっていう奴の男ぶりも見てみたいもんだよ」

　でもあたしの想像ではジェフのパパは冴えないそこらのオス犬だろう。ジェフはあくびをした。

昼食はサンドイッチだったから、今日の先生は片手につまんで食べながら新聞や週刊誌の切り抜きを整理していた。『ニューヨーク・タイムズ』の漫画は木に吊るされた哀れな猿の姿だ。もういつの間にか日本人が人間の姿で描かれることは少なくなってきた。去年のガダルカナル島やソロモン諸島の戦場での猿は痩せこけていた。

日本軍が猛威を振るっていた頃は、ゴリラみたいな姿だったけどこの頃の負け戦ばかりでは哀れな小猿になっている。しだいに、あたしみたいな合衆国の民間人、日本兵は本当は猿なんじゃないかって妄想し始めている。今年五月のアッツ島では日本猿二千五百匹死亡って読んだ。あたしの母国はむろんアメリカだけど、つまんだサンドイッチの間から砂が零れ落ちる感じがする。

(ジャップと戦うのは野獣と戦うようなものだ。)

(ジャップはあらゆる危険を冒し喜んで死ぬ。)

(彼らは死ぬのが好きなように見える。)

そうして死ぬときは、

(体を仰向けにしてほほえみ、顔を太陽のほうに向ける。)

ジャップに死は、まるでお恵みのようだ。

世界は火火火火火火だらけ。地球をくまなく火火火火火を持った人間たちが行進する。大きな火火火。小さな火火火。空飛ぶ火火火に、海を征く火火火。Y地も軍の管轄地でここではどんな火を研究しているのだろうとあたしは思う。科学者を何百人も集めてるのだから、何か造っているのは確かだ。戦時に造るものというと火器のほかにないんじゃないの。

こないだの休日に、ベンジャミンと弁当を持ってメサの谷を降りて歩いた。西にヘメス山脈がある。Y地の建設は進んでいるみたいだけど、大きな自然を眺めると、メサの上の鉄条網の機構なんて、本当にちっぽけに見える。実際ベンジャミンに言わせると、学者はそろそろ七百人近く集まったみたいだけど、肝心の実験設備がまだでき上がってないのだ。

でもそれは実験物理学者が言うことで、ベンジャミンたちは何もなくてもやれている。理論物理学という学問はそもそも世界を計算で調べたり本当にできるのだろうか。人間もその世界に存在するのなら、あたしのこともベンジャミンは紙と鉛筆で調べたり計算できるのか。ポンデローサのお化けみたいな松の林を歩きながら、あたしがそのことを尋ねるとベンはげらげら笑った。

「できるならやってみて、計算してみて」

とあたしがムッとして言うと、ベンの長い手が伸びてきてあたしの体を抱え込んだ。

「紙も鉛筆もいらない」とつぶやくとベンの物凄く熱い唇がかぶさってきた。

理論物理学っていう学問のことをあたしが聞くと、ベンはきまって興奮する。あたしが口にするとなぜかベンの耳にはとてもエロティックに響くらしい。あたしはそれから用心することにした。だってこの岩山の天辺の軍事施設で勝手気ままに自由に妊娠するわけにはいかなかったから。

サンドイッチを食べ終わって、流し台でコーヒー碗を洗っているときだった。突然、ド――ンと音がした。体が跳び上がるような大音響だったので、建物がズンと持ち上がってズッシンと元に下りた。そんな感じだった。足の下のメサの岩盤が崩れたんじゃないかと思ったけど、音も地響きもそれなり息をひそめた。

一緒に食器を片づけていたメリー看護婦が、物も言わず持っていた布巾を置いて隣の部屋に駈け込んだ。犬が騒ぎだした。バタンとドアを開けると、預かっている犬のケージが四つある。あたしも駈け込むとチワワとビーグルとコーギーが、一匹ずつ自分のケージの中で歯を剝き出し、正気を失ったようにぐるぐる走り回っている。

「静かにするのよ。もう大丈夫だから」

物凄く回ってるので頭も眼も口もない。黒、茶、白の渦巻きがガシャガシャ音を立てている。ケージの底を蹴る足の爪の音よ。メリー看護婦とあたしは思わず笑ってしまった。もう手のつけようがない。

オッタヴィアン先生が診察室のドアをバタンと開けて入ってきて、

「犬はしばらくそのままにしておけ」

と言った。犬は大きな音におかしいくらい反応する。子どものころ、鍋の蓋を床に転がしたら、驚いたリンドバーグは二フィートくらいピョーンと跳び上がった。それで何度も蓋を転がして母さんに叱られた。音だけ聞こえてその正体が見えないとき、犬の恐怖は最大になる。

「臆病とは違う。野生の生きものの警戒心だ。人間は鈍っちまったけどな。ショックが治まるまで手を出すな」

こんなとき抱いたり撫でたりすると、ガブリと噛み付かれる。

庭を掃いていたお手伝いのアーイダが、箒を握ったまま入ってきた。山が壊れそうだから村へ帰ると言う。このメサは大丈夫だと先生が言っても、アーイダはガタガタ震えて、昔からこの辺りの山はよく壊れたのだと言った。

「それはいつ頃のことだね」

先生が真顔で聞くと、アーイダは窓を指差した。

「向こうのサングレ・デ・クリスト山脈が地面から盛り上がったときよ」

彼女の眸はプエブロ族特有の灰がかった黒色で、その眸を見ていると本当にキリストの名前を持った山脈の誕生に居合わせた人間みたいな気がしてくる。

「アーイダよ、恐れるな。君らの世界は偉大である。このメサで起こることなど、蟻の一蹴りにひとしい」

オッタヴィアン先生はちょっと悲しげな眼をした。

けれどアーイダも泣きそうな顔をしたまま、もうきょうはこれでおしまい、と言うようにあたしたちを見まわすと走るように外へ出て行った。

アーイダがいなくなると、みんなで窓の外を眺めた。保安課の救急車や消防車がくる気配もなくて、オッタヴィアン先生とケリィは鉄条網の所まで様子を見に行った。あたしとメリー看護婦は、まだガタガタ揺れまくっている四つの犬のケージを眺めていた。

夕方遅くベンジャミンから電話が掛かってきたので、あたしは飛びつくように昼の大音響のことを尋ねた。

大丈夫だった？　と聞いたら、何が？　と間延びした声が返ってきた。あの音よ！　こっちではお手伝いのプエブロの彼女がすっ飛んで逃げ帰ったわ。

ベンジャミンは、ああ、あれのことか、と机の引き出しから鉛筆を一本取り出すみたいに気のない声で言った。

あれは昼飯のとき、スタッフのフランクってやつがさ、チリソースの凄く利いたバーガーにガブッと噛みついて、ハックション！　とやったんだ。それが隣のマックに伝染ってもっと大きな、ハックション！　になってさ。それがその隣のエミリオに伝染って、さらにでかいハックション！　になっちまった。

それでどうしたの。あたしは受話器に言い返した。

それでさ、とベンは困ったように続けた。隣のぼくに伝染って奴らのクシャミをまとめたような、でっかいハックション！　になったってこと。

それで大丈夫だったの？

ああ。ちょっとぼくの口が破れただけ。

あたしはベンの柔らかい縦皺のある唇を眼に浮かべた。ポンデローサの松の木の蔭でこないだその唇とキスしたばかりだ。どこかで遠いサイレンが鳴ってるみたい。本当のところ破れたのは何だったのか。あたしは言葉に出して聞きたかったけど言葉に出さなかった。

鉛筆と紙だけでやっているってベンは言ったわね。爆弾入りのチリソースの話なんかはしなかった。ベンは大きな河の向こう側にいる。あたしはこちら側にいる。

ただこうして電話をかけてくるのだから、ベンは生きている。電話口まで歩いてきた。わかるのはそれだけ。今度の日曜にはそっちに行くからって言って、ベンの電話は切れた。

あんなにすっ飛んで帰ったのに、アーイダは翌日こわごわやってきた。そしてその次の日はもう井戸端で何か歌いながら洗濯をしている。恐怖のおさまり方がどことなく、うちの子たちに似ている。

あたしは犬の寝床のバスタオルをロープに干していた。

「ねえ、それってプエブロの歌?」

アーイダはうなずいた。お祖父さんたちがよく歌っているんだと言う。何て言ってるか知りたい?　と彼女のあの灰の混じった黒い眸が光る。いい歌だよ、みんな聞けば賢くなるんだ。ええ教えて、とあたしも言った。アーイダは洗濯の手をゆっくり動かしながら、この国の言葉でそろそろと歌い出した。

わしらの富はわしらの持っているものではかれない。
わしらが他にほどこすものではかられる。

インディオの言葉は真っ直ぐじゃない。逆さになったり捻れたりする。真実は真っ直ぐな言葉では語れない、と彼らは言っている。

わしらの貧しさは足りないものではかれない。

わしらが他にほどこすものではかられる。
有るものは有るままに　無いものは無いままに。
空の神と地の神のなされるとおり。

そうやって、この土地にきた入植者にインディオの食べ物も耕す土地も土地を耕す方法もみんな教えてしまって、それから岩と砂ばかりのこんな所へ追いやられた。アーイダの歌によればインディオの信仰は、ものの所有を考えない。有ることと無いことはどう違うの？　野原のリスは貧乏なんだろうか？　灰色オオカミは貧しい宿なしなんだろうか？　そしてアメリカは世界一の富める国なんだろうか？

プエブロ族のアーイダは電気洗濯機が動いてさえ絶叫する。それでも彼女の歌は間違ってない。アーイダのお祖父さんたちが信じる神様がいれば、今の火、火、火、火、火だらけの世界は鎮火するはず。でもそんな神様はじつのところ、何も手を下さないのだ。

あるがまんまの神様って何の役に立つのだろう。アーイダたちが信じる大勢の神様。空の神様。風の神様。雨の神様。地の神様。鳥の神様。水の神様。木の神様。トウモロコシの神様。小麦の神様。チリソースは何でできてるの？　唐辛子の神様。ああもう眼が回るそんな沢山の神様に祈りながら、プエブロたちは追い詰められていく。

次の日曜日、ベンジャミンはやっぱりやってこなかった。破れた口に大きな絆創膏を貼ってるのだろうか。

待合室に集まる奥さんたちは、だんだん顔見知りが広がった。彼女たちは病気じゃない犬や、ケガもしてない犬を連れてやってきた。健康診断というわけだ。

「音のショックかしら。あの夜は下痢しちゃったのよ」

プードルの奥さんが言うと、チワワの奥さんはブラウスの袖を上げて、

「わたしは膝に抱いててド――ン！　って鳴ったときガブッと噛みつかれたわ」

とテープで留めたガーゼの傷を見せた。

彼女たちの夫はみなテックエリアの学者たちで、外部のあたしたちより音の正体について情報は伝わっているはずだけど、誰もそれには触れない。あるいは本当に彼女たちも知らないのかもしれない。

「でも戦場には軍犬がいるんじゃない。シェパードなんかが写真に出てる。戦場は砲弾の音とか銃声とか入り乱れて、軍犬は大丈夫なのかしら」

「それは仔犬のときから訓練するんでしょう。それでも悲鳴上げる弱虫は軍犬のテストにパスできないのよ。狭き門だって聞いたことがあるわ」

そのとき待合室の窓をアーイダが拭きながら聞いていた。

「でも強い犬でも、音に怖がることはあります」

「犬を飼っていないのにわかるの？」

　シェパードの奥さんが聞いた。

「灰色オオカミは強い奴です。胴体なんかあたしたちくらいある。大きなバイソンでも襲って食べます。でもこのオオカミが体を震わせて恐れるものがあります」

「体を震わせて？」

　奥さんたちがしんとなった。

「灰色オオカミの怖がるのはバイオリンの音です」

「なんてこと！」

　あたしたちは仰け反った。そんなことあるかしら。

「この西のチコマ山麓の小屋に学者たちが泊まって、ある晩のことその一人がバイオリンを弾いたのです」

　アーイダはみんなの顔をみまわして言った。

「みんながバイオリンの音色に聴き入っていると、そのとき静かな小屋の外から獣の悲鳴が流れました」

　それが灰色オオカミの絶叫だった。どの音階にでも反応するわけではないけれど、とにかくバイオリンのどの音かに全身の毛を逆立てた。転げ回って鳴いたのだ。

「バイオリンを鳴らさなくても、バイオリンの弦を弾《はじ》くだけでも死にそうな声をあげます」

「やったことがあるの？」

「ええ。バイオリンの弦を手に入れて、用心のため家に置いています」

「犬の源流はオオカミだから、それなら犬もバイオリンを怖がるかもしれない！」

と薬の窓口でケリィが言った。

「誰かバイオリンの弦を持っていないか？　そうだ、オッタヴィアン先生は楽器が好きだ。持ってるかもしれないぞ！」

ああやめて、やめてと奥さんたちが悲鳴を上げた。やっとこないだの恐怖がおさまったばかりだ。

ドアを開けてメリー看護婦が中から首を出した。

「みなさん、静かに。ここは病院です」

みんなでリオ・グランデ河の谷へ降りてアーイダの住む集落を訪ねてみないか、と言い出したのは薬剤師のケリィだった。でもバイオリンの弦を持ってくるような人とは行きたくないわ、と奥さんたちが言った。

しかしガラガラ蛇が出たらどうするんです？　ケリィはやり返した。ぼくなら皆さんの護衛役にオッタヴィアン先生の拳銃を借りてお供しますよ。

　みんなの頭の中にまだ一度も見たことのない、長くて派手な柄模様の生きものが浮かんだ。それでまたあたしたちは考え込んだ。確かに女性と犬ばかりでは不用心だ。めったにガラガラ蛇が出るわけじゃない、とアーイダは言った。灰色オオカミだってそんなにゾロゾロ出てくることはありません。

　そう聞くと奥さんたちはいっそう青い顔になって、たちまちケリィを連れて行くことに話が決まった。メサを降りるのは次の土曜日ということになった。その日は隔週の土曜休診になっていた。

　今回は初めての外出なので小さい子たちは連れて行かないことにした。この人跡未踏の山中で迷子になったら大変だ。シェパードとレトリバーと雑種の大型の計三匹。小さい子の奥さんたちはその子を置いて参加する。当日の朝、アーイダが息子と一緒にゲートの前まで迎えにくることになった。

　オッタヴィアン先生は話を聞くと、念のため薬箱を持たせてメリー看護婦も同行するように命じた。もちろんメリー看護婦は「了解です！」って即答した。

# 第二章

## 「まずは太陽、それから月、山、川、木、鳥、けものたち、すべてに祈るの」

土曜日は眼が眩むような朝日とともにやってきた。ニューメキシコの七月は一年中でいちばん気温が高くなるっていう。でもよほどでないと暑くはならない。標高が高いので真夏でも暖かいっていう程度らしい。

　でもこの数日は毎朝カーテンを開けると、金色の大波みたいな朝日が流れ込んでくる。創世記の神様が石と泥をこねて造った人間たちの大地……雄大なサングレ・デ・クリスト山脈やヘメス山脈、深く切れ込んだ幾つもの渓谷、リオ・グランデ河や、あたしたちの住むメサの台地が、黄金色の光の波に呑まれている。

　毎朝メサの天辺の動物医院の窓を開けて、オッタヴィアン先生もケリィ薬剤師もメリー看護婦もあたしも、たぶん世界に二つとないこの地の烈しい朝日を突っ立って見ている。

「昔、プエブロの長老が言ったものだ。神を選ぶなら生命の贈り主である太陽のほかにあるだろうか」

　とオッタヴィアン先生が話す。だからプエブロの朝の日課の初めは太陽を拝むんだって。
あたしは太陽を拝まないけど、太陽にいろんなことを話しかけてみる。今朝はこうつぶやいた。
（ねえ、大いなる火の玉の神様。あなたは何て大きなお仕事をなさるんでしょうね。薪も油もなしにこんな大きな火を燃やすんだから、まったく）

昨日の朝もつぶやいた。

（でもこの毎朝の焼き討ちみたいな火事が、いったい何の役に立っているんでしょうか。ちょっと勿体ないと思いませんか？）

オッタヴィアン先生とケリィの暖炉の焚き付け当番はひとまず休止になった。今朝は九時になるとアーイダがゲートのところに迎えにくる約束だ。それで朝食の前にメリー看護婦とあたしは犬たちを散歩に連れて行った。人間も犬も天のお仕置きを受けるみたいに、紅蓮の火に焼かれながら歩いた。
散歩から帰ると食事をして、村へお土産に持って行く砂糖とコーヒーの袋をリュックに詰めた。これは身分証を持ってるケリィが、昨日の昼、施設に入って購買部から買ってきた。そんなときに電話が鳴った。Y地とつながっているだけの電話だから、掛けてくるのは犬の飼い主の奥さんたちか、あたしのベンジャミンくらいだ。受話器を取るとそのベンジャミンの声がした。

「休みを貰ったんでそっちに行こうか」

ベンが来るのはいつもだと嬉しいけど、今日はそうでもない。

「いいけど、でもあたしは九時には下へ降りちゃうわ」

「降りてどこに行くんだ」

「アーイダの村よ。ほらプエブロの」

「そんならぼくも行こうかな」

ベンはこだわらないので、あっさりと方針を変えた。

九時少し前にゲートの方角から犬の吠え声が流れた。窓から見ると犬の奥さんたちらしい人影が動いている。

あたしたち三人はリュックを背負うと、コーヒーカップを片手に一日遅れの新聞を開いているオッタヴィアン先生のそばを通った。

「気をつけて行っておいで」

オッタヴィアン先生は面白いものを見るように、笑みを含んであたしたちを見送った。

奥さんたちと犬はもうゲートの外に出て待っていた。ベンも来ていて奥さんたちとしゃべっている。その中に黒い毛のレトリバーを引いた女の人がいた。こないだ犬の散歩でコッカスパニエルがゲートに飛び込んだとき、身分証を持ってないあたしのため、親切に付き合ってくれたエスターだ。あたしはエスターの手を握った。

「驚いた？　お隣さんが誘ってくれたので飛び入りしたのよ。うちのエッダを紹介するわ」

　黒いレトリバーは女の子だった。

アーイダが彼女の息子を連れて登ってきた。名前はヌルイ、十四歳だっていうけどプエブロは小柄なのでもっと幼く見えた。アーイダを先頭にみんなで小径を降り始める。女はアーイダを入れて八人と犬が四匹。男はケリィとベンとアーイダの息子のヌルイ。

太陽は情け容赦なく火の粉を降り注ぐけど汗は一粒も出ない。快適な山歩きだ。乾ききった空気はよく拭いたレンズみたいに澄んで、辺りは冷んやりした空気が張り詰めている。背の低いポンデローサの松葉がチカチカと光った。ヌルイはベンとケリィ薬剤師に挟まれて、あたしの前を歩いていた。

「君は今朝もお祈りをしたの」

「うん、一回も欠かしたことないよ」

プエブロ族は子どもも英語ができる。少し大きくなったらサンタフェや、アルバカーキの街に働きに行く子も多いらしい。あたしは耳を澄まして二人の会話を聞いた。ケリィがまた尋ねている。

「君らは何にお祈りするの？」

「太陽さ」

とヌルイ。きっとそうだとあたしも思った。

「お祈りはどんなふうに唱えるの」

ヌルイはちょっと口をつぐんで、

「それは言えないよ。大事なことは口に出してはいけないんだ。心は深くて重くて、口は軽いものだって」

いや、まいったね、とケリィは頭を掻いた。

あたしの横にはエスターがいた。エスターの横には彼女を誘ってくれた近所の奥さんがいた。エスターはその奥さんに話していた。

「うちのエッダは今日、家に置いてこようかって思ったんだけど、あれこれ電気のスイッチをいじるので、やっぱり連れてきたのよ」

そんないたずらする犬には見えない。賢そうな眼をしている。

「前足でスイッチを押しちゃうの。こないだは真空掃除機のスイッチ、足でどうやって入れたんだか。床をブルブル這いまわっていたのよ、掃除機が」

後ろの奥さんたちも聞いていたようで笑い声が上がる。

するとエスターの隣の家の奥さんも、

「うちの子は後ろ足で立ち上がって、ドアノブに前足を掛けて回すのよ。生まれてたった半年。これが人間の子だったらすぐニュースに出るわ」

小径はゆるいカーブで降りていく。快適な散歩にもってこいのルートだ。十一人の人間たちが四組のグループを作って、てんでにしゃべり合っている。黙々と歩くのは犬たちだけだ。

Ｙ地の購買部の品揃えの悪さを嘆くグループもいた。

「今朝の子どもたちのお弁当、何を持って行かせた？　うちは鶏のオーロラ炒め。もも肉って便利だから、なくなるととても困る」

「ええ、ハムばっかりじゃ文句が出るし、簡単なお弁当ができて助かるわ」

「そしてみんながそうだから、すぐ品切れになる！」

「購買部の買い付けは兵士かしら」

「女性兵士にやってほしいわね。そこのところの事情わかってくれるから」

「あら、子どもたちのミルクチョコも、いつもいつも品切れ。どなたか買い占めちゃうんじゃないかしら」

Ｙ地の科学者の奥さんたちは主婦なのだ。子どものいる奥さんは専業主婦で、身軽な奥さんたちは施設の中で購買部や映画館のバイトをしているんだとか。いつの間にかＹ地はちょっとした町になっている。

施設の中には幼稚園と保育園に、小学校と中学校が一つになった学校もある。高校生の子どもはどうしてるのかというと、彼らはもう大きいので寄宿舎のある学校に入ったのだ。親元から離れて暮らしている。

足が動くと口も動くのだと思いながら、あたしは聞いている。すぐそばにヌルイがいて、彼は黙って笑っていた。奥さんたちの暢気な話があたしは少し恥ずかしい。

ヌルイはあたしの心を察したのか、おとなが宥めるように小声でこうささやいた。

「大事でないことはしゃべってもいいんです」

アーイダによく似た黒い眸だ。

三十分ほど経ったところでアーイダが休憩を取った。澄んだ地下水が湧き出て小さい池になっている。

「ガラガラ蛇はいないか」

とベンが言ったので奥さんたちはキャッと叫んだ。

「辺りをよく見てください。ガラガラ蛇は飛びかかる前に尻尾を振り上げて音を鳴らします」

とアーイダが言う。耳をそばだてても音は聞こえない。尻尾の形がとても変ってるからすぐわかるという。あたしたちは周囲の地面や草むらを見たあと、ホッと腰を下ろした。

「拳銃を持ってきたんじゃない？」

「オッタヴィアン先生が貸してくれなかった」

ケリィが両手を広げて見せる。

この先から急坂の近道になるので、犬に水を飲ませた。ベンとケリィは池の縁の岩に腰掛けて、冷たい水に足を浸した。二人はカリフォルニアのバークレイ校で、学部は違うけど一緒だった。ケリィがベンに言った。

「ぼく、ふっと思うことがあるんだけどな、世界でいちばん淋しい場所があるとしたら、それは原子の中じゃないかって気がするんだ」

「原子の中？」

笑顔はそのままだったけど、あきらかにベンの表情が警戒心に曇った。あたしはまだ誰にも言わないけど、ベンはこのＹ地で原子とか原子核の研究をしているのだと薄々感じている。それは以前から彼の持ってる本を見てもわかることだ。

原子は世界でいちばん小さなものだってことは、あたしも知っている。でもそれがどんな風に小さいのか、ベンがその小さいのを相手にどんな研究をしているかは知らない。ケリィは岩の上に濡れた足を投げ出した。

「だって原子の中はスカスカだっていうだろ？　そのスカスカのカラッポの程度が凄いじゃないか」

　ケリィは岩の上にへばりついてる木の葉を掌にのせて、

「たとえばこの小さい葉っぱが原子核としたら、メサの天辺のＹ地の研究施設より原子の全体はもっと大きいはずだろう？　この谷を呑み込むくらい、広いんじゃないか？」

　あたしは呆気に取られて彼の顔を見た。ベンは少し困ったような表情になる。

「君の譬えは物凄くオーバーだけど、原子の寸法は今のところ実測は難しい。せいぜいＹ地の半分くらいなんじゃないかな」

　ベンとケリィは何だか姿のない象を一頭、見つめ合っているような感じだ。

「だからぼくはとにかく、その何にもないスペースを、世にも奇妙な淋しい空間じゃないかって思うんだ」

　ケリィは不思議な空間のことをしゃべっている。芥子粒より小さな中に、このＹ地の何分の一かがスッポリ収まる空間があるってこと……。

「そしてさ、その奇妙な原子がぼくのこの体もつくっているというわけだろ？　シロウトの考えを笑ってくれ。しかしぼくの体はその想像もできない大きさの、スカスカのカラッポの原子が、これまた無数に集まってできているんだろ？」

　ふうーん、とベンはケリィの興奮をよそにつぶやいた。

「カラッポが淋しいのか」

「そうだとも」

ケリィは何だか威張ってるみたいに返事をした。

「こんなこと考えてると、自分の体の中を風が吹き抜けるような気になるんだ。どうだい？　これ以上に超ヘビーな淋しさってものがあるだろうか。ベンジャミンは考えたことはないか？　こんなおかしな孤独のことを」

　ベンは聞きながら自分の顎を手でなでた。

「君はそう言うけど、原子の中はそれほど静かな世界じゃないようだ。つまりその広い空間は、眼には見えないけど蚊みたいに小さな電子がブンブン飛び回っている」

「カラッポじゃないのか」

「じつはぼくらがいるこの世界だって、電話や無線の通信網が通っているだろう。これは分かるよな？　その見えないものを在《あ》ると見るか、無いと見るか。それはケリィ、君次第だけどね」

　あたしが分かったのはベンの研究しているものが、とうていこの世に在りそうでなくて、でも存在しているらしいことだけだ。そよそよと風が谷を吹き流れていく。見えないけど風は在る。ベンの研究しているものも、この風みたいに儚い感じがすると言ったら怒るだろうな。

メリー看護婦がリュックからナッツやクッキーを出して、奥さんたちに配っていた。犬たちにも与えている。みんなしばらく静かにポリポリ噛んで食べている。ふとアーイダが立ち上がって、今きた小径の方角を見た。だれかこちらへやってくる。男の歌声が近づいてきた。

何の歌だったか、聞き覚えがある懐かしいリズム！

どこかでラッパが高らかに鳴りそうな音楽。ポンデローサ松の木の間から歌声の主が見えてきた。

Y地の兵士みたいなグリーンの制服が二人。

グラグラ煮えたぎる　岩と泥の大鍋から
大きな手が取り出した　大きな卵
岩と泥でできた　コロンビアの大地
おお神よ　素晴らしい国土を有り難う

この国で最初に生まれたアメリカ合衆国の国歌だわ。曲名は『ヘイル・コロンビア』。ずいぶん昔の歌よ、サーシャお祖母さんがノートに書いていた。ジョージ・ワシントンの大統領就任式に『ヘイル・コロンビア』は、最初に演奏された。できたての軍楽隊のラッパ手が吹いたの。

「何の歌？」

と、ヌルイがきょとんとしている。ベンが言った。

「コロンビア、バンザイって歌っているんだよ」

「コロンビアって何のこと？」

「まだアメリカって名前がない時代で、この大陸を発見したコロンブスの名前を貰って付けたんだ。われらのコロンビア、バンザイって」

するとヌルイがまなじりを上げて言った。

「それじゃ初めに悪い奴は、コロンビアだ！　インディオの土地を奪った」

ベンとあたしは黙っていた。黙ってこの子の抗議をすり抜けるしかない。

　生まれたてのロッキー山脈が　呱々《ここ》の声をあげる
　ミシシッピー河が　コロラド河が歌う
　広くて豊かな　コロンビアの大地
　神よ　素晴らしい自然を有り難う

ポンデローサ松がおどけた枝の手を振り、足を振り、イチ、ニイ、イチ、ニィって行進していく。ラッパの鳴らない『ヘイル・コロンビア』は間が抜けている。二人の兵士が声を嗄らして歌いながら近づいた。

アーイダが聞いた。

「あんたたちは誰」

「見てくれの通りの警備兵です」

「何を警備するの」

「われわれの任務はＹ地の学者とその家族の警護です。もとより、家族にはペットも入る」

それで命令を受けて後を追ってきたというわけ。

「わかったら、さあ行こう。進め、人も犬も前進！」

警備兵が先頭を切って歩き出し、アーイダも、それじゃ行きましょう、と手を上げた。出発。みんな立ち上がってぞろぞろと後についた。

あたしは警備兵に声をかけた。

「ヘイル・コロンビアの歌が違ってるわ。あたしお祖母さんに聞いて昔の元の知ってるわよ」

コロンビア、バンザイ。自由のために戦い血を流した、あなた方英雄を讃える。勇気ある勝利がもたらした平和を味わおう。……自由のため、じゃないわ。


ああ、ヌルイやアーイダが聞かなくてよかった。

「古い歌は難しい。ガキの頃に兄貴たちはこう作り替えて歌っていたんだ」

と兵士の一人が言った。

あたしは躓きかけて、ベンが手を握った。

久しぶりの彼の掌の温みだ。みんな見てませんように。

「お祖母さんが歌ってたの？」

とベンが訊いた。

「この歌はね、ペリー提督がアジア航路の開港政策で、ジャパンに行ったのよ。そのときウラガ・ベイに着いて海岸を行進しながら演奏したんだって。ジャパニーズのサムライたちは聞いたことのない音楽にびっくりしたと思う！」

メサに帰ったら今夜、お祖母さんのノートを見てみよう。

警備兵たちはまた歌いながら歩いて行く。


　山間の麓のあちこちに、洗濯物を干したプエブロの集落やスペイン村があって薄い煙が昇っている。それはたぶんプエブロの人たちの台所の煙で、あたしは懐かしい気持がした。

日干しレンガの壁で造った家々が並んでいる。レンガは眼に沁むような赤茶色で、あたしは今までこんなに清潔で静かな住居を見たことがなかった。アーイダが声をかけると一人の老人が出てきた。

羽根の冠を忘れてる！　とあたしは思った。

頭に大きな鳥の羽根飾りの帽子をかぶり、背中にも鳥の羽を生やしたようにバサバサの羽根を背負っている。あたしの知ってるインディオの長老はそんな姿だ。

西部劇の映画で知っている。

羽根の冠のない年寄りの長老はヒョコヒョコと近寄ってきて、まずベンとケリィの手を握った。

「羽根を忘れているんじゃない？」

あたしは小声でアーイダに言った。

「それはスー族です。平原のインディオ。彼らは戦争が好きな部族です」

「すると戦争が嫌いな部族もいるの？」

とエスターが聞いて、アーイダは自分の胸を叩いた。

「それはあたしたちプエブロです」

ここの人たちは羽根を持たないインディオなんだ。

「スー族やアパッチ族は昔から白人と戦っているよりも、仲間同士と長く戦ってきた……」

　と長老が教える。

「それはまたなぜ？」とベン。

「勇者の誇りが高いのだ」

「勇者って？」

「人殺しと泥棒に長けた男たちのことだ」

「そりゃ迷惑ですねえ」

とベンが言い、羽根飾りのない長老はその意味が理解できないようでただ黙っていた。

　あたしたちの周りにプエブロの人々が集まってきた。みんな親しげに寄ってくる。アーイダは一人のお婆さんの手を取って、これが自分の母親だと紹介する。ケリィとメリー看護婦とあたしはリュックを降ろして、中から土産の袋を取り出した。喜んでくれるかどうか分からないけど、砂糖とコーヒーが二袋ずつ。

　長老に差し出すと、

「ノー、ノー！」

　と静かに威厳をもって押し返した。

「こんなものですが」

とあたしたちもまた押すと、

「ノー、ノー」

と柔らかい力で押し止めた。

アーイダが困ったような笑顔で割って入ると、

「あたしたちは贈り物を受け取りません。気持ちだけ有り難う」

と言う。

「贈り物を貰うと、貰った方は倍にして返します。返されると、またその倍を返します。インディオは形のないものも好きです。名誉や誇りにかけて返します。物はない方がいい。形のあるものはない方がいいです」

ほんの手土産なんだけどと思う。羽根飾りもない。贈り物もない。ヒューって吹いて去っていく何だか風みたいな人たちだって思う。飲み物の用意をさせるから待てと言って、長老が建物に引っこんだ。

横で警備兵が笑っている。

「彼らはアメリカ原住民の中で、いちばん蓄財観念を持たない部族だ」

「何も蓄えない？」

「何も。ただせっせと畑を耕してトウモロコシをつくる。豆をつくる。働くんだ」

「働かないときは祈る」

もう一人の兵士が言った。

「一日三回くらい祈るんじゃないか？」

「何に祈るのですか」

メリー看護婦が聞いた。

「まず太陽。次に月。それから星。そして山。川。木。鳥。獣」

つまり自然の全部にお祈りをするのだ。

「でも獣にもお祈りするなら、どうして鹿を殺して食べてしまうのかしら」

メリーは考え込んでいる。

「…………」

兵士たちが答えられないでいると、前を行くアーイダが振り返って教えてくれた。

「だから死んだ鹿に祈りを捧げるのです。殺して一日祈って、食べた後、人間の血や肉になってくれた鹿にまた三日間感謝の祈りを捧げます。今日はその感謝のための鹿踊りの日です」

ああ、鹿肉を口に入れることは何て大変なのだろう。

日干しレンガの建物に囲まれて広場があった。

そこに敷物が置かれて飲み物が並んでいる。野菜をしぼった汁を飲まされた。美味しかったけど、手渡せなかったリュックの砂糖とコーヒーが眼に浮かんで、喉を通りにくい。せめて一袋だけでも貰ってくれたらと思う。

やがて太鼓が鳴り始めた。何と言っていいか不思議なリズムだ。アーイダが言った。

「祈りの儀式だから、踊りが終わるまで声を出してはいけません」

人影が走り出てきた。茶色の毛がふさふさと風になびいた。見たとたん、キャア！　とあたしたちは叫んでしまった。人かと思ったら飛び出してきたのは大きな角が生えた鹿だった。半獣半人の鹿人間だ。それが烈しく踊り出す。よく見ると頭と肩先までが本物の鹿の毛皮で、胸から下半身は人の姿だ。

思わずあたしたちが声を出したせいで、踊り手の鹿人間はもう一度退場した。あたしたちはしゅんとなった。間もなくいったん消えていた太鼓の音がもどり、鹿人間たちが踊り出てきた。あたしは二度と声が出ないように唇を嚙み締めた。

踊りにつれてその鹿人間が、タンタンタンタンタンと何人も舞いながら短い棒を二本杖のように地に突き立てて、四本足になって身をかがませる。カタカタカタ、トムトムトムと不思議な楽器が打ち鳴らされる。死よ、死よ、死よ、くつがえれ。あたしには死んだ鹿がそう叫んでいるように聞こえる。

そうして生よ、生よ、生よ、くつがえれ、って叫ぶ。祈りの鹿は何度も死んで何度もよみがえり、鹿の目がらんらんと輝いてくるみたい。生きてるプエブロの踊り手の男たちが、こんなに踊りに没頭するのだから、何度も死んだ鹿の霊が再生し、それからまた死の霊と結びつく、そんな瞬間があるはずだって思う。

あたしにはそんな風に見えた。


嵐のような踊りが終わって、波が引いたあとの砂浜みたいな広場で、あたしたちは長老の見送りを受けた。さっき鹿肉とトウモロコシのパンを食べて、あたしたちのおなかはいっぱいだった。ケリィがごちそうのお礼を言うと、

「腹が減れば祈りは短くなる。われわれは腹を満たさねばならない」

彼はうなずきながらつぶやいた。ケリィがもう一度リュックの砂糖とコーヒーを差し出そうとすると、やっぱり年寄りはきたときのように静かに手で拒んだ。

「多くの物を持つより、何も持たない方が厄介ごとは起こらないものだ」

あたしはそのときオッタヴィアン先生の顔を思い浮かべた。またここへくることがあったら、次はオッタヴィアン先生を連れてきたい。先生と長老は気が合うかもしれない。先生の好きなものは太陽と月と星。それから犬と化石とメサの木の葉っぱなのだった。

ケリィはまたすごすご土産の袋を引っ込めた。

それからあたしたちはアーイダとヌルイに手を振って集落を後にした。


朝降りてきた道を今度は登って帰った。

登りはさすがに息が切れるので、二人の警備兵は歌わなかった。犬の奥さんたちも黙っている。ケリィも原子の話はひとまずお預けのようだった。

ただ二人、少し遅れて登ってくるエスターと、近所の奥さんのローラがぽつりぽつりと話し合っている。二人はプエブロの長老に心を打たれたようだった。

「あの人たちは何より天をあがめているのよ。話を聞いていて敬虔で心が洗われるようだったわ」

とエスターの声が聞こえてくる。

「あの人たちにとって太陽や天は神の代名詞なのよ」

ざくざくと登りながらしゃべっている。

「ねえ、この山にきてわたしたち大事な時間を失くしていない？　祈りの時間よ」

「ああ、ローラ。わたしもそのことを考えてたの」

とエスターが言った。しんから切なそうな声だった。

「むろんわたしたちはどこにいても、かたときも信仰を忘れることはないわ。けれど祈る場所がここにはないのね。今のプエブロの人たちだって、あんなふうに着るものもろくになくても、祈りの場所はちゃんと持っている。それがわたしたちにはないんだわ」

二人の声はだんだん強くなっていく。

「夫たちが信仰なき人種だからこそ、わたしたちが神とつながらなくては。それにはシナゴーグが必要よ」

「だったら科学者の妻たちでつくればいい。わたしたちの礼拝の場所をつくりましょうよ」

シナゴーグって何だろう。

登りながらあたしは考える。生きてるものはみんないろんな心の世界に住んでいるって思った。犬は真空掃除機のスイッチを入れたがり、奥さんたちは鶏のもも肉の品切れに困っている。

ケリィは原子核の孤独が気になって、ベンはその原子核のもっと別なことに頭を抱えて、プエブロの人とオッタヴィアン先生は太陽と月にイカれている。そしてエスターとローラの二人の奥さんは自分たちの信仰を高めようとする。散歩の好きな犬たちはワンとも鳴かなくてせっせと歩き続けている。文句ない半日みたいだった。

「そうだわ、ローラ。わたしたち頑張りましょうね」

「ああ、エスター。今日はとても有意義だったわ」

見上げるとメサはまだ烈しい太陽に灼かれていた。しんと静まり返った山頂は白い透き通った炎にぐらぐら包まれている。あんな所に人間の暮らしがあるなんて、自分のことなのに夢のようだった。

＊

プエブロの集落に行った日を境に、オッタヴィアン動物医院の待合室からいつもの犬の奥さんたちの姿が消えた。奥さんたちは犬の治療だけでなく、犬の餌の与え方とか発情期の対応とか週二回の教室にもやってくる。何よりうちは犬仲間の交流の場だったのだ。

そんな幾つかの彼女たちのグループが消えて、待合室は穴が空いたみたいに淋しかった。オッタヴィアン先生もケリィもメリーもポカンとしていた。いったいフェンスの中に何が起きたのだろう。

ただ治療の必要な犬は以前のようにやって来る。奥さんたちは犬をここへ連れて来る当番を決めたのだ。小型犬なら三匹くらい、大型犬は二頭とか、当番の奥さんが犬たちのリードをまとめて引いて来る。

大型犬は躾が入っているので三頭でも平気。小型犬が来るとちょっとした騒動になる。朝やって来て、ひと騒ぎして、午後からもまた別の子たちをつれて、当番の奥さんは忙しい。

エスターとローラの姿もあの日に見たきりだ。あたしは彼女たちがプエブロ村からの帰り道に話し合っていたのを思い出す。二人はよほど興奮しているみたいだった。

満足に着るもののないインディオの人たちでさえ、あんなふうに祈りの場を持っているわ。ええ、鹿の皮のかぶり物とか太鼓とか祈る道具も持っていたわね。そうよ、わたしたちの夫は信仰なき人種だから、わたしたちが神とつながらなくてはいけないのよ。そう思わない？

エスターは何か熱い決意をみなぎらせたような顔だった。シナゴーグがほしい。Y地のフェンスの中に、みんなが集まる祈りの場があるといい。

あのときのエスターのきっぱりした声がよみがえってくる。

二日経っても三日経っても奥さんたちのグループは戻らない。ケリィは犬の栄養講座を開いていたけどあきらめた。木曜日の夕食のときケリィはつぶやいた。

「ここ、潰れちゃったりしないでしょうね」

「まだまだ学者の家族の入所は増え続けている。海外組が遅れて到着しているんだ。彼らの犬がいる限りその心配はない」

先生の言い方は犬を人質に取ってるみたいだった。たしかにフェンスの中の空き地がどんどん埋まって、今はびっしりと緑色の建物が並んでいる。一列の長い棟に十戸の家庭が入って、それが十列並ぶと百戸になってしまう。そんな緑色の箱の居住区が、メサの天辺を覆い尽くそうとしている。

「学者の数はそろそろ二千を超えるんじゃないですか」

「エンジニアも四、五百人はいるからな」

「でも家族連れは学者だけなんでしょう」

　メリーが豆のスープ皿を並べながら言う。

「つまり自分の職場に家族と犬を連れて来た」

「いや、ここは彼らにとって戦場かも知れない」

　とオッタヴィアン先生は浮かない顔でつぶやいた。

　銃も大砲も戦闘機も爆撃機もない戦場ということ。あたしのベンジャミンはそんな変な所でどういう戦いをしているのかって思う。

「すると先生、彼らは戦場に妻子と犬を連れてきたわけですか？　そんな戦争って考えられませんよ」

　とメリーが席に着いて先生を見た。

「科学者の戦いは机の上だ。しのぎを削るその戦場で勝つためには、頭脳の熱い発動と精神の高揚が必要だ。そしてそのためには香り高いコーヒーと、極上のワインが求められる」

　と先生は片手で自分もワインを引き寄せた。

「さらにもう一つ。彼を見守る妻と可愛い息子や娘たち。そして忠実で賢い犬だ」

何て贅沢な戦争。至れり尽くせりの待遇。オッタヴィアン先生は学者のはしくれとして、Y地の彼らを羨んでいる。でもたぶんそんな至福の環境にいる学者なんて、Y地にはいない。だって車もない。服もない。そしてろくなレストラン一軒もない戦場で、ボロ靴を履いてるベン。

いつかあたしはベンジャミンに聞いてみたい。あなたのやってる戦争ってどんなもの？それで勝ち目はどのくらいあるの？

あたしはオッタヴィアン先生にシナゴーグのことを尋ねるのを忘れていた。パンをちぎっているうちに思い出した。それはユダヤ教の教会のようなものだと先生は答えた。でも少し違うのは礼拝の場所としてだけでなく、教徒たちの集会所の役もするという。

それなら犬の奥さんたちが欲しがるはずだ。こんな山の上の夫たちの戦場に閉じ込められて、犬の病院の待合室が唯一の憩いの集会所なんて淋しすぎる。

「先生、そのシナゴーグが、そもそもの原因なんです」

「ほう、いったい何の原因だね」

先生はのんびりとしている。

「待合室の奥さんたちの姿が消えたのも、来月のあたしたちの給料が減るかもしれない心配も、すべてはその原因のためなんですよ」

あたしが言うと、メリーがその後を続けた。

「いったいこのＹ地には、ユダヤ教のシナゴーグだけでなく、そもそも教会と名の付くものがあるんでしょうか。プロテスタントの教会とか、カトリックの教会とか、これだけの人間が集まってる所なら、普通どこかに一ヵ所くらい何かあるんじゃないかしら」

するとケリィが一言で蹴飛ばした。

「だから言ったろう。ここは戦場だって。教会とは無縁の軍事基地なんだ」

忘れていた。

メリーが思い出すように言った。

「いつだったか犬の奥さんたちが、サンタフェの教会にバスで行ってきたって言ってたわ」

「それじゃここには教会というものはないんだな。当然だけど」

とケリィが笑う。

「サンタフェのその教会は、プロテスタントみたいだったわ。彼女たちは生粋のピューリタンよ」

「そこにユダヤ教のシナゴーグがあるかしら」

「あそこは東欧から来たユダヤ人と、スペインから逃がれて来たユダヤ人が集まって、大きなコミュニティができたから、当然あるに決ってるさ」

サンタフェならゆっくり出かけて日帰りできる。安息日に行くんだったら最高ね。

「気の毒だがそれは無理だ」

とケリィがあたしを見て笑った。

「ここから歩いてサンタフェまで、どのくらいかかるか知ってるかい？」

なぜ歩かねばならないの。

「正統派のユダヤ教徒なら安息日に車に乗って礼拝に行く不届き者はいない」

まあ何て気の毒な話なの！　サンタフェには朝と昼に軍の往復バスが出るのよ。Ｙ地の発行する身分証が乗車切符の代わりになる。犬の奥さんたちの洋服も化粧品も美容院も、Ｙ地の購買部で買うより美味しいコーヒーもワインも全部サンタフェの町にある。教会もホテルもＹ地の軍用食堂よりましなレストランもそこにある。そこに歩いて行けなんてあんまりよ。

ケリィが尖った鼻を上へ向けて暗算を始める。

「ぼくら人間の足が例えば時速二・五マイルで歩くとしよう。このメサの天辺からサンタフェの町まで、でこぼこの山道が四十マイルほどある。それで計算すると片道ざっと十五、六時間歩き続けるわけだな」

「どうして車に乗れないの」

「安息日に働いてはいけないんだ。神は六日間でこの世界を創造した。じつに大仕事じゃないか。そして七日目を安息日と決めた。機械や電気を使うのも働くことと同じなんだ」

あたしは聞いてるうちに疲れてきた。

「だがアデラ、案じることはないさ。安息日にシナゴーグへ礼拝に行くのは大半が男性信者だ。ユダヤ教では女性は生まれながらに神が作った完成品に近くて、男のように頑張らなくてもいいらしい」

「それじゃシナゴーグに行かない女性はどうするの」

「何しろ電気も火も使えないから、安息日の前に料理作りをしておくんだ。台所の調理器具も当日はアウトだからな。トースターもオーブンもだめだよ。料理だって大変なんだ。それから機械の操作も禁忌だから、エレベータのボタンも押せない。どうしても乗るときはユダヤ教徒でない人間に、ボタンを押してもらうしかない。誰もいないときは立ち往生だ」

「向こうからかかってくる電話はどうかしら」

メリーが聞いた。

「それも受話器を取るわけだからアウトだな。電気を使うものはだめ。よその家を訪ねてもチャイムは押せない。まあどのくらい大声が出せるか試してみることだ」

「入浴は」

「安息日は金曜日没から土曜の日没までだから、土曜の夜には入れるわけだ」

宗教は不便なものだって思う。もとから不便の思想なのが宗教かもしれない。ユダヤ教でなくても宗教は禁じる事柄が多過ぎる。宗教はどうして人間に不便ばかり押し付けるのだろう。

わがままでやりたい放題の人間に、もしか本来の生きることの難しさを教えるためだろうか。そうやってこそ生命の尊さを知ることができるって、そういう考えなのだろうか。

でもあたしはなるだけ不便でないほうを望む。便利を追いかける現代人が無信心になっていくのは、水が低い方に流れるのと似ている。水の流れが道理ってものじゃないだろうか。

便利の先に物理・科学の学問がある。車、電話、エレベータ、みんな究極の便利をめざしている。エスターやローラの夫たちが、信仰心が薄いのは当たり前だってあたしは思う。

ケリィがパンをちぎりながら話し始めた。

「ぼくの家はロシア系のユダヤでね。うちは両親とも信仰心が乏しかったけど、父の伯父のところなんかコチコチの正統派だったな。ぼくは進化論を信じて、天地創造の話には困ったもんだと思ってるよ。学問や研究に支障が出るからね。勘弁してほしいってな」

あたしはケリィの後ろにベンジャミンの顔を思い浮かべた。ベンの生家は合衆国では少いカトリック教徒らしい。イタリア系の移民でニューヨークから入ってきたらしい。

ベンは磔になったキリスト像を見て、子どもの頃は震えあがったという。たしかにキリストの磔刑図は見慣れない子どもには酷すぎる。あたしはわりと平気なほうだったけど。そうやってだんだん見慣れていくとそういうものかと平気になる。ベンは自分の眼でちゃんとものを見る子どもだったということ。

オッタヴィアン先生が最初に食事を終えた。

彼はナイフとフォークを置いてこう言った。

「わが医院としてはこのＹ地に、一日も早く彼女たちの集会の場所であるシナゴーグができることを祈るとしよう。生活はどの宗教に於いても祈りと共にあるものだ。ここが生活の場であると言えるならば、だがね……」

待合室はひっそりしたまま日が過ぎて行った。

半月ほどした頃、銀色のコッカスパニエルを連れた奥さんがやってきた。いつだったかゲートの中に飛び込んで、あたしを散々追いかけさせたナラだ。玄関を入ってあたしを見つけるなり尻尾を振って飛びついた。

鼻に腫れ物ができている。オッタヴィアン先生の見立てで、腫れ物の場所が良くないということになって、局所麻酔をかけてチョンと切った。ナラはわが家に帰ったみたいに温和しく言いなりになった。

「この待合室、やっぱり淋しいわね」

治療の終わるのを待ちながら、ナラの奥さんはひとけのない辺りを見て言う。

彼女の話ではユダヤ教徒の妻たちの会ができて、本部にシナゴーグ設立のために掛け合っているんだという。ここの敷地は広くて建物はどんどんできているんだから、その中の二軒分ほどのスペースの壁を抜いて、礼拝と集会の場所をつくってくれると有り難い。

「それは簡単じゃないですか。もっと面倒な病院とか保育所まで造ってるくらいだから」

ケリィがナラの薬を袋に入れながら言うと、

「建物じゃないんです。問題は人間なの」

と奥さん。辺りの空気が緊張して、ナラがケリィと奥さんの顔をじっと見ていた。鼻の患部に当てた白いガーゼが痛そう。

「シナゴーグには一人のラビが必要なの。プロテスタントでの牧師のような聖職者。そんな人物がここにはいない」

そのいない人物をどこから引っ張ってくるつもりだろう。宗教上の指導者がいない礼拝所があるだろうか。どこからか派遣を頼む法もないわけではないけど、Ｙ地は秘密基地として本来どこにもない土地だ。架空の場所に呼ばれてくる者はない。

「いよいよになった場合は、誰か男性信者の一人をラビにすることも昔はあったというの。教学と品格に優れている男性を、とりあえずラビに選び出すわけね」

そんな名案があったんだって思ったけど、でも彼女は眉をひそめる。

「けれど、そういう男性もここにはいないの」

そうかもしれない……。

「ここの研究所の男性はそろって信仰ってものがないのよ。ラビどころか、普通の人間が持ってる常識も欠けてるんじゃないかって」

あなたの夫も？　と聞いてみたかった。

「それでグローブス将軍は」

と彼女はまた眉をひそめる。グローブス将軍はＹ地の軍と学者を束ねる総指揮者だ。あたしも知っている。

「シナゴーグの建物をつくるのに、責任者がいないのは致命的にまずいんだって」

それは当然だろう。建物があれば人が集まる。まして宗教の集会ともなると、それなりの統率者の存在が必要だ。さらにここは合衆国陸軍の特別の管轄区だから、責任の所在はもっと厳しいはず。

だんだん先の見えない話になりそうだった。

「それはお困りですねえ」

とあたしはナラの背中の毛を撫でながら言った。

すると奥さんの眼が少し明るくなって、

「一つだけ浮かんでる案があるの」

シナゴーグ設立の委員長は言い出しっぺのエスターだ。そのエスターが考え出した案だという。

「ここのラビはＹ地の科学者代表で総括責任者のロバート・オッペンハイマー博士にお願いすることにしようって！　彼の両親はどちらもドイツ系ユダヤ人なの。ただ、父親は信仰なし。でも母親はユダヤ人の旧家育ちらしいの。とにかく両親そろってユダヤの血を承《う》けてる！」

　あたしも彼の名前だけは知っている。

　オッピーっていう愛称も知っている。

「わたしたち代表が揃って軍へ出頭し、正式にお目に掛かってお願いすることにしたの。どうかしら。素晴らしい案だって思わない？」

　あたしはＹ地のフェンスの外にいる人間だから、まだ彼を見たことがない。オッピーは会ったことのない人だけど、彼がＹ地で飛び抜けた人望と、統率力を持つ優れた学者だってことは聞いてるけど、でもエスターの人選は間違っている。

　あたしは即座にそう思った。

　オッピーはラビには不適格だ。天地創造って簡単にいうけれど、世界とは凄い構造なんだと思う。たとえばこのニューメキシコの岩山や砂漠など、こんな巨大な世界を六日でつくったという神を、彼みたいな科学者が心から信じるなんて到底思えない。シナゴーグのラビとはそんな途方もない話を信じられる人間だって思う。

忘れていたことが知らない間に実現した。

Y地発行のあたしの身分証ができたのだ。散歩の途中でゲートにナラが飛び込んだときの、ひと悶着をあたしはすっかり忘れていた。ポケットサイズの小さな紙切れを持たないばかりに、味わったあの忌々しい事件を忘れるなんて。

昼の休憩タイムに、メリー看護婦とゲートへ行った。

オッタヴィアン先生とケリィはとっくにそれを持っていた。二人は犬の緊急治療の際に、例えば出産や怪我のときゲートの中に入るからだ。歴代大統領が住むあの白亜の建物にも、当然だけど犬の医者は入って行く。

メリーとあたしもやがてくる秋の出産シーズンに備えて、身分証が必要になった。あたしも実家で何代かの犬の出産を手伝った。信じられないかも知れないが、犬はわりと難産が多いのだ。

夜中ずっとそばにいて、赤ん坊の入った透き通った袋が出てくるときの、泣きたいような感動をあたしは忘れない。袋の中には一匹、二匹、三匹と小さい犬の形めいたものが入っていた。それをそろそろ引っ張り出して、母犬の顔の前に置いてやる。利口な犬ならじっと見て思案して袋を口で破る。お馬鹿な母犬ならただ途方に暮れて見ている。だからあたしが破いてやるのだ。

今のうちにメリー看護婦の本を借りて勉強したい。メリーの手伝いをしたい。

オッタヴィアン先生に貰った書類を持って行くと、ゲートのＭＰに見せた。ゲートはすぐ開いた。いつかここで起きた悶着が夢のようだった。ゲートの向こうではエスターが手を振って待っていてくれた。出るときに彼女に電話で知らせておいたのだ。

軍の本部へ行く道をエスターが案内した。

「すっかり変わったでしょう？」

「ほんとに」

ナラを追いかけて入ったときは広い空き地の物置小屋みたいだった建物が、今はびっしり建て込んで街の景観だ。本部の玄関に入るとき、中から出て来る軍服の男とすれ違った。

「グローブス将軍よ」

エスターがそっとささやいた。

「オッピーと腹を割った仲だって。気の短い彼みたいな爆発男に、オッピーのようなナイーブで、思慮深い相棒が付いたことは天の配剤よ。最高のバランスだって」

髭を生やした顎ががっしりと大きい。でも笑うと意外に愛嬌があるかもしれない。怒ったらけた外れに怖い男かも。爆発するかも。

さて、係の窓口に行って身分証を貰った。申し込むときに提出した自分の顔写真が懐かしかった。本部の建物を出ると、陽を浴びて光る緑の箱を眺めながら歩いた。シナゴーグに行ってみないかとエスターが言った。

「まだ内装もできてないけど。みんなで頑張ってるところを見てちょうだい」

十字路の真ん中にある広場に木造の背の高い建物があった。一見、普通の集会所のようだが、中に入ると正面奥に内陣らしい空間があった。その前に椅子がずらっと並んでいる。長いテーブルに不思議な蠟燭立てが置かれている。まるで蠟燭の林のよう。顔見知りの犬の奥さんたちが、エプロンをかけて壁板を拭いたり、内陣の床を磨いていた。

「オッピーがラビになってここへ来たら、どんな顔をするかしら」

「すべてあたしたちの手作りだもの」

「最初の安息日には、腕によりをかけたコーシャを作りましょう。オッピーの奥さんはとても料理上手には見えないものね」

Ｙ地のプロジェクト総括責任者は、犬の奥さんたちの憧れの的らしい。コーシャというのはユダヤ教の戒律に則った食材で料理したもの。肉は蹄が分かれていて、反芻する動物、つまり牛、羊、山羊、鹿の肉。豚は禁忌だ。魚はうろことひれを持つもの。穀物は油や乳を使って加工したものはだめ。

「こんな山の中でそれが手に入るんですか？」

メリーが聞くと、

「その点はグローブス将軍がＯＫして、購買部の棚に加えてくれることになったのよ」

世界中から集めた科学者を飢えさせるわけにはいかないだろう。後はオッピーのラビが決まったら、奥さんたちの教会はめでたく船出をする。


身分証を貰った翌日だったか、翌々日だったか。

大変！　またナラの奥さんがやらかしてくれた。前のときはナラがやってしまって、今度はナラの奥さんの番だった。

その日もシナゴーグの内装の掃除で奥さんたちは出払って、犬当番のナラの奥さんが三匹のスコティッシュ・テリアを預かって連れて来た。三匹の兄弟の真ん中が皮膚病で、ついでに揃って健康診断を受けることにした。

来るときは何事もなかったのに、帰りに事件が起こったわけだ。あたしが皮膚病の真ん中の子を引いて、奥さんが上と下の二匹を引いてゲートまで来たとき、ちょうどシェパードを連れた警備兵が中から出て来て鉢合わせになってしまった。

訓練されたシェパードは「何だ」って顔で通り過ぎたけど、二匹のテリアは跳び上がったの。仰け反った。人間だって軍人と一般人は違う。ちっちゃいテリアが突然シェパードの軍用犬に出会ったら、仰け反っても仕方ないと思う。

スコティッシュはテリアの中でもほんとに小さい。草原なんかを走っていると短い足はほとんど見えなくて、胴体が滑って行くようだ。そんなテリアが飛びかかったものだから、シェパードも驚いてワオオーって吠えたの。テリアも小さいけど攻撃的で負けん気の強い犬だから、ワワワワンって飛びかかった。あたしは真ん中のテリアを抱き上げて必死で止めていた。

ナラの奥さんが二匹のテリアを引き戻そうとするうち、一匹のリードが手から離れて飛び出した。またあのときのナラそっくりになってしまった。テリアはまっしぐらにゲートに潜り込んで、あたしと奥さんもその後を追ったの。広い一本道が緑色の建物の間を突き抜けている。小さな点になって消えかけるテリア。

走って追い付こうなんて無理。そのとき道の奥にポツンと人影が現れてこっちへ来るみたいだった。

「その子を捕まえて！　早く！」

あたしと奥さんはその人影に叫んだの。あたりはとても静かで何の音もなかった。耳が痛いくらいだった。

人影が一瞬動いて犬の影とくっついたように見えたわ。犬を瞬時に捕まえたみたい。

「放さないで。その犬を捕まえていてちょうだい！」

叫びながらあたしたちは影の人物の方へ走って行った。

相手は背の高いヒョロリとした男だった。軍服じゃなくて民間人のよれよれのブレザーに、ツバの広い変な帽子をかぶっている。カリフォルニアの畑に立ってる案山子男にそっくりだったわ。

「ありがとう、助かったわ。とても助かったわ！」

息を切らして奥さんが言った。そして脱走テリアを受け取った。男は黙って犬を渡した。帽子の広いツバの奥から彼の眼が見えた。深くて青いラベンダーブルーの眸よ！　男の人のこんなに美しい眸をあたしは初めて見た。

「まあ、どうしましょう」

と奥さんが何かに気づいたみたいだった。

「あなたに助けられるなんて夢のようです」

あたしもやがてわかった。今こうして眼の前に立っている案山子男がつまり、オッペンハイマーだということ。

彼はそのラベンダーブルーの眸であたしたちを交互に見おろすと、

「犬の散歩は一人一匹ずつということでお願いする」

当惑したように言い残して去って行った。

九月初め、Ｙ地にシナゴーグができ上がった。

土曜日の夕方、診療を終わってメリーと様子を見に行くと、礼拝はもう終わったようだった。ケリィは安息日に来るのは男性信者ばかりだと言ったけど、ここには黒服を着た彼らの姿は見当たらなかった。女性ばっかり。

犬の奥さんたちが蠟燭のともし火の前にいた。いつもと違って頭にスカーフを巻いていた。きっちりと髪の毛が出ないように包み込んで、いつもとまるで違う人みたいに慎み深く見える。ナラの奥さんもいたけど見過ごすところだった。

ともし火はあかあかと魂の火のように揺らいで燃えていた。礼拝は終わったらしいけど、辺りはまだ重々しい祈りの気配に満ちていた。よく見ると、ぱらぱらと女性たちの中に背広姿の男の姿がある。奥さんに連れられて来たんだろうか。よく磨いた眼鏡をかけた銀髪が多く、ユダヤ教徒の真っ黒い髭の人はいない。ひと目でわかる学者たちだ。

エスターが近づいてきた。彼女も美しいブルーのスカーフで髪の毛を包んでいる。あたしはエスターにさっきから探している人の名前を出した。

「オッピーが見えないけど、彼のことはどうなったの。ラビに選ばれたんじゃないの？」

「それがだめだった」

エスターはしぶしぶ重たい口をひらいた。

「いくら待っても返事がないからお伺いを立てたら、グローブス将軍はもうかんかんに怒りまくって、相手にもしなかったんだって。そういえば無理もないかもね……。将軍の生涯で最高の相棒を、わたしたちユダヤの神に引き抜こうとしたんだから」

そして少し笑ってみせた。

「でもいいこともあったのよ。かねてお願いしていたコーシャ・フードが購買部に並んだのよ。ずらーっと」

コーシャ・フード？　何だっけ。

「神に許された信徒の食べ物よ。蹄の分かれた動物の肉、うろことひれのある魚。薬のかかってない自然な穀物と野菜、果物……」

色とりどりのそんな食材が溢れんばかりに棚に積んであったって。それがグローブス将軍がオッピーと交換した物だった。あたしはちょっと笑ってしまった。

シナゴーグができたお祝いじゃないけれど、Ｙ地に軍楽隊が誕生してパレードがおこなわれる。

今日は昼からメリー看護婦とアーイダを誘ってゲートに行って、文句あるかって身分証を見せて中へ入った。Ｙ地の不思議なことはプエブロは証明書なしで入れる。彼らの働く手がなければＹ地は保たないからだ。

ラッパの音が流れてきたのでフェンス沿いに歩いたら、向こうからやってきた。先頭は見事な制服姿の兵士たちが金色に輝くラッパを持って行進して来る。その後に色とりどりの太鼓が並ぶ。彼らの音楽はメサの天辺から見渡す限りの空に流れた。
後続はＹ地の婦人部隊で歌いながら続く。彼女たちは学者の住宅担当で保全係なんかもしている。たまに購買部で出会うと、少ないヨーグルトをあたしたちと取り合う相手だ。その後に続くのは、ベンたちがいるテックエリアに大学からきた若い学生たち。軍服はないから私服のブレザーや中にはニットシャツを着てる子もいる。そのだらしのないこと。歩き方もばらばら。

あたしたちが軍楽隊について歩くと、彼らも熱が入るようだった。どこかで聴いたことのある曲が流れ出したと思ったら、『ヘイル・コロンビア』だった。合衆国最初の国歌、っていうか、アメリカの国名がまだ定まらなかったときの不思議な国歌。

こないだプエブロの集落に行くとき、ついて来た兵隊が歌っていた。アーイダも思い出したみたい。日本にペリー提督が行ったときウラガ・ベイでも演奏したって。サーシャお祖母さんはこの歌をよく口ずさんでいたけど、あたしはよく知らない。

「何でコロンビア万歳って言うの」

とメリー。

「今ならアメリカ万歳ってことね」

「コロンビア共和国から文句は出ないの？」

「昔の歌だもの。それに歴史がこめられた歌なのよ」

コロンビア共和国はスペインの植民地から血を流して勝ち取った国だ。ニューメキシコもスペインと戦って独立したメキシコを、百年前のアメリカ・メキシコ戦争で合衆国が分捕った。元はコロンブスが発見しても、その後は、この大陸は血に濡れてる。万歳って言われてもコロンブスは知らない顔をするだろう。

コロンビア万歳
幸せの国
天国生まれの仲間
自由のために戦って血を流した英雄を讃える

そうだろうか。自由のため戦ったのはコロンビア共和国やメキシコじゃないのかって。こないだ山道で歌った歌詞とは違っている。アーイダが彼らに手を振った。歌っている兵士たちの一人が手を振り返した。あのときの警備兵だ。あたしたちにウインクをした。

＊

Y地のゲートの前は、相変わらず混雑していた。

まるで世界中の人間が洗いざらい、このメサを目指してやってくるみたいだ。

長い車と人の列が黒い影になって山の下へ続いてるのを見ると、紀元前のはるか昔、モーゼに率いられてエジプトを出たユダヤ人の話を思い出す。そういえば家族を連れてここへ来る科学者の大半はユダヤ系だっていう。あたしは毎朝その不思議な光景を窓から眺める。

そのせいでＹ地はまたたく間に木造緑色の箱に埋め尽くされた。間道でつながった隣のメサの天辺も、同じようなＹ地の機構が建てられていく。

九月も半分過ぎた頃、Ｙ地のシナゴーグで初めての結婚式がおこなわれた。ベンジャミンと同じテックエリアの研究者が、郷里の恋人を呼び寄せたのだ。ユダヤ教徒同士だけど、はるばるやって来た花嫁は信仰心のカケラもない新郎を引っ張って、できたてのシナゴーグで結婚式の一番乗りをやったのだ。

夕方の電話で聞いたエスターの話によると、本当に何から何まで簡略というより、珍らしい形の結婚式になるという。第一に新郎新婦の両親がこない。Ｙ地の秘密基地にはたとえ結婚式・葬式でも民間人を入れることは許されない。するとプエブロのインディオは傭兵ということになるんだろうか。第二に女性ラビに成り立てのエスターが式の祭司の役をする。エスターはこう言う。

「軍の本部で聞くと、普通の結婚式なら従軍牧師が派遣されて来るんだって。でもユダヤ教の従軍ラビというのはないようだわ」

「いいじゃない！」

と、あたしは言った。

「メサの天辺であなたたちの結婚式をやればいいのよ」

「そうね……。祖国を出てから三千年、世界の果てまで流浪したユダヤの民に、今さら集会の決まり事なんかないってこと」

ああ、そうかもしれない。幾山河を旅した人たちには自然が寝起きの場所で、行く先々の曠野に額ずいて神に祈ったんだろう。

「教学に無知な主婦がラビになることも、ユダヤ教の結婚式には欠かせない親が出席できなくっても、祭司の祭服がなくっても、式はやれる」

エスターは電話口で大層な意気込みだった。

破天荒な結婚式は火曜日の日没からおこなわれた。土日に式を挙げる慣習はなく平日が普通らしい。それも夜、星が出ている時刻がいいんだとか。こんな小さい決まり事は案外きっちりと守るらしい。

ベンジャミンが招かれたので、あたしも髪をスカーフで包んで参列した。ラビ役のエスターは正面の花飾りに覆われた空色の天蓋の前にすらりと立っていた。長い黒衣のドレスに、頭の毛を隠したスカーフ。背が高いので男と見まがう。苦手なヘブライ語だって言ってたが、エスターの男っぽい低音の声は会場に染み渡った。

天井も壁もどこも装飾がない質素なシナゴーグの中は、正面に設けられたフッパーっていう花飾りの天蓋が、まるで夢の屋根を広げたみたいに美しかった。四本の柱を立てたその空間は彼らの新しい家庭を意味するものだ。新郎は兵士なら制服を着るだろうが、ベンみたいな貧しい研究者なのでジーンズのパンツに肘当ての付いたブレザー姿だ。

あたしはベンの耳に自分の口を近づけて言った。

「彼、あなたより若いわね」

「あの花嫁も、君より若いね」

とベンもあたしの耳に口を近づけやり返した。

花嫁は漆黒の長いドレスに身を包んでいた。黒が結婚式の正式な色かもしれないが、あたしには濃い悲しみの王女のように見えた。花婿は花嫁をこれからわが家となる美しいフッパーの中に招き入れる。花嫁がそこへ入って行くときフッパーの鮮やかな光が彼女の顔に射した。そのとき花嫁はまるで楽の音が鳴り響くみたいに輝いた。幸福の瞬間、素晴らしい仕掛けだってあたしは思った。それから指輪の交換。バックに歌声が流れる。

場内はキリスト教の教会で見慣れた様々な装飾がストンと抜け落ちて、二人の結婚への意思だけが立っていた。何てわかりやすい純粋さなんだって思う。

二人はワイングラスを掲げた。

そしてキラキラ光った液体を一緒に飲み干すと、そのグラスを突然二人揃って足元に落とした。グラスの割れる音が響いた。それから、何てこと！　新郎新婦は足元の割れたグラスを靴で散々に踏み砕いた。

ガラス屑の光がチカチカチカチカ床に広がった。

「どうしてあんなことを？」

あたしが隣にいるナラの奥さんに囁くと、そっと答えが返ってきた。

「幸福の最中にもユダヤ人は忘れてはいけないものがあるの。何世紀にもわたった長い受難の旅路。わたしたちは平坦な道を歩いたことがないの！　だから幸福の絶頂でも、わたしたちはワイングラスを踏み砕くことを忘れないの」

そうね。踏み砕いて。もっと、もっと、もっと。

結婚式は普通なら日没から日付が変わるまで続くという。それでもゲート内の警備兵が九時過ぎにはやって来て、「閉会」を言い渡した。まだみんな飲みかけのワイングラスを握っていた。帰りに人々は手を振りながら、親しい友達同士の家に三々五々と別れて行った。ベンとあたしはシナゴーグのすぐそばのエスターの家へ寄った。

ベンとエスターの夫のグレイ氏は書斎のテーブルにウイスキーを持って行った。エスターとあたしはこちらの食堂兼厨房でコーヒーを飲んだ。間のドアを開けエスターはピーナッツの小皿を運んだりした。

　結婚式は感動的で成功裏に閉じたのに、なぜかエスターの顔に憂いの色が漂っていることに気がついた。

「わたしたちユダヤ教徒は、いつどんなときもその時代に起こる事件や戦争、社会の問題から決して眼を逸らさないのよ。それが信条になって今を生きてるの」

　不幸や痛みをわが身に引き寄せること、って彼女は言う。ユダヤ教徒だけの問題に限らなくて、すべてにだ。だから彼女たちはいつもいろんなことで苦しんでいる。「それが宗教を持つ者だって思うの。ましてシナゴーグのラビになった人間は自覚しなくちゃならない。わたしは自分をそうやって戒めるの」

　ラビになってからエスターは疲れている風に見えた。やはりラビの役は男の信者が受け持つものかもしれないし、ひょっとして女のラビは今は世界にただ一人、彼女だけじゃないかと思う。

「ましてシナゴーグは集会所の性質が強いから、そのぶんみんなで考えたり話し合ったりする時間が多くなった」

「たとえばどんな問題を取り上げて考えるの?」

「今なら、人間同士が争い合うこのひどい世界のこと」

　エスターはうつむいていた。顔を上げてあたしを見ると、あたしに同意を求めることになる。だからエスターはあたしを引き込まないように眼を外している。

　あたしが彼女ならどうするだろう。解決できない難題を前にしてエスターは苦しい椅子に座った。

「でも例外ってこともあるわ、エスター」

　とあたしは自分でもおかしなことを言った。

「だって世界中にこれほどシナゴーグにふさわしくない場所ってあるかしら。例外中の例外の場所で、しかもラビにふさわしい男性がいない。もしあなた方の神様がご覧になったら、エスターに無理は仰らないと思う。エスター、大丈夫だ。君に男の真似をしろとは言わない。無理をしないようにやりなさい、って。今のままの君で充分だよ」

　あたしはいつの間にか白髭の神様の声色になっていた。

　ふふふ、とエスターの眼が動いてあたしを見た。ありがとう、とうなずいた。

「でも人間は神様の真似をしてはいけないのよ。畏れ多いことだから……」

　とにかく、と彼女は言った。

「わたしには何もできない」

　男がいないせいだ。エスターの悩みはそのために生まれた。彼女に落ち度はない。それを言うなら隣の部屋でウイスキーを飲んでいるこの家の主人グレイ氏とか、あたしのベンジャミンとか彼らの無信仰を諭すべきだ。この二人は今だってほんとに何を考えているのだろう。

　でも、待って……。

　あたしは開いたドアの向こうの二人の後ろ姿を見た。その様子はさっきから、辺りの空気を払うように声を落としてひそひそと語り合っている。あたしも隣の部屋に聞こえないよう声をひそめて言った。

「Y地の男性たちは何かやろうとしているのよ。彼らは決して口に出したりはしないけど、それだけはあたしにもわかるわ」

「でも何を？　いったい何をやろうとしているの」

　と、エスターが首を振った。

「わからない、わたし。彼らが何をやりたいのか、やろうとしているのか。それがやがてやれるのか、ついにやれないまま終わるのか」

　Y地では重い岩のような箝口令が彼らを縛っている。男たちは口に百万年開かない錠を掛けられて、仕事をやっている。Y地の科学者たちで、あたしたち女性にも本名で通用するのは、たぶんオッペンハイマーただ一人だと思う。彼こそは所長で、彼の名前もあんな眸をした顔も隠すことはできないから。

「あたしは信じているわ。あたしのベンジャミンは必ず自分の仕事をやり遂げる。あなたの夫もやり遂げる。その日がくると思う。きっと」

何の情報もないのにあたしはなぜかそう思う。Y地の研究のことなんか何も知らないのに、知るすべもないのに。

エスターの家を出た帰り道。

フェンスの外は星が目玉のように光っていた。空は目玉だらけで怖いほどだった。ベンジャミンが車を出して夜道を送ってくれた。ゲートを出ると真っ暗だった。

「ぼくら、だんだん齢をとっていくよな」

ハンドルを取りながら、ベンがおかしなことを言い出した。それで彼に言い返した。

「あたし、それほど齢とってないつもりよ」

「いや」

と、ベンはあたしの顔を横目で見て、

「アデラ。ぼくらはそのうちどんどん齢とって、やがて爺さんと婆さんになって死んでしまうんだ」

ベンジャミンがゆっくり車を停めた。それから助手席のあたしの方へ体を寄せてきて抱いた。ちょっと窮屈な姿勢だった。

フロントガラスの向こうにフェンスの長い影がずっと伸びていて、そのずいぶん向こうの闇の中に『オッタヴィアン動物医院』の灯が小さくともっていた。

ベンの顔があたしを見るとアルコールの匂いがした。ベンは酔っている。隣の部屋で二人だけで、どんな話がベンを酔わせたのか知らないけど。

「アデラ、結婚しようよ。ぼくはいつも君のことを考えちゃいられない。頭の中が忙しいんだ。ぼくはときどき君を思い出して愕然とする。わかるか」

あたしは黙っていた。

「だから君のことを思い出さなくてもすむように、結婚しよう。わかるか？　シナゴーグで見ただろう。あの花飾りのぴらぴらしたぼくたちのフッパーに入るんだ」

あたしもいつかそうなると思っている。

そうなりたいと思うけど、今ここでは無理だ。結婚するには両親に知らせないといけない。でも先月、母さんからの手紙がきたきり、今どこにいるのかよくわからない。叔父さんの農園へ行くと書いてきたきり、あたしはその住所をまだ知らないままだ。

母さんはＹ地への手紙はあんまり書かないほうがいい。うっかり妙なことを書いてＹ地の検閲に怪しまれたら一大事。ここは合衆国の軍事基地でも秘密厳守にかけては、特別デリケートな部門だ。

この大戦が始まる前は、日系アメリカ人のことは問題にならなかった。合衆国の人間はみんなよそからやって来た。プエブロとかナバホとかスー族とか、そんな先住民のほかは寄せ集めの移民だ。アフリカから無理矢理連れてこられた黒い人たち。東欧から逃げてきた人たち、サーシャお祖母さんの家系はアイルランドのジャガイモ飢饉で土地を捨ててきた。

イタリアやヨーロッパから来た人たち、旧スペインやメキシコ領の人たち。日本とかアジア系の人たち。みんなでつくった合衆国がどんどん豊かな大国になった。でも今は面倒なことになって、あたしたちの素性は口に出せない。一九四一年十二月に起った日本海軍のハワイの真珠湾攻撃で、日系移民の運命は変わってしまった。

「アデラ、聞いてるのか。返事しろよ」

とベンの声がする。でもあたしはルーズベルト大統領の顔を頭に描いていた。彼は心底、日本民族を憎んでいる。昔、ヒコタロウお祖父さんが、トクガワ将軍のカンリン丸に乗ってサンフランシスコに来たとき。合衆国を挙げての出迎えでラッパの音も高く、『ヘイル・コロンビア』を吹奏したっていう。でも今は、いつだったかのニューヨーク・タイムズ紙に載ってたみたいに、

「殺しても殺しても湧いてくるアリ！」

「死にたがってる猿！」

と罵る声が国中に響いている。ベン、あたしの一家はいつの間にか、この国で寄る辺ない身の上になっていくような気がするわ。

ベンの唇があたしの唇にかぶさってきた。薄くてへにゃへにゃした柔らかい唇。女の子

みたいな。思えばベンも可哀想な男かもしれない。友達だってあんまりいそうにないし、犬もいない。

寄る辺のない日系アメリカ人の女の子がいるだけ。

あたしはそろそろとベンの腕を外した。

帰らなくては。

結婚式はとうに終わって、今頃はオッタヴィアン先生が時計を見ながら待っている。先生は優しいけど、厳しいのだ。あたしたちは長いキスをしてから体を離した。それからベンは車をのろのろと出して、動物医院の裏口まであたしを運んでくれた。

「ああ、ぼくはまた明日から君のことを忘れてしまう。今夜は君の花嫁姿を夢に見るよ」

ベンは自分の言いたいことを言うと、メサの天辺の真っ暗闇を引き返して行った。

# 第三章
# 「人も、犬も、ふくらんでいくおなか。幸せな日」

Ｙ地の十一月はもう冬の兵隊に包囲されてしまう。

メサの天辺はドスン、ドスンと、まるで大砲の弾でも落ちてくるように雪の塊の地響きがした。雪が降るなんて生易しい言い方はできなくて、空は真っ白で息が詰まる。辺りいちめん白いので降る雪が見えない。

病気の犬のほかにオッタヴィアン動物医院のドアを叩く者はいない。Ｙ地にシナゴーグができて犬の奥さんたちが戻ってきたのも束の間で、荒れまくる天候にみんな家の戸を閉ざした。

アーイダも山の下から手伝いに通っては来られない。こんなときＹ地の男たちだけが休みなく働いている。急患の子から電話がくると、オッタヴィアン先生とメリー看護婦が二手に分かれて車でゲートの中に走り込む。様子の悪い子には先生とケリィがジープで向かった。そうでない子にはメリー看護婦とあたしが歩いて行った。

エスターのところのレトリバーが吐いたときも、メリーとあたしが往診に出た。この子は風邪だった。もうずっと日光を浴びていないので、エッダの黒い鼻が可哀想に白くなっていた。エスターも寒さに震え上がっている。彼女の話ではテックエリアの学者たちには、ダボダボの潜水服みたいなつなぎが支給されて、彼女のご主人もズボンの裾を手でたくし上げながら歩いて出勤したっていう。

それでも安息日になると、Ｙ地の女性たちはシナゴーグにみんな集まって来る。保温服を支給された男たちは姿を見せず、家庭を守る学者の妻たちばかりが集まる。彼女たちは互いに顔を合わせ手を取り合いたいんだって思う。雪で行事が減ったので、エスターはユダヤ教の聖書タナッハを読み直し始めたっていう。「読んでみる？」ってあたしにも一冊貸してくれた。つまり『旧約聖書』のこと。

診察の途切れた大雪の昼、食事当番のメリーが作った、ジャガイモと豚肉を青唐辛子で煮込んだグリーン・チリ・シチューを食べて、それからあたしは長椅子に掛けてタナッハの最初の頁を開いた。食堂の窓の外には創世記そっくりの山と谷が雪をかぶって眠っている。

神の御業《みわざ》による天地創造の第一日目はこうだ。

はじめに神は天と地とを創造された。

地は形がなく、むなしく、闇が淵のおもてにあり神の霊が水のおもてをおおっていた。

神は「光あれ」と言われた。

すると光があった。

神はその光を見て、良しとされた。

神はその光と闇とを分けられた。


初めて読むわけじゃないけど、メサの天辺でこんな言葉に向かうと空のどこかから本当に、大いなる声が降ってきそうな気持ちになる。タナッハの初めはいきなり神が出る、というかもう神が現れていて、それからおもむろに舞台作りが始まる。

ところがこの神は姿を見せない。声だけが響き渡るという。声が世界を支配するわけ。でも声だけで次々と天地創造の幕が切りひらかれていく、その様子をどうやって信じたらいいんだろう。

でもとにかく幕が開いたら、神は光をつくった。「光あれ」と神が言ったら、光があった！　一神教の神のパワーの面目躍如って感じ。素晴らしく完璧な声だけの指示だ。幕の開く前に姿なき神が立っていたように、光は神に呼ばれる前からすでに待機していたのだ。神はその光を見て、「良し」とした。事も完璧におこなわれた。

それから昼と夜ができたわけ。

なんて凄い神の声のパワーかしら。

そして二日目はこうだ。


神は言われた。

「水の中に大空あれ。水と水を分けよ」

神は、大空を造り、大空の下と上に、水を分けさせた。

そのようになった。

神は、大空を「天」と呼んだ。


光あれと言うと、光があった。昼と夜を分けると、昼と夜が分かれた。空を造ると、空があった。

すべて、そのようになった、と記されている。

旧約聖書には、「そして」、「それから」、「その後」なんていう接続語がない。神の言葉が起こると世界はすべてそのようになる。

そうか、とあたしは思う。神のおこないには「経過」っていうものがないのだ。「途中経過」がなくて、神の意志通り即座に物事が進行する。

一日の仕事を終えて自分の部屋に戻ると、あたしはサーシャお祖母さんのノートを取り出した。その古いノートにはヒコタロウお祖父さんと生きた、二人の時間が詰まっている。ヒコお祖父さんはサーシャお祖母さんに自分の故国の話をするひととき、今は帰れないトクガワ将軍の時代に戻るのだ。

彼は水夫だったけど、アメリカへ渡る長い船旅の間に遣米使節団の随行員から多くのことを学んだっていう。ヒコお祖父さんは賢くて純真な少年だったので、きっと可愛がられたって思う。

その中にユキチ・フクザワっていうサムライがいて、彼の話は特別に面白かった。お祖母さんの日記には、ヒコお祖父さんが書き遺した英文の頁も挟まっている。

空気のこと

空気は世界に蔓延して　海のごとし
万物の内　この外気の満たざる処はなし

これがトクガワ時代のキューリ学（窮理学）っていう、科学の話だってことはあたしにもわかる。刀を差したサムライが空気の存在を語っていたなんて素敵だ。けれどそれよりもっと素敵なのは、ヒコお祖父さんのその文章の後に、サーシャお祖母さんが下手な文字でこう書いていることだ。

わかったわ！　空気は「神の愛」ね。
世界に満ちて　分け隔てなく、
人もけものも草木も生かしてくださる。

ヒコお祖父さんはお祖母さんの感得力にびっくりしたんじゃないかしら。さぞ喜んだことだろう。

引力のこと

引力のおよぶ処は
小さき処より　大なる処までおよぶ
近きは地上にておこなわれ
遠きは星辰にまでおよぶ

これは万有引力のことだ。引力は「神の御力《みちから》」ね。それは人間の暮らしから、空の月や星々まで支えてくださる。ヒコお祖父さんはこの国で学問がしたかったんじゃないだろうか。あたしのベンジャミンみたいに……。そうしてサーシャお祖母さんはまるで、あたしを思わせる。

夫が書いたものを自分のノートに入れるなんて、ベンジャミンに話したら、あたしのお祖父さんとお祖母さんのことを好きになるだろう。早く結婚して日本のことを彼に話したいって思う。それからあたしはお祖母さんのノートの中に、「天地創造」と似た不思議な文章を見つけたのだった。何だかよくわからないが切れ切れのこんな文章が挟まれている。

日本の一番古い話
天と地が　はじめて姿を見せたとき
タカマガハラには、アメノミナカヌシと
タカミムスヒと　カムムスヒの
三柱の神が現れた

この方々はやがて　姿を隠してしまわれた

神はいつの時代のどこの国でも前触れなく突然現れる。神の話は窮理学を知る者にも知らない者にも自然に聞こえてくるらしい。ただ旧約聖書の神は天地が生まれる前に、まったく空白の世界に現れ出て来るんだけれど、日本の神はちょっと遅れて現れて姿を消す。そのとき地上にあるのはだいたいこんな景色だった。

できたての国は　土と思えないほど柔らかで
スープ皿に浮かんだ　鹿肉の脂身のように
海のクラゲのように　ゆらゆら漂っていた

大地の基盤がまだ整備されてなくて、いちめん鹿か猪のスープみたいな世界。『旧約聖書』タナッハでも、やっぱり原初の地上は水が覆っている。どこもかしこもねっとりした水と泥の世界だ。形のあるものはまだ何も見当たらない。ああ、あたしの頭の中では思い描けない。

やがてそこに水草みたいに、この国の神々が生え出してくる。というと草みたいだけど。本当に草の芽とか苔みたいな怪しい神々だ。おまけに人間のように名前も持って、うようよと生え出すのだ。 ヒコお祖父さんの文字がラテン文字で神の誕生順に名前を書き出している。

アメノミナカヌシ
タカミムスヒ
カムムスヒ
ウマシアシカビヒコヂ
アメノトコタチ
クニノトコタチ
トヨクモノ

この神々も姿なき方々だった。

ウヒヂニ
スヒヂニ
ツノグヒ
イクグヒ

オホトノヂ
オホトノベ
オモダル
アヤカシコネ
イザナギ　イザナミ

わおっ。ここからは姿がある。日本の神々は何んて壮観なの。

これでもあなた方は神なの？　まるでポンデローサの木みたい。あそこの林の松たちは片手を上げたり、腰をひねったり、ほんとに様々な神たちが勢揃いしているのだ。


眠くなってノートを机に置くと、ベッドに入った。眼を瞑ってしばらくうとうとするうち、誰かに右手を握られている気がして横を見ると、ベンジャミンがいた。

二人でまたあの水の中を泳いでいた。じゃなくて、空みたいなところを並んで飛んでいた。下界はずいぶん遠くて、色のないねっとりとした水というか、脂みたいなものに覆われていた。

波も立たない、生きもの一匹もいそうにない、のっぺらぼうの顔みたいな不思議な水の広がりだ。ベンが水平線の方向を指で差した。

「あの先に日本がある」

あたしは首を横に振った。

「いいえ、あの先はアメリカよ」

下界の巨きな平べったい顔みたいな世界を、その水平線の方へ進んで行く黒い粒みたいな影が見えた。たぶんあれはヒコタロウお祖父さんだと思った。波に呑まれる蟻くらいの一粒になって、ジャパニーズの少年水夫は懸命に泳いでいる。お祖父さんはアメリカに引き返して行くんだと、あたしは空を飛びながら眺めていた。

＊

ハッピー・ニューイヤー！

新しい年がきたわね。元気にしてますか、アデラ。

あなたと手紙をやり取りできるようになって、とても嬉しいわ。

この一九四四年が私たち一家にとって、どうか良い年になるよう祈ります。

父さんと母さんは、年取ったトム伯父さんの急な頼みで、結局、バージニアに引っ越して、伯父さんの大きなピーナッツ農園を手伝っています。

ゆくゆくは農園を継ぐことになるから、もしアデラがここへ来て一緒に暮らすなら、素晴らしい生活が待ってるかもしれないわ。何と言ってもバージニアは偉大なジョージ・ワシントン大統領の故郷で、土地も人々も名産のとびきり大粒のピーナッツみたいにおおらかです。

それはそうと、そっちの私書箱１６６３号なんてのは、どうにかならない？　詳しい住所はまだ教えてくれないのね。アデラがどんな土地に住んでるのか、どんな暮らしをしてるか、もう少し知りたいんだけど。

でも無理なら聞かないことにする。

何よりアデラが元気で平和な生活を送ってることを信じたいわ。ベンとあなたの健康を祈ります。

ママより

封筒の口が切られてる手紙が届いた。

これを開封した検閲官は、あたしの母さんが私書箱１６６３号にケチを付けた文章をどんな顔をして読んだだろうか。でも田舎の母親はたいていこんなもので、何かと苦情を言いたがるものだ。

彼女たちは自分の息子や娘が暗くて狭苦しい、まるで紙箱みたいな所に押し込められてるのが気になる。でもあたしの母さんが私書箱１６６３号への文句のついでに、日系人排斥への怒りを表さないかとドキドキした。でもさすがに母さんはそこまで理性を失わなかった。

去年の十二月、バージニアのトム伯父さんの家に久しぶりに、電話をかけてみた。Ｙ地の電話は身内に限って許されてるけど、盗聴がかかってる。伯父さんはすぐ察してくれて、よけいなことは言わなかった。

でも母さんはもうあんまり頻繁にこっちへ手紙を出さない方がいい。ついうっかりとわが家の素性が出てしまいかねない。あたしは少し日が経ってから返事の手紙を書いた。グズグズしてると母さんはまた、返事を待ちあぐねて次の手紙を書いてくるかもしれないから。

ママ、新しい年の手紙をありがとう。

私は勤めている動物医院で、新年の祝賀パーティに加わったわ。こっちの新年は相変わらず、赤くて辛いペッパー料理ずくめだった。

外へ一歩出ると、空は青くて、大地は赤くて、不思議な新年の風景だったわ。

私は毎日元気に働いてるから安心して。

預かってる犬たちを連れて毎日散歩に行ってます。

ベンは大学の寮から研究所に通っていて、日曜日には会うけど彼も変わりないわ。私はメキシコ人やスペイン人の友達ができて、楽しく暮らしてる。

こないだ彼らと野道を歩いてたら、物凄く大きな鳥を見たのよ。真上を飛んで行くときときたら、一瞬、空が塞がってしまいそうだったわ。

羽を広げると人間の倍以上ある、コンドルよ。

私、攫われるんじゃないかと震えたけど、あっという間に悠々と空の彼方に飛んで行ったわ。

羽のないアデラより、やっぱり羽のない母さんへ。

農園で働き過ぎて体こわさないでね。

さよなら、また会える日まで。

アデラ・クラウド

とりとめのない手紙になった。

これを受け取って母さんは少しだけ納得するだろう。

父さんなら消印のサンタフェがニューメキシコの州都だって知ってるはず。でもその先がおぼつかない。あたしの現住所はわからないままだ。いったい私書箱１６６３号というのは何なのだ？

ねえ、アデラ。おまえ、いったいどこでどんなふうに暮していくの？

神経質に眉を寄せた母さんの顔が浮かぶ。

でも母さん、あたしだっていろいろ知りたいのよ。

住んでいたカリフォルニアを出て、二人が身を寄せたバージニアのトム伯父さんの農園は、日系人の収容所送りの騒ぎから離れているんだろうか。あたしには向こうの様子がわからない。母さんはあたしの住んでるところがわからない。

私書箱１６６３号って何なのだと思うだろう。

サンタフェの私書箱管轄は当惑しているようだった。そろそろそんな情報もＹ地に囁かれだした。なぜならＹ地にくるすべての郵便物が、私書箱１６６３号宛てになっている。岩山の連らなる深山に突如として、とんでもない居住地が出現したってこと、役所はわけがわからないだろう。

新しい年の幕は開いたけど、Ｙ地は連日、雪やみぞれや吹雪、稲妻、雨と荒れ模様だ。母さんへの手紙には、青い空と赤い大地って書いたけど、あたしはこの嘘だらけの手紙にこそ、そう書きたかった。

コンドルが悠然と飛んで行く。あたしは眼が覚めるような赤い大地を歩いて行く。あたしの手紙の中だけの世界だ。

州都のサンタフェは平地で、ここロスアラモスのＹ地は標高がある。お湯は華氏二百十二度にならなくても沸騰する。走ると息があがる。Ｙ地の彼方は平原と砂漠で、大地はここだけ角のように盛り上がって気流を攪乱する。オッタヴィアン動物医院は冬の嵐に揉まれている。

昼過ぎ、医院の入り口に『午後より休診』の札を下げる。昼食をすませたあたしたちは、それから食堂兼厨房のテーブルでコーヒーを飲みながら思い思いのひとときを過ごす。窓の外は白いカーテンを引いたように、外の景色が遮断されている。

あたしは母さんへの手紙を読み直した。

薬剤師のケリィとメリー看護婦も、何やら向かい合わせに黙って頬杖を突いたり、宙を見たりしながら手紙を書いていた。

やがてケリィがテーブルの上で今書いた手紙の封を閉じた。あたしはみんなのために、退けどきのコーヒーを四人分淹れた。ケリィはその封筒を後でY地の郵便ポストに投函したりはしない。コーヒーを飲み終るとケリィはこの部屋を出て、今書いた手紙をメリーの手に握らせるのだ。メリーも自分が書いた封筒を、ケリィの手に握らせる。たぶん。

二人が愛し合っていることを、あたしは少し前から知っていた。この冬は本当に異性なら人でも犬でも何でも、愛さないと孤独すぎる。

この建物の窓の外はただ一面に曇って真っ白だけど、今のあたしには空は見えないほうがよかった。空が見えたらそのずっと彼方につながっている、大きな戦争のことを考えてしまうからだ。

雪はどかどか降り続けた。Y地はその間ずっと天も地も真っ白に閉ざされていた。

ベンジャミンに最後に会ったのは、去年の十二月三十一日にやった、ニューイヤーズ・イヴのカウントダウンのときだった。正確にニューヨークから二時間遅れで、時差のカウントダウンを始めたときはY地も盛り上がったけど、終わった後の花火はなしだった。秘密の基地に花火を揚げるわけにはいかない。

ヒコお祖父さんの話によると日本の新年は、御馳走を食べて仕事も休みだったとか。ベンジャミンはクリスマス・イヴとニューイヤーズ・イヴに休みを取ったので、新年は一月二日から仕事に出たっていう。

オッタヴィアン動物医院は開院休業も同然で、あたしとメリーは昼から長靴を履いて玄関の雪掻きに出た。ケリィは小型の除雪機をボンボン鳴らしながら、駐車場の雪を片付ける。たまに急患の子が飼い主に運ばれてくることもあるので、雪掻きはしておく。

雪は降ったすぐのときは綺麗だけど、時間を置いて緩み始めると手に負えない。気温が上がって雨になるともうメサの上はどろどろの泥濘になる。見渡す限り赤土の泥が広がっている。メサの周りは空しかないので、ヒコお祖父さんが書いた日本の一番古い話に出てくる光景みたいだ。

天地が二つに分かれる前は、この世は上下二層があるだけで、海もまだ誕生していない。海はないけど上から水が落ちてくる。人の字に二本線を入れると「天」の字ができる、とサーシャお祖母さんのノートに書いてある。それを日本の言葉で「アマ」っていう。ついでにいうと、日本の海も「アマ」と呼んだらしい。

こんなひどい冬景色がどこの世界にあるだろう。上も下もどろどろで塞がっている。どこかに大きなのぞき穴みたいなのがほしい。そこから広い風の吹き通るような景色が見たい。あたしたちはこの泥濘の「アマ」にうごめく、草の種みたいな生きものだって思う。

雪をスコップですくい、脇へ投げ捨て、しばらくみんな物も言わず働いていると、突然、ド――ン！　と大音響がして足元が揺れた。辺りの山々からその衝撃音の谺が返ってきた。雪に隠れて見えないけど、風景はその奥に深く続いている。

またド――ンときた！

あたしとメリーはスコップを握って危うく立っていた。

ケリィは除雪機の電源を切ってY地のフェンスの方を見た。中は二度の衝撃がまるでなかったように静まり返っている。驚いて外へ飛び出してくる人の姿がないかと、あたしたちはしばらく様子を見ていたが、中は人声もなくただ雪があとからあとから降ってくるだけだった。

オッタヴィアン先生がジャンパーを着込んで出てきた。

「音はどこからしたかね」

こんな大音響を出すのはY地の奥のテックエリアに限られていた。ベンジャミンやシナゴーグの女性ラビになったエスターの夫のグレイ氏がいる所だ。けれどその後急速に増えた学者たちの参加で、メサの麓にもう一つ大きな建物ができた。窓が少ないのは実験所の設備じゃないかって思う。

「音は下から突き上げました」

とケリィが山の下の方角を指差して、

「でも警報も鳴らないし、誰も出てきません。たんなる実験じゃないでしょうか」

「だといいが」

先生は苦い顔をする。

「内部はあらかじめ実験があることを通達されているんだろう。しかしフェンス一枚外のわれわれには何も知ることができない。中と同様に知らせるべきだ」

ケリィがうなずいて言った。

「そうですとも。これからさらに頻繁にこんな音が起こるかもしれません。逃げるべき事態か、そうでないか、知る権利がぼくらにはあるはずです」

先生はすぐ建物の中へ早足で戻って行った。抗議の電話はまず保安課に掛けることになっている。先生の姿が玄関に消えた頃、広いフェンスの中から奇妙な声が流れてきた。高く低く地を這い空に上がるように、こもった不思議な声がする。

オ——ン。オ——ン。ウウウウ—。

声はY地のあちらから、こちらから、細長い糸を引くように流れてきてくぐもった声の束になる。あの子たちが鳴いているのだ。実験のことは飼い主には知らされても犬には伝わらない。

「まずいな。下痢の薬を出しておこう」

ケリィは除雪機を押して倉庫の方へ引き揚げて行った。

また、ド——ン！　と鳴った。

とたんに犬の声がぷっつりと消えた。

「本当に何か実験をやってるの？」

メリーは不安な眼をした。わからない。ベンジャミンは今頃どこにいるのか。この大音響のすぐそばにいるのか。音はメサの裏手の方角から起きている。今のところ煙らしいものは見えない。あたしとメリーは崖沿いの草原をそっちへ駈けて行ってみた。草原は途中で消えて背の高いフェンスが塞いでいた。のぞいてみたが、降りこめる雪と松林があたしたちの行く手を遮った。

＊

三月になって雪が溶け始めると、ベンジャミンの仲間の結婚式の話が舞い込んできた。最初はユダヤ系の若い研究者の挙式だったから、Ｙ地のシナゴーグでおこなわれた。けれど今回はアメリカ人のカップルで、式場はメサから離れたサンタフェの教会になった。三月最後の週の日曜日。もうだいぶ暖かくなってきた。ベンが突然あたしに電話をかけてきたのはその一週間前くらいだった。二人で式に参列しないかという誘いだ。

「ぼくらもそのうち結婚式を挙げるはずだし、そのときは彼らに来て貰うことになるだろうから、ぼくたち二人一緒に列席したほうがいいと思うんだ」

それを聞いて急に目が覚めたような気分になった。今のＹ地の暮らしではあたしたちは到底、結婚できっこない。Ｙ地でやっている研究が完了したときか、ベンの仕事が不便なこの山奥からよそへ変わるかしない限り、二人の新しい生活は訪れない。

そんなふうに思っていた。

でもベンの周囲では今までにも次々と結婚式が挙げられている。あたしが結婚をしぶる理由は、ベンにとってみるとないも同然なのだ。そして最近のベンはそわそわし始めている。彼が口にする〈そのうち〉は何だか来月か再来月のことみたいに聞こえてしまう。

「式に参列するといっても慌てることはないんだ。ぼくらの仲間内はみんな平服で行く。アデラは女の子だからもし綺麗な格好がしたかったら、サンタフェの町で貸衣装を借りる手もある。でも一人だけおめかしし過ぎるのも何だと思うけどね」

ベンは将来の妻に、今からもういろいろ教えているみたいで可笑しかった。あたしは彼と一緒に行くことにした。

式に着て行く衣装は、ゲートに飛び込んであたしを手こずらせたコッカスパニエルの奥さんが、シルクのロングドレスとネックレスを貸してくれることになった。あとはメサを降りる断崖沿いの山道の雪が、早く溶けることを願うだけだ。

遠いサングレ・デ・クリスト山脈の頂きに、毎日、世界の涯てが大火事になったみたいな烈しい朝陽が射す。山の名前はスペイン語で〈キリストの血〉だっていう。晴れた朝の山の空は刑場になり、透き通って見えない十字架からキリストの血がどくどく流れるのだ。

近頃はメサの谷底に響き渡っていた大音響がなりをひそめている。その代わりというか、南側の峡谷に『爆弾研究部』の試験用地ができたみたいで、そっちの方角で爆発音が起こり出した。戦争というのは爆弾を落とし合う行為だと最近あたしは妙に納得した。

相手を負かすには相手より大きな爆弾がいる。相手より大きく大きく、双方がどんどん拡大していくのだ。Y地のたぶん爆弾研究は……、だってこの時代ほかにどんな研究がある？　……それで今どのくらい大きな爆弾を造ろうとしているのかって思う。

サンタフェの結婚式に行く朝がきた。ゲートの前に無料の定期バスが着いて、テックエリアの男女十数人がそのバスに乗り込んだ。ベンジャミンはそれをやり過ごすと、前の日にエスターから借りた赤い小型自動車にあたしを乗せた。エスターはシナゴーグのラビの役目でサンタフェに行く用事がときどきあって、小さい車を買ったのだ。

珍しくスーツ姿のベンが運転席に着いて、あたしはロングドレスの裾を手で持って助手席に座った。

「その衣装、よく似合ってるよ。ちょっと地味めだけどシックで素敵だ」

ベンは一生懸命に褒めてくれた。

晴れた朝、その日もキリストが血を流したような山を背にして、あたしたちはサンタフェをめざした。

途中の四十マイルの道はメサのＹ地へ向かった、人目を忍ぶ車の轍が細々と作り上げたものだ。とくにメサを含むロスアラモスの広大な峡谷沿いの道は、高い断崖が十五マイルも続いて、ベンとあたしは固唾を呑んで前方を睨み続けた。やがてその峡谷を抜けてしまうと、そこからは広い平野に真っ直ぐな一本道が続いた。フロントガラスの彼方には夢のように長い地平線が現れている。

ハンドルを握ったベンが口を開いた。

「今来た道は何年か前、研究所の施設用地を探してオッピーとグローブス将軍が通った頃は、まだ道ともいえないただの崖っぷちだったんだ。でもそこにオッペンハイマー博士とレズリー・グローブスの乗った、タイヤの跡が付いたんだからね。もうただの道じゃないんだ」

ベンは普段と違う気合いの入った顔をしていた。

「その後この道は、核分裂を予言し原子物理学でノーベル賞を受賞したボーア博士も通って行った。ユダヤ系のオッピーやボーアのような学者がいなかったら、現在の核物理学は今のような姿にはなってないだろう」

その人と奥さんはY地で〈ニックさん夫妻〉で通っている。ここでは珍しい初老の二人だけど、ニックさんの正体を知ってる人も、知らない人もいる。ベンはあたしを知らない方の人間だって思ってるだろう。

長い一本道に対向車の影は絶えていた。ここは普通の人間が必要としない道だ。アメリカの隅っこの、普通の人々にはまったく無用の大地。ユダヤ系とか曰《いわ》くのありげな学者たちの、絶好の隠れ場所じゃないかと思う。

「それから今年の夏頃になるかな、この道をもう一人、やはり六年前にノーベル物理学賞を受賞した凄い学者が通って来るはずなんだ。奥さんと息子さんを連れてね」

とベンが続ける。

「素晴らしいわね」

とあたしは言った。

「彼はだね、自然の元素に中性子を当てて新しい元素を次々に作り出した。ところがスウェーデンのストックホルムでおこなわれたノーベル賞の授賞式の帰り、博士一家の姿は忽然と消えたんだ。博士一家はその足で真っ直ぐアメリカに亡命した。奥さんがユダヤ系だったんだ」

「その新しい元素って、ものすごく小さいのね」

とあたしは聞いた。

キュリー夫人が山のような鉱石を粉微塵にして一粒の元素を発見した話は、あたしも知っている。何で学者たちは世界をそんなに、小さく小さく小さく砕いてしまいたいんだろう。元素とか原子の世界なんてほとんどこの世のことじゃないみたい。

「原子には小さいのも大きいのもあるけどね……」

とベンは眼前の真っ直ぐな道を見つめながら答えた。その声がうわずっている。

しまったかな?

うっかりしゃべりすぎてしまったかな。そんなことを考えてるような横顔。

大丈夫よ、ベン。たったそんな短い話では、あたしなどがY地のプロジェクトの、物凄く難しい問題の一部だって感付くことはできない。

あたしはここにある現実の世界にいて、あたしから見るとベンはまるで霧がかかった、ここにはないフィクションの世界の住人だから。

「原子は小さい蟻が一匹、地球を這ってるようなもんだ。いや、もっとずっと小さいんだ」

「人間だって似たようなものね。みんな小さい……」

あたしはここへ来るときの汽車の窓から見た広い空を思い出した。ぽかんとあてどない空に白い雲が浮かんでいた。そしてベンの言う、もうすぐやってくる学者とその奥さんと男の子たちのことを思った。やっぱり彼らも汽車の窓から空を眺めるんだろう。

「ねえ、亡命者ってどんな気持がするのかしら」

ベンジャミンは黙ってハンドルを握っていた。少ししゃべりすぎた、という横顔だった。

走っても走っても辺りの景色はすこしも変らなかった。木も草も花もない淋しい野が続いた。

道は舗装がないので小さい車はウサギみたいに跳びはねながら走る。向こうから軍の大きなトラックが荷物を積んでやってきた。あの中には爆弾の材料が入っているんだってあたしは思う。Y地で造る爆弾は大きいはず。大きいから材料も多いはず。

雨の日も雪の日も軍のトラックは休みなく、メサへのルートを通い続ける。

「とにかく偉大な道だ」

ベンジャミンはつぶやいた。

「ぼくはこの道を通る人間の一人として、アデラ、今日こそ君にちゃんとプロポーズをする。君はぼくの妻になるべき女だ。だからぼくと結婚しよう。よく考えて返事をしてくれ」

最後の〈よく考えて返事をしてくれ〉は、その前に言った〈君はぼくの妻になるべき女だ〉と矛盾している。こんなことは考えるほど返事に詰まるものなのだ。あたしは口ごもった。もとから彼と結婚することは心に決めている。今まであたしはずっとそのことを彼に言い続けていたんだけど、あなた、それがわからないの？　あたしはただその結婚を、いつ実行に移すかが決められないでいるのに。

「結婚するんだね？」

「もちろんよ」

ドンと壁際に追いやられた気がした。結婚するのはとても簡単だ。あたしたちの住むカリフォルニア州は、結婚許可証を出先の役所の登録課の窓口でも申請することができる。後は教会に行けばいいだけ。

でも一人の男と女が結婚するには、世の中のことはそれだけですむわけじゃない。両親にそのことを前もって報告しなければならない。その手紙はサンタフェから投函することはできるけど、でも父さんも母さんもＹ地のあたしたちの所にはくることができない。あたしの夫になる人の顔も知らないまま、おめでとうって言ってくれるかしら。あたしは母さんの入り組んだ心の動きを想像できる。そして母さんがY地の本部に電話を掛けてきて、ぐずぐずつまらないことを言いはしないかと、ついでに母さんたちがなぜカリフォルニアを出たのかって、そんな危ない話まで飛び出すことを怖れる。

ベンジャミンとこんな付き合いになるのなら、ヒコお祖父さんの存在をもっと早く打ち明けておくべきだった。今になってこの激しい日系人排斥の渦中に、ヒコお祖父さんの話を打ち明けてベンを悩ませることだけはしたくない。

あたしが黙っているのでベンが言った。

「結婚許可証なら、サンタフェの役所でも申請することができる。式の帰りに寄って聞いてみようか」

またドンと壁が背中に当たる。壁が押してくる。あたしはベンに、それはだめ、と首を振ってみせた。

「大事なことは、二つ掛け持ちでやるべきじゃないわ」

ああ、とベンはつぶやいた。フロントガラスの向こうを見て、見渡す限りの偉大な地平線を見て、彼は息をついた。

「そうだな、君の言う通りだ。結婚許可証のことは改めて検討しよう」

今日のぼくはせっかちすぎた、とベンジャミンは低い声で付け足した。

サンタフェの通りは懐かしかった。初めてここへ来たときの心細い気持を思い出した。この町は本当に古くて美しい教会だらけだった。

目的の教会を探して彷徨《さまよ》っていると、Ｙ地に帰る定期バスが向こうからやって来た。わけを話すとそのまま先導してくれて、スペイン植民地時代から建っているという古い教会の前に着いた。三百年くらい前からの教会っていう。この辺りの土地は新旧混じったキリスト教と共にある。

中に入るとちょうど列席者の入場が始まるところだった。思った通り新郎新婦の両親や兄弟の席はない。真っ白いバージンロードを新婦の手を引いて入場して来たのは、さっき車の中でベンがその名前を口にしたばかりのボーア博士ことニックさんだった。

ベンの結婚願望熱はこれを見て一段と燃え上がるんだろう。

結婚の誓約、指輪交換と進んだけど、むろんユダヤ式みたいな新郎新婦がグラスを靴で粉々に踏み砕く場面はない。聖歌隊の賛美歌が終って退き揚げると、どうしたわけか場内にクスクス笑う声が起こり、三人の若い女性たちが登場して拍手が湧き起った。今度は彼女たちの賛美歌が流れ始めたのだ。

場内の人々が圧倒されたのはその天使みたいな歌声だけでなく、彼女たちの堂々と突き出した大きなおなかだった。妊娠六ヵ月になるともうかなり目立つ。それよりもっと膨らんで七ヵ月にはなるだろう。

ハッピーデー、幸せなる日
神が私の罪を清め給うた

何てこと。おなかが歌ってる！

あたしは眼を見張った。大きな口を開けているのは三人の妊婦だけど、メロディに合わせて彼女たちの体が揺すられるので、三つのまん丸いおなかも右へ傾いたり、左へ傾いたりする。おなかが踊っている。

あたしは眼の位置を妊婦の口からおなかに下げて、その膨らみが生きものみたいに揺れ動くのを見つめた。

一つ、二つ、三つの生きもの。

三人のママと三人のベビーの合唱。

何だか涙ぐみそうになった。ペタンコの寂しい自分のおなかに、あたしは涙を注ぎたくなった。

神は教え給うた
調和を、努力を、祈りを

そして喜びに満ちた自由な日々を

いいえ、そうじゃないわって、あたしは神に進言したい。ここにいる新郎新婦も、列席者もみんなＹ地のメサの天辺で、ぜんぜん自由じゃありませんよって。

みんなの視線も歌い手のおなかに集まっている。

あたしたちは低声で歌詞を口ずさみ、たまらなくなってクスクス笑った。そしてゴスペルが終わると、見事に歌い上げた彼女たちのおなかに、しばらく鳴り止まない拍手を送った。

やがて式の幕が閉じられると、近くのレストランで新郎新婦を囲んで祝宴をひらくことになった。ゴスペルを歌った三人組は、テックエリアのベンの仲間の妻たちだった。揃って初産なんだという。赤ん坊が生まれるのは、一人は七月、あと二人は八月にかかりそうだった。彼女たちの若い夫は、今日の最高の喜びを新郎に譲り、なおも溢れる喜びを控えめに味わっているようだった。ベンはそんな仲間たちをじっと眺めていた。

彼と結婚しようって、あたしはそのとき決心した。

父さんや母さんに知らせるのは後のことだ。とにかくあたしたちはこの土地で、新しい人生のスタートを切る。来るとき通った長い一本道につながるメサの天辺で。

テーブルの下に手を入れてベンの腕をさぐった。いつも鉛筆ばかり握っている筋張った男の長い手に触れた。そのときテーブルの上のベンの顔がビクッとして、それから動かなくなった。

サンタフェの結婚式から戻ると、オッタヴィアン動物医院には春先の交配を希望する犬たちがやって来た。春と秋は暑くもなく寒くもなくて、犬の出産に適した季節だ。その時期から逆算して交配の依頼が出る。

「どういうわけかな。交配予約が増えそうだ」

オッタヴィアン先生は首をかしげた。

雌犬の発情期は年に二回、半年毎に起こるっていう。うちでは今年最初の交配希望の雌と雄を三組預かった。ひと組二頭で合わせて六頭だ。予約は順番に後も続いている。受付係のあたしまでレトリバーの雌のお尻の観察を命じられた。犬舎にはジャーマンシェパードの雌、それとコッカスパニエルの雌と雄が入ってきた。

犬の雌の発情は簡単じゃない。発情期を迎えた雌犬の出血期間は三週間も続く。けれど雌と雄が実際に交配できる状態になるのは、雌の出血が始まってから十日目辺りのそれも三、四日間だけだ。

その数日間もいつでも交尾オッケイというわけでなく、雌の交尾の門は閉じられている。そこへ無理に雄が入ろうとすると、雌は唸り声を上げて拒み、噛みついたりする。ところがその噛みついた数分後に雌は、すんなりと雄を受け入れる体勢を取ることもある。凶暴で移り気。

「狭き門ね」

「そうよ、雌の発情はほんとに気まぐれで、神経質で、瞬間的だったりする。そんな雌にめげずに、雄は一心にすり寄っていくの。だって発情期の雌ったら、それは猛烈な匂いを発散させるの。このＹ地一帯に広がるくらいよ」

「でもそれほど匂わないけど」

とあたしはあたりの空気を吸ってみた。

「それは人間の鼻だからね。犬には犬の欲情をそそる匂いがあるの。くわしいことはこの子たちに聞いてみないとわからないけど」

メリーはクスッと笑った。

あたしはわが家の雄のリンドバーグを思い出した。

春と秋の交配に動物医院に連れて行ったけど、幾晩かはうまくいかずしおしおと家に帰ってきた。交尾が不発に終わった夜は、リンドバーグの寝床に食いちぎった毛布の端がぼろぼろとこぼれていた。リンドバーグの土砂降りの涙みたいだった。

「ねえ、メリー。犬の発情って季節に関係あるのかしら」

「犬の交配は人間の都合でやるわけだから、本当は関係ないかもね」

あたしの眼にゴスペルを歌う三つのおなかが浮かんだ。

妊娠は伝染しないのだろうか？

ほんとにふっと思った。

オッタヴィアン動物医院で働いていると、人と犬の区別がつかなくなることがある。あたしは出血に汚れた雌犬のお尻を、眼を皿のようにして日に何度も点検する。交尾ができる徴候は、雌の外陰部の充血と腫れ具合いだっていう。指で触れて押してみる。

まだあともう少し。もう少し。

レトリバーの雌のモニカを受け持って四日目のこと。

あたしは彼女の外陰部を触って交尾最適のサインを見た。ケリィを呼ぶとすぐ彼が気合いの入った雄のロビンを引いて来た。ケリィはモニカをひと目見て、リードを外した。いきり立ったロビンは彼女のそばにいき、鼻に接吻しお尻の匂いをむさぼるとまたたく間にインサートした。それから二頭は二十分あまり喘ぎながら組み付いていた。

犬の最初の交尾姿勢は原始のままの向背位でインサートする。どうして四本足の生きものは、みんなバックからやるのかしら。あたしはハエの交尾も、カエルの交尾も子どもの頃に友だちと見たんだけど、犬のロビンとモニカもやっぱりそうだった。でもその次に不思議な現象が起こる。

結合したあと、そのまま後ろ向きになるので、二頭はお尻を合わせた形でつながった。頭はどちらも反対方向をむいてるので、犬たちは動きがとれなくなっている。そうして喘いでいる。

その体位は、あたしはあまり好きじゃない。はたから見ると、セックスって苦しい。ロビンもモニカも苦しそう。かわいそうに。あたしは息が詰ってきた。

二頭はやっと立っている。

「おい、おい、ロビン、まだやるのか」

ケリィが腕時計を見て言った。

あたしは見ていられなくて部屋を出た。

その夕方、あたしはやっと元の受付係に戻った。


四月になった。

エスターのところのラブラドル・レトリバーが初潮を迎えて、夕方、閉院間際にやって来た。犬は人間の女性の生理用ショーツを変な格好で穿かされている。

「これ見て、何とかしてください」

エスターと雌ラブのエッダは診察室に入った。

オッタヴィアン先生がちょっと診た後、メリー看護婦が大型犬の生理用ショーツに取り替えた。エスターは替えのショーツやオムツを手渡された。

「今年の交配はまだ早過ぎますな」

と先生が言い、

「ええ、わたし、この子にはそんなこと、まださせたくないんです。当分、このままバージンの子にしておきます」

エスターはそう言うと、バッグから一冊のファイルを取り出して先生に差し出した。

「これはもう一つの用事です。先生にもぜひご覧になって戴きたくて」

オッタヴィアン先生はファイルの中をパラパラと見て、

「よかったら奥でコーヒーでもいかがです」

と立ち上がった。エスターと、生理用ショーツを穿いた黒ラブも腰を上げる。先生があたしにコーヒーの支度を頼んだ。それからクッキーも出して。エッダのおやつも一緒だよ。

ということで診察室の電灯を消して、メリー看護婦とケリィ薬剤師とみんなで食堂に移動した。あたしはお湯をガスで沸かしてコーヒーの支度をしながら、耳だけテーブルの方に向けていた。

「このところ、Y地に入ってきた学者の先生方がシナゴーグを訪ねて来ます」

エスターが話し始めた。たしかに暖かくなったのでベンジャミンが言うあの偉大な道を通って、Y地をめざす人々が増えてきた。彼らユダヤ系の学者と家族はY地に着くと、軍用地にできた仮設のシナゴーグを興味を持って見に来るらしい。そして女性ラビのエスターのもてなしを受けると、彼らが入手した情報をY地の同胞に流してくれるという。

「長い旅をしてきた人々は、ここでやっと人心地ついたように話してくれます」

コーヒーをカップに注ぎ分けながら、そうだろうなって、あたしも思った。苦しい逃亡の旅だったのか。礼拝堂を設けていてよかったって思う。

エスターは黒ラブのエッダにあたしが出した犬用のクッキーを与えながら、静かに話し出した。

「その中で先日、ウクライナのキエフから来たというユダヤ人の学者が、シナゴーグに訪ねて来たんです。キエフはウクライナ人、ロシア人、ユダヤ人、ベラルーシ人というふうに多民族の混合した都市で、ウクライナ人に次いでユダヤ人は二番目に多いんだそうです」

エスターの同胞は世界中に散らばっている。

「そうだね、あそこは地勢的にもロシアの服の片袖みたいな所にあるので、昔から繰り返し戦争に巻き込まれた。三年前にナチス・ドイツがソビエトに侵攻した際も、キエフは占領の憂き目に遭った」

オッタヴィアン先生は眉をひそめて語った。

「ああ先生。キエフから来た学者が話してくれたのは、そのときのユダヤ人の惨状でした」

ファイルを開きながらエスターが言う。ノートには細かな文字が記されていた。

「ナチス親衛隊の特別殺戮部隊が、キエフのユダヤ人三万三千七百余人を捕らえてバビ・ヤール峡谷で虐殺したそうです。彼は幸運にも、死の谷を脱出して助かりました」

「ユダヤ人を収容所に連行する手間を省いたんだろう。殺害するのは簡単、生かすのは食物がいるからね」

命の価値を抜きにすれば、なるほど先生の言う通りだと思う。殺すのは簡単……。あたしは胸の内でつぶやいてみた。

「いったいヨーロッパにはどのくらいの数のユダヤ人が住んでいるのかしら」

メリー看護婦が顔を上げた。

「推定六百万から七百万くらいの人々が生活しているようです」

とエスター。

「その人たちを皆殺しにしようとするの？」

「ええ。ナチスはそのことを『最終的解決』と言っているようなの」

「知らなかったわ」

メリーとあたしは顔を見合わせた。自分の顔が白く血の気が引いていくのがわかる。

「でも三年前、一九四一年十月には、たとえばポーランドのユダヤ人殺戮のニュースは連合軍側まで伝わっていたのよ。ルーズベルト大統領の所まで『ユダヤ人処分所』の記録は渡っているの」

キエフの虐殺はその一例で、結局、その『処分所』がポーランドに移されるまでにも、親衛隊に殺されたユダヤ人の数は百四十万にのぼるって言う。

眼の中が何だか小さな虫だらけになったように見えた。イナゴの群れみたいに一網打尽に命を断たれる虫たち。戦争は人間の歴史が始まったときからついてまわったものだけど、世界が広がるぶんだけ大がかりになっていく。嵐を溜め込んだ雲のように広がる。

春がきたと思ったらやはり暗い話になってしまった。

エスターの足元ではさっきまで犬のクッキーを囓っていた黒ラブが、生理用ショーツにお尻をほかほかと包まれて眠っている。メリーがその姿を眺めながら言った。

「これからその『処分所』ではもっともっと多くのユダヤ人が、ガス室とかに送られていくんでしょうね」

ガス室の話はこのY地でもユダヤ系学者から広がって、驚きをもって囁かれ始めた。

ずっと黙っていたケリィが、コーヒーカップをカタリと置いた。顔にも声にも怒りが籠もっている。こんな彼を初めて見た。

「アメリカ、イギリスみたいな大国が、さっさと原子爆弾を造ってベルリンにぶち込んでやるべきだ」

　けれど先生がそれを柔らかに遮った。

「いや、原子爆弾はすでにヒトラーが開発を始めているんだ。あの男特有の異常な執心でね。ドイツではハイゼンベルクのような学者が陣頭指揮を執ってるんで、アメリカはもう出遅れてしまったんだ。日本も負けじとばかり陸軍と海軍が乗り出して、別々に競争のように研究を始めたが、こっちは大したことはない。小国だからね、原料のウランが手に入りにくいんだ」

「すると原子爆弾は、ナチス・ドイツの独走ということですか」

　とケリィ。

「独走というよりも、君、原爆の開発とは夢のようなものなんだよ。ヒトラーみたいな狂人しかそんなもの、本気になる者はいない」

　そのときエスターが静かに身を乗り出した。

「それじゃ狂人のヒトラーに世界を任せるのですか」

「任せても原爆はできっこないよ。夢だ。夢のまた夢だ」

　オッタヴィアン先生は言い終えて、カラのコーヒーカップをもう一度あたしに示した。

エスターも自分のカップを差し出した。あたしはコーヒーを取りに行った。

テーブルの方ではエスターが話し出した。

「このY地には東欧から、ドイツ、イタリア、フランスから、ユダヤ系はもちろん世界中の学者が集まって来ています。ここでは何が始まっているんでしょうか。本当にアメリカは原子爆弾を造らないんでしょうか」

「それは私よりあなたの夫に聞いた方がいいでしょう」

とオッタヴィアン先生はあくまで柔らかに言う。

「聞いても答えはないでしょう。彼の仕事ですから」

とエスター。

「私がルーズベルト大統領なら、やりませんな」

「でもアメリカにはおカネがある。学者もどんどん入って来る。イギリスも肩入れしている。それでもドイツの原爆開発には勝てないんですか?」

エスターが先生を見つめる。あたしは二人にコーヒーを注いだ。それからケリィとメリーにも注いだ。

部屋の中はしんとなっていた。

獣医のオッタヴィアン先生がここで問い詰められるのも変だけど、なぜかそういう雰囲気になってしまった。先生は何かもっとY地のことを知っているのではないだろうか。エスターはそれを聞きたがっている。

あたしも聞きたい。

「ドイツもソ連も日本でさえ、開発、開発といってやっているが、そんなに簡単にできるものではないんだ」

「そんなに難しいのですか」

とエスター。

「われわれは神の手を持たない」

と先生は素手を広げてみせた。

「原子爆弾の製造は人間業でないということですか？」

「そうだ。賢い人間は労力と金と時間を無駄遣いすることはない」

窓の外に夕日が射していた。

エスターは憂いの深い眼を伏せて立ち上がった。


サンタフェの教会の結婚式に行った翌々週。

ベンジャミンがまたエスターの車でオッタヴィアン動物医院にやって来た。

あたしはその日、休みを貰ってサンタフェの役所に結婚許可証を申請しに行った。父さんや母さんにはまだ知らせないことにした。他人に聞かれない場所で、そのときが来たらゆっくりと顔を見つめ合って話すつもりだ。

その朝もサングレ・デ・クリスト山脈の雪はまだ白く、その上をキリストの血が眼に沁みるように染め上げている。車はメサを降りて平原の一本道を走った。

「ねえ、ベンジャミン」

とあたしは隣の彼に言った。

「なんだよ」

「こないだの偉大な人たちの話の続き……」

「ボーア博士のことか」

「ううん。オッピーとグローブス将軍のことだけど」

「それがどうだって？」

「二人の偉大な人たちは、それからどうしてるの？」

ベンは浮き浮きとしていた。

「何のことだよ」

彼がチラとあたしの方を見た。

「偉大な仕事は順調に進んでるの？」

返事がない。

「だって偉大な道なんでしょう、ここは。オッペンハイマー博士の仕事は成功するのよね」

どうぞ成功してほしい。

あたしたちみんな願っている。

ベンは黙ったままだった。どう答えたものか思案している。返事がないのが返事という証拠だって思う。あたしはもう詮索はしない。ただ成功してほしい。

サンタフェの役所に行く途中、こないだ行った教会の前を通った。今日も賛美歌が流れている。父さんも、母さんもいない。それからサーシャお祖母さんや、ヒコお祖父さんがいない結婚式。あたしが自分でそれを選ぶ。もう引き返せないって思った。

ベンが前を見つめたままヒョイと言った。

「こんな歌知ってるかい？」

彼は陽気に歌い出した。ベンは音痴だった。初めて彼の歌う声を聞いた。笑い出したかったけど堪えた。

この国はきみの国、そしてぼくの国
カリフォルニアから
ニューヨークのマンハッタン島まで
レッドウッドの森から

メキシコ湾流まで
この国はきみとぼくのために創られたんだ

あたしが知らないはずがない。ウディ・ガスリーがフォークソングに作り直した『我が祖国』だ。みんな声を上げて大合唱するアメリカ賛歌。何て単純で純朴なあたしたちアメリカ国民なんだろう。そして人の良いベンジャミンには、Ｙ地の機密は荷が重すぎるだろう。

＊

サンタフェの役所では今や、『私書箱１６６３号』の謎が秘かに噂されているようだ。謎の一は、結婚許可証の申請件数が四月だけで数十件、五月は倍ほども増えたっていう。だいたい郵便局に設置されたロッカー同然の箱に、なんでそんなことが起こり得るのか。

謎の二は、これまたさらに不可解で、ことあろうに赤ん坊の出生届が十数件もあったという。いったい『私書箱１６６３号』とは何なのだ。教会でもない、病院でもない、まして企業でもなく、むろん個人の所有でもない。謎は深まる。

これではまるで地方の小都市一つ、郵便局のロッカーに入れたようだと、囁かれている

らしい。Ｙ地の兵士は単身赴任だから関係なくて、問題はテックエリアの若い研究者たちだった。グローブス将軍は気を揉んで、

「何とか手を打てないものか」

と所長に言ったんだとか。でも万能のオッペンハイマー博士にだって、結婚ラッシュとベビーラッシュの解決法があるはずはない。

「このＹ地に漲る興奮と高揚は『スーパーガゼット』の開発が大詰めにきたことによるものです。彼らを鎮める方法はただ一つ、開発実験をやめることですな」

オッピーはそう言ってグローブス将軍を黙らせたんだそうだ。

そうよ、若い彼らの興奮が潮の満ちるように高まっていくのは、ベンジャミンを見ていればわかる。ベンたちの興奮は彼らの研究成果と一緒に頂上に向かっている。オルガンのキーなら最高音へ駈け昇っていくのだ。

オッタヴィアン先生の話によると、今年の春にＹ地は科学者五百数十人とその家族、軍の兵士千人が住む大所帯になった。それを一つの『私書箱１６６３号』に詰め込むなんてもとから無理なのだ。

空に円いテーブルを広げたような台形のメサに、どんどん施設が建て込んでいって、やがて三つ目のメサと山道がつながった。その谷底を揺るがす爆発音も日毎に増えていく。

休日返上の仕事が続いたある朝。

久しぶりに休みが取れたベンジャミンは、エスターの車を借りてサンタフェへ出かけた。あたしもついて行きたかったけど、車には結婚許可証を取りに行くふた組のカップルを乗せていた。春以来、彼の同僚の間では手っ取り早くてシンプルな合同結婚式が流行っている。来月初めベンジャミンとあたしは、このふた組と一緒にサンタフェの教会で賑やかな愛の誓いを交わす予定になっていた。

結婚の段取りは拍子抜けするほど呆気なかった。

両親がバージニアの伯父さんの農場に引っ越した後、カリフォルニアのわが家はどうなっているのだろうか。母に手紙を出して尋ねたいけど、手紙・電話はＹ地の検閲が押さえている。

あたしの身元を証拠立てるものは一九三六年にできた社会保障番号カードがたった一枚だ。ソーシャルセキュリティナンバー、そのＳＳＮカードっていうものを、サンタフェの役所の窓口に出したら待つほどのこともなく一枚の紙切れを渡された。

それが結婚許可証だった。これを受け取ったらすみやかに教会へ持って行くこと。そこではどんな小さなセレモニーだっていいから、牧師立ち会いの下で夫婦の誓約を交わし、牧師の手で結婚許可証に署名をして貰う。それで結婚が認められる。

何て簡単なアメリカ合衆国！

この国は家族関係や相続人を記録する機関がない。それは各州ごとに保存されるのだけど、合衆国全体で機能することはない。何て身軽なあたしたち。そんなことがだんだんとわかってきて、つまりそういう世界を知って、あたしはおとなになっていくのだ。

ＳＳＮカードは自分のことを証明する場合にだけ利用するものだ。日本人の血がまじっていることなんてわからない。それなら父さんと母さんは生まれ育ったカリフォルニアを捨てなくても良かったんじゃないだろうか。ヒコタロウお祖父さんはどんな経緯か知らないが、この国に残るとき謎のアメリカ国籍と名前を手に入れた。

だから父さんもＳＳＮカードを持っている。母さんは勿論のこと。けれど母さんやあたしの眼には、父さんは近所の日系移民の男の人たちと似ている。外を歩いてたって日系二世の顔をしている。他の移民二世の男たちより父さんのほうがよっぽどジャパニーズって顔付きだ。

黒い髪の毛は固い直毛で、鼻はがっしり横に張ってる。その上に背丈はない。ヒコお祖父さんの昔の写真を見ると、お祖父さんの方がジャパニーズの特徴は薄い。変なものだってつくづく思う。

人は顔で生きているのだ。ＳＳＮカードを振りかざしながら生きるわけじゃない。今、アジアの国や太平洋の島々で醜い蛮行を繰り返している日本兵。トクガワ将軍の時代とはまるで違う、ジャップ。死にたがってる猿。汚い言葉が浴びせられる。

あたしの眼は黒というより濃い茶で、髪は母さん譲りのふわふわのブルネット。鼻は小っちゃくて低いけど、日系三世なんてこんな具合いに見分けはつきにくい。でもベンジャミンはあたしの父さんの顔を知っている。彼は父さんのあの顔をいったいどう思っているのだろう。

夕方近くなってベンたちが帰ってきた。オッタヴィアン動物医院の表に凱旋兵士のみたいな口笛が鳴り響いた。これで三組六人の男女の結婚許可証が揃ったわけだ。あとは日取りを調整して、サンタフェで三百年の歴史を持つ古い教会に飛んで行くだけだ。

中のひと組はテックエリアの研究生ウオーリーと本部事務員のミシェルだ。ふた組目は若い科学者のドナルドと、電話交換手のローザ。Ｙ地の中で知り合ったカップルだった。

こないだのサンタフェの結婚式では三人のゴスペルの歌い手が揃いも揃って妊婦だったけど、今度は妊娠四ヵ月のミシェルが花嫁に加わる。Ｙ地はまったく妊娠ラッシュだ。ミシェルは気にするけど、今のところは目立ってはいない。

「でも早く式をやりたいの。ぐずぐずしてるとおなかがどんどん大きくなって、ウエディングドレス着れなくなる」

彼女がそう嘆くと、ローザが笑って、

「聖書にいうでしょ。汝が蒔いたものであるって」

「でもわたしがその種を蒔いたんじゃないわ」

ミシェルがウオーリーの方を睨むと、彼は横を向いて細い口笛を吹いた。

あたしたち三組の合同結婚式は、五月の第二日曜日に決まった。でもこれはあくまで予約。アメリカはプロテスタントの多い国だけど、南西部のニューメキシコ州はカトリックの比率の方が勝っている。つまりその少ないプロテスタントの教会に、『私書箱１６３号』からの申し込みが殺到しているのだ。

「何とか手が打てないものか」

グローブス将軍がそう嘆くように、誰しも溜息をついている。教会が何とか決まって、あたしはサンタフェの貸衣装屋にウエディングドレスを、ベンジャミンはタキシードの予約をすませた。

ベンはウオーリーたちとドナルドたちのふた組をゲートまで送って行くと、彼らを降ろしてまた戻ってきた。静かになった食堂で、あたしはベンのコーヒーを淹れた。オッタヴィアン先生とケリィは日曜日になるとよく魚釣りに行く。メリーはＹ地の劇場に映画を見に出かけた。病院から学校から映画館まで、Ｙ地は眼を見張るばかりの天空にひらける町になった。

食堂の窓に大きな影が差した。

見上げると薙ぎ倒されそうな大きなコンドルが、羽を広げてゆっくり頭の上を旋回していた。空を見るとヒコタロウを思い出す。空は海で、メサは島だ。

朝な夕なに空を渡る鳥の姿を見ると、トクガワの艦から海に飛び込んだジャパニーズのヒコタロウが眼に浮かぶ。彼が甲板からフワッと跳んだとき、トクガワ将軍の国がプッツリと切れた。そしてザブーン！　と海中に潜ったときから彼のアメリカが始まったのだ。

ハッピーバースデー、ヒコ！

新しいヒコタロウの大地が動き出した。合衆国は東海岸から西海岸まで、グウーンと大地を引きずったら二千五百マイルくらい。その大地に独りぼっちで這い上がったヒコタロウ。

そこからどうやって珍事が起きて、彼の後半生が始まったんだろう。サーシャお祖母さんはその大切なことをお祖父さんから聞いて、古いノートのどこかに書き付けていないだろうか……。

「委託犬の散歩には行かなくていいのか」

「今朝行ってきたからいいのよ」

犬たちは昼寝のタオルにくるまって動かない。

「ねえ、ベンジャミン」

あたしは窓の向こうを悠々と旋回する一羽の大きな鳥の影を見た。あれはヒコタロウだって思った。ごく普通の声であたしは彼に聞いた。

「あたしの父さんのことどう思ってる？」

「なんのことだい」

コーヒーカップを握ったままベンがこっちを見た。

「うちの父さんのことよ」

ベンの反応を軽くノックして窺ってみる。

「ぼくらの結婚に反対してるのか？」

ベンの顔が曇る。警戒心が動いたみたい。

「違う、違う。ちょっと聞いてみたくなったの」

「何を？」

ベンのお父さんは深海学者だ。たいてい潜水艇で海の底にいる。あたしはまだ会ったことがない。でも子供の頃、ベンはあたしの父さんに付いて魚釣りに行ったりする仲だった。

「うちの父さんの顔や体つき、どことなく日系人に似てるって、そんなこと思わない？」

「似てる似てないは他愛ない話だ。北米インディオと日本人だって人種でいえば同じモンゴロイドだろう。いつか行ったプエブロ族の集落にも、似たような顔の男たちがいた」

そういえば、とあたしは不意に黒い髪、小柄な体、砂色の肌をした鹿踊りの男を思い出した。遠い身内が鹿の皮をかぶっていきなり飛び出してきたような、不思議な感じがしたんだった。

「メキシコ人だって似ていなくもない。この国は移民が寄ってたかって出来上がったんだ。容貌のことを言い出すとキリがないよ」

あたしは少しだけ気持が落ち着いていった。父さんが外を歩いていて、いきなり石を投げられる心配は薄らいでいく。ベンジャミンの知性っていうか、そういうものを中心に据えた考え方に心が軽くなっていく。

「じつはあたし、ベンと結婚する前に、どうしてもあなたに話しておきたいことがあるのよ」

とそろそろとあたしは切り出した。

「結婚した後になって、あなたにこんなこと打ち明けるのは狡いって思う……。だから今日は聞いて欲しい大事な話があるの」

ベンは少し改まった表情でうなずいた。

窓の向こうではいつのまにか、大きな鳥は去っていた。

「あたしの祖父はトクガワ幕府の船で合衆国へやって来たのよ。サーシャお祖母さんのノートには、それはリンカーンが合衆国の第十六代大統領になった年だって書いてあったわ」

ベンは黙ってあたしの顔を見た。しばらく口が利けないみたいだった。そしてやっと声を出した。

「それが本当なら」

　とベンは呟いた。

「南北戦争で合衆国が二つに分かれた前の年じゃないか。なぜそんなときに日本の船がやって来たんだ」

「その前にペリー提督が日本のウラガ沖に艦艇を連ねて現れたんだって。国を閉ざしていた日本に開国を迫ってとうとう押し切ったの」

　そして今度はトクガワの役人たちがカンリン丸に乗って、アメリカに派遣されて来たってわけらしい。

「君のお祖父さんも日本の役人だったのか」

「いいえ、ただの若い船乗りよ。そのとき十八歳だった」

「それがどうしてこの国に残ったんだ？　政府から派遣された者は必ず全員帰らなくちゃならないだろう」

「でも祖父は日本へは帰らなかったの。ホームステイ先のマダムが、うちの息子になってほしいって抱きしめたって」

「ああ、初めて来た言葉も話せない国で、何てことだ！　それでこの国に居残った若い船乗りはどうなったんだい」

「出港するカンリン丸の甲板から、サンフランシスコ湾に飛び込んだって。誰にも知られずに……」

「どこの湾だって？」

「サンフランシスコ湾よ」

「それでアメリカ人になったって言うのか」

「ええ。そのマダムの手配で秘かにアメリカ人の名前を手に入れたって。マダムは高名なお医者様の奥さんだった。死人の名前でも見つけたのかしら」

「そんな話はあり得ない。そんなことは信じられない」

ベンは首を振った。

「でもあたしはその三代目ってことになってるのよ」

ベンはあたしの顔を見ようともしなかった。凄く腹を立てて、それを抑え込もうとしているようだった。

「アデラ」

とあたしの顔に間近に迫ると、ベンは手を握った。

「あり得ないことは、二つある。一つは死人などから名前は取れない。死人は自分の名前を持って地下に逝くんだ。もう一つは、サンフランシスコ湾には極寒の寒流が回っている。人間が容易に飛び込める水温じゃない」

あたしはハッとした。今さら気づくなんて馬鹿げているけど、でも寒流のことは本当に知らなかった。けれどサンフランシスコの町は真夏でも上着がいるほど涼しい土地だ。その異常な低温はシスコ湾の寒流のせいだったのに違いない。

「お祖父さんが実際に飛び込んでいたら、間違いなく心臓麻痺だろう」

とベンは言った。八十年以上も昔、以前はもっと気温が低かったかもしれない。

「ヒコお祖父さんは若い元気な船乗りだった。生きのびたのよ」

「だが船乗りならシスコの湾流のことは知らされてるはずだ」

「サーシャお祖母さんから確かに聞いた話なの」

「君のパパからは聞かなかったはずだ」

「…………」

「カリフォルニア州の大人なら誰でも知っていることだ」

とベンジャミンは哀れみの眼の色で言った。サーシャお祖母さんの馬鹿……。アイルランド移民の若い娘だった彼女はそんなこと知らなかったのだろう。

「飛び込めない理由はもう一つある。シスコ湾流は冷たい上に流れが凄く速い。そのため近くのアルカトラズ島の連邦刑務所は、絶対脱獄不可能と言われているんだ。それで全米から札付きの受刑者があそこへ送り込まれる。脱獄は死だ」

その島の刑務所の名前は聞いていたけど、シスコ湾流と関係があることは知らなかった。

「さあ、一口飲んでごらん」

とベンが自分のコーヒーカップを、あたしの口元に近づけた。落ち着くんだ、と慰めるように言った。あたしはコーヒーを一口飲んだ。ほろ苦い液体があたしの昂ぶりを冷ますようだった。

「君のパパは何て言ってるんだ？」

ベンはなぐさめるように言った。

「ヒコタロウはカンリン丸に乗って日本へ帰った……」

「それは当然の話だ」

とベンはうなずいた。

「あのシスコ湾に飛び込んでたら即、死んじまう。それより役目を終えるため故国へ帰るのが筋道ってものだ」

「それならベン、この国に残ってサーシャお祖母さんと結婚したヒコタロウは何者なの？いったいどこから来たって言うの？　そして二代目のあたしの父さんや三代目のあたしがここにいることはどう説明できるの？」

ベンは唇に人差し指を当てて考えていた。答案用紙を前にした学生みたいな顔で。

「あたしはイタリア移民の母さん似だけど、父さんは古い写真で見るヒコタロウお祖父さんによく似てるの」

「もう一度、問題を最初に戻して考えよう」

答えに行き詰まったベンジャミンは、唇から人差し指を外すと低い声で言った。

「事実は複雑怪奇の組み合わせだ。神でも悪魔でもない人間に解けないものはそっとしておくことだ。ただ一つこうなると言えることはヒコタロウ氏は日本へ帰らなかった。つまり海に飛び込む方法じゃなくて、……別のもっと確実な方法でカンリン丸から抜け出して、……これまた何らかの方法で一人のアメリカ人の名前を手に入れた」

分かるかな、ってベンが言った。

「そして今までお父さんはアメリカ人であり続けたんだから、このままアメリカ人であり続ける」

「あたしは？」

「君もこのままあり続ける」

「どういうふうに？　つまり隠れ日系人ということ？」

いやいや、ってベンは言った。

「アデラはどう見たって日系人には見えない。そして、その血もだんだん薄れかかっているんだ。そうして君はぼくと結婚する。もし赤ん坊が生まれたらその子はとても薄い……」

そうか、ベンジャミンはあたしを薄めようとしているんだ。濃すぎるスープを薄めて水のようにしたいんだと思う。サーシャお祖母さんが小さい植物の芽に水や養分を与えて育てるみたいに、ヒコタロウのルーツを守ってきたのと正反対に。

あたしは机の引き出しに詰めた、何冊ものお祖母さんの古いノートのことを思った。そうでなくても今にも字が消えかけたり、すり切れたりしてしまいそうなノート……を。

それからベンはあたしの手を取って廊下へ出た。

あたしの部屋のドアの前に立つと、ドアを開けるようにうながした。あたしがノブを回して中に入ると、ベンが後に続いた。ベンとあたしはどちらからともなくベッドに転がった。だって部屋の中には机とベッドしかなかったのだから。何だか漂流してここへ打ち上げられたみたいだった。ベンはあたしを抱いて囁いた。

「大丈夫、アデラ。ぼくは君を迷子にさせはしないよ。ぼくがずっと一緒にいる」

眼を瞑っていると体が何だか水の底に沈んでいく気がした。それから薄く瞼を開くといつもの薄青い水の膜が広がっていた。サンフランシスコ湾の水の中だって思った。ヒコタロウの姿を探したけれど人影も何も見えなかった。

それからあたしは何者かの両手に抱きすくめられて、もっと深い水底へ沈んでいった。

メサの山道に赤紫のハナエンジュの花が一杯咲いた。プエブロの集落から通ってくるお手伝いのアーイダが、薪を取りに行こうと誘った。この時期のハナエンジュの花を見なければ損だって言う。

「春の山からのプレゼント！」

マメ科の花が咲きそろっても、メサの天辺は朝夕まだストーブを焚いている。今日の犬のお産はポメラニアン一匹にメリーとケリィが組んでいるので、あたしはアーイダとカゴを背負って外へ出た。

車が入れない山道を下って行くと、ハナエンジュの灰色の樹皮が顔のない人間みたいに見おろしている。いつもはあたしはその木が少しこわいんだけど、眼に沁みるような赤紫の花をびっしりつけた木には、ブラボー！　って思わず声を上げてしまう。花の香りでくらくらする。

「薪もいいけど、この花も取って帰らない？　待合室と食堂と、それからオッタヴィアン先生の書斎にも飾りたいわね。それからあたしの部屋にも、メリーだってきっと欲しがる」

ハナエンジュの花びらは幾重にもなって、蝶々が群れているみたい。爪先立って、手を伸ばそうとすると、アーイダの手が止めた。

「いけません。花も木も山のものです」

アーイダが強い声で言った。

「でも人の知らない山の中で咲くのって勿体ないわ」

「山はそんなことは思いません」

あたしはアーイダの顔を見た。なるほど。昨日、ベンジャミンが言ったモンゴロイドの話を思い出した。あたしの顔の中にもアーイダの顔の一部が潜んでいそうだ。

「寒いときに燃やす薪は、山も分けてくれます。でも花は眼で見るだけのものです」

そういえばオッタヴィアン先生が、プエブロは私有財産を持たないって言っていたことがある。インディオには私有財産に徹底的に無欲な種族と、強くこだわる種族があるのだった。

アーイダたちにすれば、空の太陽も月も、野も山も川も、土地も家も、自分たちが種を蒔いて育てた穀物であっても、独占するものではないらしい。

以前聞いた話だけど、極地のエスキモーの人たちは昔、遠来の客が来ると、自分の妻を差し出してもてなしたっていう。それが実際にあったとしたら、妻が私有財産みたいに思われていた時代のことだろうけど。独占欲は人間や動物に元から付随したものだと思っていたけど、そうじゃない人たちがいるのだろうか。

「そうね、アーイダの言う通りかもしれない」

あたしはうなずいた。

だからプエブロの人たちは土地を持たない。長い間アパッチ族に家を襲われ続けてきたのに、それでも家の戸を閉めるだけだった。

「あなたたちは昔から、ずっとそういうことを守り通してきたのね」

「何も持たないという心を、ずっと持って来ました」

林の底に落ちている薪を拾いながらアーイダが言う。

何も持たないという心を持った……。

それがプエブロの人々の、何て言うか、生活の芯みたいなものかとあたしは思った。心しか持たないということ。形のあるものは要らないっていうこと。

アーイダの穿いている粗末なスカート。破れかけた布靴。あたしはそんなものが眼に入って、ふいに胸が溢れそうになった。

国もない。土地もない。

彼女たちが持っているのは、ただ形がなくて眼に見えない心というもの一つだけなんだって思う。ハナエンジュの花の房が一つ二つと、地面を染めるように落ちているのを拾った。それをポケットに落とし込んだ。

帰るまで壊れないでね。

薪は少し拾っても嵩張るので、カゴはすぐ一杯になった。あたしとアーイダはそのカサカサと鳴る束を背負って山道を何回も上下して、オッタヴィアン動物医院の車のトランクに運び入れた。

サンタフェの真っ青な空の下に、あたしたち三人の新婦のウエディングドレスは素晴らしく映えた。白い鳥みたいに空へ吸い込まれていくんじゃないかと思った。

でも妊娠四ヵ月をとっくに過ぎてしまったミシェルは、ウエストを絞った衣装が入らなくて、ついに背中のジッパーを開けて貸衣装屋の店員が糸で留めた。それで背中が見えないように、肩掛けの長いウエディングショールを羽織った。もちろん三人揃ってだ。

プロテスタントの式場は白亜そのものだった。十字架に架けられたキリストの姿もない。一切の壁の装飾もなくて辺りは透き通ってしまいそうだ。

サンタフェでの結婚式で有り難かったのは、父さんと母さんを招ばなかったこと。あたしもベンジャミンも、ほかのふた組も正々堂々と親なし、親族なしのシンプルな結婚式だった。花嫁が歩いて行くバージンロードは、カトリックでは赤、こちらはむろん真っ白だ。

三人の花嫁には欠席した父親の代わりに、驚かないで！ ミシェルにはビア樽おなかのグローブス将軍が、ローザにはベンジャミンたち理論部門のハンス・ベーテ博士が、そしてあたしにはロバート・オッペンハイマー所長が手を取って、花婿の所まで一緒に歩いて行ったの。そうしてオッピーはあたしをベンジャミンに手渡した。

もう少しそのままでいたかった。あたしのベンジャミンもやがていつかオッピーのように優れた学者になって、オッピーのように哀愁と魅惑と理性を兼ね備えた男性になってくれるだろうか。ローザもボーア博士に手を添えられて夢見心地みたいだった。ボーア博士からドナルドじゃローザも夢が覚めそうだ。

Y地ではそんな信じられない学者たちと、あたしたち若い研究者夫婦が一緒に生活することができた。あたしもとうとうベンジャミンとひと組の夫婦になって、ここでそんな類い稀な日々を送るのだ。ベンとあたしは手をつないだ。

誓いの言葉、リング交換がおこなわれる。それがすむとベンがあたしの前に立ち、ベールを上げてウエディングキスをする。彼の鼻の先が冷たかった。彼の舌だけ凄く熱かった。

牧師が夫婦になったことを宣誓すると、おもむろにペンを執って結婚証明書に署名をした。三組の夫婦の証明書に順に書いた。あたしとベンは三番目だった。じっと立って二人で待っていた。

# 第四章

# 「星の町の宵にリストの曲が流れるの……」

メサの天辺にどんどん広がっていった木造の集合住宅が、ベンジャミンとあたしの新居になった。緑色のペンキを塗った倉庫という外観の住宅だ。けれどその四角い箱には、世界の物理学の星々というべき学者たちが住まっている。つまりこの町全体が輝く星座のようなものだ。

そして、その星々にも当然、奥さんたちがいて子どもや飼い犬もいる。星の人はたいていみんな穏やかな性格だ。学者なので考えごとにふけることはあっても、道で怒鳴り声を上げるような粗暴な人物はいない。星座の町はそこのところが普通の町と違っている。

あたしの家にも星になりかけの若い夫がいるけど、星になるにはまだ年季が何百万年も足りない。結婚してわかったけどベンは静かな人間だった。子どもの頃に遊んでいたときはいたずら好きで陽気な少年だったけど、学者の卵に育った今はどこに居るのか彼の姿を探すほど。部屋は広いけれどたった一間きりの家なので、姿がなかったら裏の小さな庭を見る。しゃがんで蟻を手の指に乗せていることもあるし、たった一本だけ庭に生えてるアスペンの木をじっと見上げていたりもする。

日曜日の昼など、アーイダの差し入れのプエブロブレッドを焼いて二人で食べながら聞いてみると、アスペンの葉が枝に付いてるその角度を見ていたんだって言う。太陽の光を受けるために、一本の木の何千何万枚の葉はみんな微妙に向きを変えている。太陽は空を回るのでみんな光に当たっている。

「人間だったらバンバン撃ち合いやって、自分だけ生き残ろうとするけどね」

ふうーん、とあたしはうなずいた。

そんなこと考えて裏庭に立っていたんだ。

でもあたしの頭の中は別のことで一杯だ。昨日お産したプードルの母親の傷口が気になる。母乳の出はどうだろう。今日はテリアの出産も始まりそう。

別々のことを考えて別々の方を向いて仕事している二人が、一緒に暮らしている。結婚って半分半分なんだなと思う。アスペンの葉っぱの一枚みたいかな。

ここにはそんな星をめざす若者が沢山いる。見上げる夜空の星座の中でキラキラ輝いてる本物の星は何割かで、残りはまだ闇に沈んでいる小石だ。

ベンは毎夜あたしをしっかり抱きしめて眠る。夜中もあたしのパジャマの胸を摑んでいるので振りほどく。すると今度はあたしの胸に頭をぐっと差し込む。それでも寝息が聞こえるのだ。何だか寝ている間に底の方へ沈まないよう、杭にでもしがみついてるみたいだ。

実際、ベンジャミンだけでなく、この頃の若い研究者たちは沈みかけた小船みたいに危なっかしく見えた。眼の下にクマを浮かべている者は珍しくなかった。ものすごくおしゃべりになるかと思うと、何時間でも黙り込んでいる。


その話を新居を見に来たエスターにすると、

「一つの理由は気圧の問題が関わってるのね」

と彼女はあっさりと答えた。

「ここは標高七千四百フィートを超える場所だから、気圧が低いのよ。そして二つめの理由は、そんな所で根を詰めて長時間労働を続けていること。精神状態が乱れてくるのも不思議じゃないわ」

エスターはシナゴーグからの帰りだ。ほとんど毎日、ユダヤ系学者の卵たちの妻と講習会のようなものを開いている。安息日のための火を使わない料理法とか、子どもの勉強のさせ方とか。聖職者の代理というより賢い主婦のリーダー的な仕事をやっている。

「今、Y地で流行ってるジョークを知ってる？」

とエスターがあたしの顔を見た。

「いいえ……」

「破裂する壺」

どういう意味なんだろう。知らない。

「何が破裂するの？」

「人間が破裂するのよ。あなたのとこのベンジャミンとか、うちの夫たちのことらしい」

仕事に追い詰められて不安や緊張が高まって、いつ破裂するか分からない不安定な壺だって。

「でもあたしは何ともないわよ」

ベンジャミンと一緒に、標高七千四百フィートのメサの上に暮らしているんだけど。

「そりゃ彼らと違って、わたしたちは追い詰められるような仕事はしていないもの」

その壺は気圧と過重労働で破裂しそうだと揶揄《からか》われているらしい。Ｙ地の学者たちをおかしな壺に譬えたのは、あのグローブス将軍だっていう。自分は物理学のことは何も知らず、学者たちの研究や生活のケアも何もしないで、ふんぞり返っているのよ。

「ホントにＹ地の壺が全部が全部、破裂してしまったらグローブスは引っ繰り返ってしまうでしょうね」

まず所長のオッペンハイマー博士の壺が破裂して、名前は何だか知らないけど世界各地から亡命してきたユダヤ系の学者たちの壺が次々に破裂する。それからエスターのご主人やあたしのベンジャミンの壺が破裂する。

その光景を想像して思わず笑い声が出た。でも彼ら壺のことを笑うよりも、あたしたちは自分のことを考えねばならなかった。そのことに気が付いた。高地の気圧と過重労働の皺寄せがくるのはあたしたち妻の方だった。

Ｙ地の『私書箱１６６３号』を出産ラッシュにしている張本人はほかならぬ夫たち、つまり破裂する壺のせいで、実際に破裂するのは妊娠した妻たちである。こんな笑い話みたいな壺のジョークを流したグローブス将軍に、あたしは腹が立ってきた。

メサの上はＹ地の外も全体が秘密基地なので、あたしは結婚してもオッタヴィアン動物医院を退職することはできなかった。交替の受付係が雇えないからだ。毎日、今までと逆にＹ地の中からゲートを潜って医院へ通う。

時を同じくしてというか、半月遅れでメリー看護婦もケリィと結婚してしまった。こちらはいずれそうなるだろうと予想はしていたので、オッタヴィアン先生もあたしも驚かなかった。その代わりに先生は口ごもるようにあたしとメリーに言った。

「今は犬たちの出産シーズンで余裕のない季節だ。犬に待てと言うわけにはいかない。それを理解できるのは人間だけだ。そこのところをなにぶんよろしくお願いするよ」

先生は柔らかい溜息をついた。

僕も、その、何だよ……、辛いのだよ。

そんな言葉を呑み込むように白髪の頭を掻いた。あたしもメリーもうなだれて眼を落としていた。もうすぐ夏がきて繁殖・出産シーズンも幕が下りる。それから秋がきてもう一度、ラッシュになる。先生が一番怖れているのは受付係と看護婦二人の妊娠が重なることだ。ハッとしてメリーの方を見ると、彼女の無言の眼差しがあたしに注がれていた。アデラこそ大丈夫？

ベンジャミンの顔を思い浮かべる。犬は雌の発情で雄が飛びつく。人間の場合はあたし自身のことを考えてみると、先に発情することはないって思う。あたしに限ってのことだけど。そして人間の雄の場合は雌の状態と関係なく、雄が、ベンが飛びついてくる。犬と人間は違うのだろう。オッタヴィアン先生は人間のことは知らないのだろうか。

メリー夫婦の新居はなかった。動物医院の二階の二室が二人の部屋にあてがわれ、オッタヴィアン先生は荷物を持って、あたしが使っていた一階の部屋に入った。

音楽好きの先生の引っ越し荷物は書物のほかには二つのバイオリンと二つのビオラとハーモニカ一個。でもあたしにはバイオリンとビオラの見分けは付かない。おそるおそる慎重に運び降ろしていたとき、ふと先生が喜びそうなことを思い出した。

「Y地の中に小さいラジオ放送局ができたのご存知ですか」

「ほう、どんな放送をやってるのかね」

寂しい山の上の暮らしである。オッタヴィアン動物医院のラジオは壊れている。

「戦局のニュースとか、後はクラシックの名曲を流したりするんです。人気があるのはこのラジオ局がやる生演奏で、学者のフリッシュ博士とかのピアノ演奏が人気番組なんですよ」

その時間が近くなると夜の通りは、みんなが耳をそばだてるみたいに物音が消えて静かになる。

「ああ、それならオットー・フリッシュ博士ですよ」

とケリィがうなずいた。

「リーゼ・マイトナーの甥だそうで」

そのときオッタヴィアン先生がケリィに目配せした。何だかここにも箝口令が及んでいるみたいだ。

昼過ぎ、あたしはテックエリアのベンジャミンに電話をかけて、今夜のピアノの生演奏を、オッタヴィアン先生とケリィ夫婦に聴かせるため、わが家に招待したいと言った。ベンに異論はない。弾んだ声が返ってきた。

「今までどうして気が付かなかったんだろう！　よし、ぼくが帰りに購買部でハムと豆の缶詰など見繕って買って来るよ」

産後の犬の手当をして、委託犬の散歩をすませ給餌が終わると、メサの上は夕風が立ち始めた。ケリィの車に先生とメリーとあたしが同乗して、Ｙ地のゲートに向かった。こないだまでゲートの外で暮らしていたあたしが、今はあの中へ帰って行くのだ。あそこには実際入ってみないと知ることが出来ない特別な暮らしがあった。

Ｙ地の朝は七時にサイレンが鳴り響く。情け容赦もなくメサ中に響き渡る音だ。みんなはそれを「オッピーの口笛」と呼ぶ。何が口笛よ、そのけたたましいこと。八時から今日も始まる仕事のため、起きろ、起きろと合図のサイレンだ。

八時にみんなが自分の職域に入ると、オッピーは風のように各仕事場に現れて、問題はないかと聞いてまわる。誰も彼も研究者だけでなくＹ地の建設労働者の一人まで、「オッピー旦那《セニョール》」に愛着と信頼を抱いていた。彼は学者として誰に言わせても「完璧な英知」の人だったけど、もう一つ、自分たちのことを誰よりも知り尽くした「所内の父」同然に思っている。

それはまるで百人の研究者がいるなら、百人の「所内の父」のオッピーがいるように。そのうえＹ地の専属労働者が三百人いるなら、親愛なる三百人の「オッピー旦那」がいるように。

けれどオッピーはもともと誠実で面倒見の良い男だったわけではないっていう。昔の彼を知る者は、口を揃えてオッピーは毒舌家で愚かな人間は顧みなかったって言う。その鋭さで研究の業績を上げ続けたのだ。それがY地の研究の総指揮を執ることになって、驚くほど人が変わった。ほぼ不可能と思える難事を前にして、あと自分に必要なものは何か。それはメンバーへの友情と友愛と結束だった。

黄昏の幕が空から降りてくると、研究者たちがほっと息をついて仕事を終える時間だ。

ケリィの車でゲートに着くと四人分の身分証を見た衛兵の一人がにっこり敬礼をしてくれた。こないだ彼のところのテリヤが出産したのだ。あたしたちの車は静かにY地へ入った。

メサの緑色の箱の町が一日で一番美しく映えるときだった。雨が降ると泥濘になり、陽が照るとカラカラになり、風が吹くと砂塵が舞い上がる道に、橙色の窓の灯が映る。あたしたちの乗った車のタイヤは、その染め分けたような光と闇の地面を踏んで進んだ。

両側の家の窓には人影が浮かんでいた。小さな狭い家だけど賑やかそうな幾つもの影法師だ。学者夫妻と子どもが一人か二人いて。各戸はつねに客の行き来があるのだ。あたしは車の窓を開けた。両側の家々から低く流れてくるレコードの音楽が高まった。

音楽好きなオッタヴィアン先生が眼を細めた。

「どこの家だ？　リストの『ラ・カンパネラ』なんぞ掛けてるのは」

ケリィは車の速度を緩めた。車の動きにつれて、面白いように辺りに流れる楽曲が変わっていく。

「これはラヴェルの『ボレロ』だね」

先生がたまらなそうに呟く。あたしは向かいの家の窓を指して尋ねた。

「あそこの家で鳴らしてるのは何ていう曲ですか」

先生は窓に耳を出して、

「ベートーヴェンだね。ピアノ協奏曲『皇帝』」

「あの家は毎日、日が暮れるとあの曲を鳴らすんです」

灯の点いた窓がつまり家の顔だ。その顔がてんでに好きな音楽を鳴らしている。空には星が二つ三つ浮かんできて、夕暮れのY地全体が広いコンサート舞台になったようだった。

「こっちも『ボレロ』か」

とケリィ。

「あのお宅にちょっとお邪魔したくなったね」

オッタヴィアン先生が微笑んだ。

「今時分にこんな音楽を流すのは、お客を招んでる合図なんです。誰かうちへ来ませんかって」

あたしはベンに聞いたままを今夜のわが家の客に話して聞かせる。学者同士、気の合う仲間が集まってレコードを持ち寄ったり、フリッシュ博士のピアノを聴いたり、話に花を咲かせる。張り詰めた仕事の後の仲間内の団欒だっていう。

　ここはＹ地を護っている軍の兵士も勝手に出入りできない。研究者とその家族だけの、空中に浮かんだサンクチュアリだ。

「黄昏どきの今頃があたしの一番好きな町です」

「羨ましい話だね」

　先生がつぶやいた。ハンドルを握ったケリィに、助手席のメリーが言う。

「ねえ、この町にあなたのお友だちは誰かいないの？　もしいるんだったら頼んでみたらどうかしら。この町にぼくたちは住めないだろうかって」

「そりゃあり得ない話だ」

「だって彼らの愛犬の命を守ってるのよ、あたしたち」

「無理だよ。アメリカ中探してもここほど秘密管理の厳しい場所はないはずだ」

　ケリィはそう言いながらハンドルを切ると角を曲がった。そしてずらりと並んだ緑色の箱の、一つのドアの前で車を停めた。灯の点いてない窓は暗い。あたしは車から降りると、今月からわが家となった緑色のペンキが塗られたドアの鍵を開けた。何て粗末な扉だろう。でもこの中にあたしのこれからの楽しみや喜びが入っていると思うと心が満ちてくる。

「ようこそ。あたしの家に！」

扉を開けて中へ入ると灯を点けた。

オッタヴィアン先生とその後にケリィとメリーが入って来た。子どものいない夫婦は台所と広いワンルームの居間に風呂とトイレ。家の間取りは家族数で公平に分けられて博士も研究生もない。ただ学者の家に合うように来客も見越してゆったりと造られている。

椅子をすすめているとちょうどベンが帰って来た。ワインやハムやサラダ缶などを詰めた買物袋を両手に提げ、それから後ろに同じ齢くらいのお客を一人連れていた。

「ファインマン君だよ」

「よろしく」

にこにこ愛想の良い若者。フルネームは聞かないのが決まり。でもその名前であたしはY地に知れ渡った有名な話を思い出したのだ。Y地に張り巡らした鉄条網の破れから秘かに抜け出して、何回もゲートから悠々と戻って来た人物。犬たちが鉄条網の破れから飛び出して困るのに、Y地の営繕課は補修の対応をする気がない。それで人間のファインマンが破れから出入りしてみせたってわけ。

「君が門へ入る姿は一度も見ないのに、なぜ三度も中から出て来ることができるのだ。君が幽霊であるという証明を提示するなら釈放できるが、人間であるというなら本部へ同行して貰おうか」

ただしお咎めは受けたけど鉄条網の破れはそのまま……。

その愉快で気の毒なファインマン。学者としてはとても有望視されてる人みたいだけど、とにかく面白すぎる。

あたしとメリーが流し台でサラダを作っていると、こないだ一緒にサンタフェで結婚式を挙げたふた組がやって来た。妊娠中のミシェルは仕事を辞めたので、野菜たっぷりのメキシカンを作って持って来てくれた。Ｙ地の電話交換手のローザは豚肉料理のカニタスの差し入れだ。オレンジとライム汁と玉葱に塊肉を漬けて焼き上げる。

「ああ、料理をする女性の手を、ぼくは久しぶりで見た。何て美しいんだ、感動で胸が一杯になるよ」

ファインマンがちょっと大袈裟な声で言う。

「そうよ、これはあなたに食べさせるため、わたし持ってきたのよ。わたしたちの手を見たければ好きなだけ見てていいのよ、どうぞ」

電話交換手のローザはテックエリアの研究者のことをよく知っている。ファインマンは結婚まもない病身の奥さんを連れてきたが具合が悪くなって、「所内の父」であるオッペンハイマー博士がアルバカーキの良い病院に入院させたっていう話だ。そんなわけで彼はずっとＹ地では独り暮しだ。明るい彼は見た目には少し立ち直っているみたいだけど。

十人でワインを注ぎ分けて乾杯した。

「やあ、ファインマン君。ここでまさか会えると思わなかった。嬉しいよ」

とオッタヴィアン先生が彼とグラスを合わせた。

二人は知り合いだったの？

あたしは二人の顔を見た。獣医学と物理学がこんな世界の果てみたいな岩山の上で、どんなつながりがあるというのだ。あたしは一つ推理を立てた。

「そんならファインマンさん、あなたもしかして前は獣医学の専攻だったんですか」

あたしが真顔で尋ねるとベンが笑い出した。

「違う、違う、逆だよ。オッタヴィアン先生の方が最初は物理専攻だった」

「信じられない」

とあたしは先生を見た。

「わからないわ。いったい物理学と犬とどんな関係があるんでしょう」

「犬と星は親戚なんだよ」

先生がおかしなことを言う。いつも変なことを言う。

「そんなこと信じません」

とあたし。

「いや、いや。犬の体は星のカケラで出来ている。遥かな昔に大きな星の爆発で宇宙にカケラが吹き飛んだ。その寄せ集めの材料だ。犬だけでなくて人間の体もそうなのだ」

それで犬と人間と星は親戚。地球の土も石ころも木もすべてだって言う。

「でも先生。犬も人間も母親から生まれたんです。石ころとは違います」

ミシェルがこれを見ろと自分のおなかを指差した。

「ははは。その腹の中ですでに星のカケラの原子や分子が混ぜ合わされたんだ。カケラといっても眼にも見えず数えることもできないくらいの微粒子だよ」

その物理学と獣医学とどんな関係があるっていうの？

「もともと僕は星が好きだからね、宇宙物理学を専攻しようかと思ったんだよ。しかし星は遠い」

先生は窓を見た。あたしたちは曖昧にうなずいた。

「まあそうですね……」

澄み切ったメサの上の夜空の星は目玉のように見える。

「そして犬は近い」

「……」

あたしたちは黙っていた。何だか返事のしようがない。

「犬は僕の膝にも寄ってきたりする」

「……」

「星も好きだが、犬はもっと愛しい」

やっぱりみんな黙ったままだ。

「それで獣医学に鞍替えされたんですか」

ケリィが聞いて、先生はうなずいた。

ファインマンが説明を始めた。彼がニューヨークの中学校に入ったとき、オッタヴィアン先生は数学の臨時教員で、動物系にはまったく縁がなさそうだったという。

「その選択は断然、獣医の方が良かったって思います」

あたしは先生の選んだ道に賛同した。

「ほう、どうしてそう思うかね」

「獣医学は生きものへの愛につながる仕事だからです。愛は何より尊いと思います」

あたしはグラスを上げて先生のグラスと合わせた。

「愛に乾杯？」

「ええ、それと平和にも」

「ふむ、平和にも」

そのときベンが異論をはさんだの。

「獣医学が愛と平和ばかりとは思えないな」

あたしは自分の夫の言葉に凄く驚いた。

「だって爆弾や毒ガスを造ったりする物理化学と、動物の病気を治す医療は別のものじゃない?」

あたしはうちの犬たちのために怒りが湧いた。

「それなら毒ガスの話をしましょうか」

とファインマンが目配せしてベンと交替をした。あたしたち女性陣はみんな、ミシェルもローザもムッと眉をひそめていたのだ。

「ええ、怖ろしい聞くのも忌まわしい毒ガスの話をしてくださるのね」

あたしがうなずいた。ファインマンがしゃべり始めた。

「一九〇六年のドイツに、空気からパンを作った化学者がいたんです。パンの材料は小麦ですね。その頃のヨーロッパは人口増加で、食糧生産のための深刻な肥料不足に陥っていた。それをハーバーというユダヤ人の化学者が、空気中の八割を占める窒素をもとにして、水素から肥料の原料になるアンモニアを合成したんです。何しろ空気は無限にある。どれだけ作れるか知れない」

「夢のような発明ね」

ローザがつぶやいた。

「ええ、その工業化でドイツの農業は『緑の革命』の先駆けとなりました。何百万という命が飢えから救われて、その功績でハーバーは後にノーベル賞を受賞します」

人類救済の学者というわけね。

「ところが」

と彼は眉をひそめた。

「化学の世界では神の隣に悪魔も棲んでいる。ハーバーの編み出したこの工法は同時に、爆薬の原料の硝酸を大量に作ることも出来たんです。それで第一次世界大戦下のドイツで毒ガスの開発に成功して国民的英雄になる。つまり平時にはパンを、戦時には火薬を、ただの空気から大量に作り出したんです」

わからない……。それだけの頭脳の持ち主が善と悪の心を両方持っているなんて。

「政府に強く命令されたのかしら」

「いいえ、彼は自分の意志で毒ガス製造を進めたんです。愛国心でね。そこに悲劇が起きました。ハーバーの妻のクララも化学者で、ドイツで女性として最初に博士号を取ったほど優秀な女性でした」

「そのクララがどうかしたの？」

「学問を戦争に用いることに反対して、夫に詰め寄りますが聞き入れられない。ユダヤ人の彼は国のために尽くして栄誉を与えられたかった」

オッタヴィアン先生がワインを一口飲んで言った。

「ハーバーの胸の内もわからないではないが……。ヒトラー以前のドイツは学問を重視して、ユダヤの優れた学者はことに優遇していたんだ」

妻のクララはほかならぬ夫の栄誉の祝賀会の晩、一人自宅に残って自殺したっていう。われとわが胸に拳銃を撃ち込んだ。夫を諌める死か、抗議の死か、闇に包まれた屋敷に銃声が鳴り響くのが聞こえるようだ。

一人の人間が人類の飢えを救う偉大な発明と、殺人兵器の毒ガス製造の両方をやってしまう。ファインマンの言う通り神と悪魔が肩を並べているようだ。

「人間はそれがどっちも出来てしまうのね」

「普通は出来ないだろうけどね」

とベンが考えながらつぶやいた。

「科学者には出来る奴がいる……」

「どうしてそう言えるの」

あたしは聞いた。なぜ科学者なの？

ベンが言葉を探すように答えた。

「つまり、彼らは学問的にどっちの答えも出したいんだ。それは神とか悪魔という言葉とは別の問題だけどね」

ベンとファインマンは並んで豚肉を頬張り、ワインを飲んだ。オッタヴィアン先生がフォークを持つ手を置いてしゃべり始めた。

「人体の研究には人体を切り刻んだ医学の歴史がある。犬や馬の研究には犬や馬の体を解剖した獣医学の歴史がある。その積み重ねで学問は築かれてきた」

ああ、先生。もうそんな血みどろの話はやめてほしい。

あたしはうつむいて黙って呪った。もうせっかくのワインもサラダもカニタスの豚肉もしょっぱくなってしまう。先生とファインマンや、ケリィやウオーリー、ドナルドとベンたちの顔付きはとくに変わらない。むしゃむしゃ食べて適当に無言でうなずいている。学問はもとから非情な世界なのだ。

先生はワインを飲みながら彼らに言った。

「だからこそ、アインシュタイン博士はこう語るのだ。優れた科学者を生み出すのは知性だと人は言う。しかし彼らは間違っている、と」

先生は彼らを見まわして、

「それは人格である」

と付け加えた。

知性に勝るものがベンジャミンたちには必要なのだ。それを彼らは身に付けなければならない。あたしは深く納得した。

星の降る美しい夜がしだいに更けていった。ローザが自分の腕時計を見た。あ。と眼が瞬いた。

「そろそろ始まるわ。フリッシュ博士のピアノ演奏……」

それを聞くとベンがカタリと椅子を引いて立ち上がった。食器棚の方へ行って手を伸ばすとラジオを点けた。今夜の博士の演目は何だろう。

「まあ、リストよ」

流れ出した曲にローザが溜息をついた。

「ラ・カンパネラ……」

それって曲のタイトルなんだろうか。あたしはピアノの曲なんてあんまり知らない。でも流れ出した曲を聴いていると頭の中にピアノの白と黒の鍵盤が見えてくる。それを弾く人の指が跳ねて、跳ねて、心地良い連打が波のように続く。

何だかとても気持ちがいい。なかなか千切れない厄介な長い紐がプツプツと切れていくような快感。

みんな静かだった。

今夜はオッタヴィアン先生を喜ばせようと思ったのに、いつの間にかあたしは見えない旋律の大きな池にそろそろと吸い込まれていった。

ピアノ演奏の時間が終わるとコーヒーを出した。眠れなくなるといけないのでコーヒーは薄くして、温かいミルクを混ぜた。

窓の外の道を大型のダルメシアンが飼い主と一緒にスタスタと歩いて行く。静かな夜の散歩だった。ウオーリーが指差して言った。

「先生、星のカケラが歩いて行きますよ」

「うむ。あの犬の元素配合を教えてやろうか」

少しワインに酔った先生が笑いながら言った。

「まず一番多いのは酸素の六十五パーセントだね。次に炭素十八パーセントくらいか。それに水素が十パーセント少々に、窒素三パーセント。これで大方の犬のからだが出来るね」

酸素プラス炭素プラス水素プラス窒素だって！　あたしは暗記した。

「先生、犬の骨はどうなるんです？」

ミシェルが聞いた。

「そうだね、骨を強くするにはカルシウム一・五パーセントに、マグネシウムと、毛や爪、皮膚のために硫黄を各ひとつまみ」

本当に少なくていいんだ。

「それに酸素を体中に運ぶための鉄をほんの少し、筋肉の収縮や神経の刺激伝達にカリウムもひとつまみ。少なくても絶対になくてはならないものなんだ」

みんなうなずいた。

「あとはリンが一パーセントに、ヨウ素にマンガン、ナトリウム、塩素、フッ素が各少々」

もう覚えられないわ。いつの間にか宵闇の中に人と犬は消えて行った。

先生はやがて椅子から立ち上がった。

「それじゃあ今度は僕らが消えて行く番だな。今夜は楽しかったね。おやすみ」

あたしたちもガタガタと音を立てて席を立った。

おやすみなさい。

*

戦争に明け暮れる月日が流れる。れいによって昼食のテーブルに着いたオッタヴィアン先生は、今日も一日遅れの『ニューヨーク・タイムズ』を広げて読んでいる。

八月三日はテニヤンの日本守備隊八千人が全滅した。日本人はこの全滅を「玉砕」と言い換えてるそうだ。人間の肉体は玉のように砕け散ったりはしない。人の体はやがてどろどろに腐って形をなくしていく。先生が広げた新聞のおかげで昼食がまずい。

八月十日はグアム島の日本守備隊一万八千人も「玉砕」したっていう。九月十五日は米軍がペリリュー島やモロタイ島に上陸して、日本守備隊はここでも「玉砕」だ。

夏がどんどん遠ざかっていく。

オッタヴィアン動物医院は相変らずの盛況だ。でもたいした患者はいない。出産期はとうに過ぎて、毒草に触れて足が腫れ上がった子や、たまに小熊と喧嘩して耳を齧られた子や、ご主人の板チョコを一枚盗み食いして下痢と嘔吐が止まらない子を抱いた科学者の妻たちで、待合室は占領される。

夏が過ぎると合衆国の隅々まで大統領選挙の話でもちきりになる。どの候補者はどんな犬を飼っているか。オッタヴィアン動物医院にくる犬の奥さんたちの関心もそのことだ。たまにすごく変わり者の候補者もいて犬を飼っていないことが知れるや、もう滅茶苦茶に彼女たちの舌でぶちのめされてしまう。

わが国民にとって、というよりもっと広くヨーロッパ人にとって、犬は家族でオスは息子、メスは娘なのだ。猫は愛すべき同居人であるけれど、それ以上じゃない。あたしがジャパニーズのヒコお祖父さんに、もし文句が言えるなら一つだけある。

犬は人間の良き散歩の同伴者で、人が物事を考えるときの最良の思索の友よ。ただの泥棒よけの番兵にしないで。

秋も終りがけになると犬の話題の一番は何と言っても、次期で大統領四選を狙うルーズベルトの愛犬ファラだった。オスのスコティッシュ・テリアの黒毛で、あたしは日系人収容所を設けた元凶のルーズベルトはあんまり好きじゃないけど、彼の小さくて賢くて愛らしいテリアには惹かれる。今や、ファラはアメリカ中の愛犬家の話題をさらっている。合衆国で愛犬家といえば国民の九十九パーセントにのぼるだろう、たぶん。

　ことの発端は九月二十三日に開催された全米トラック運転手組合との夕食会で、ルーズベルトがやったあるスピーチだった。

　ファラはルーズベルトと何処へ行くのも一緒で、国家的行事にも同行した。あるときは大統領専用列車、あるときは大統領専用飛行機にも乗った。ところがルーズベルトがアリューシャン列島を訪問したとき、事件は起こったという。何とファラを残して艦船は発ってしまった。

　そのためルーズベルトはアメリカ海軍の駆逐艦をわざわざ出して、二千万ドルの費用をかけて、ファラを連れ帰った……、と。これはルーズベルトに敵対する共和党が世間に流したデマだったのだが、大統領は夕食会の全国放送のスピーチでそれを種に三十分も、ファラ雪辱の熱弁をふるったのだ。

「わたしもそれ聞いたわ」

「ええ、うちの息子なんて、椅子から笑い転げて喜んだものよ」

　金茶のテリアと、白のテリアの奥さんがたまらなそうに吹き出した。ルーズベルトの弁舌の口真似は合衆国中に広がったようだ。

「彼らはわたしだけでなく、犬のファラにまで攻撃した。もちろんわたしは攻撃など慣れているので平気だが、ファラは怒っているに違いない」

彼ら、というのはむろんつまらないデマを流した共和党の連中のこと。金茶のテリアを膝に抱いた奥さんは、ラジオを聞き損なった犬仲間のためにルーズベルトの弁舌を再現してみせる。

「ファラはスコットランド生まれで、スコットランドの名を冠した犬であることに誇りを持っている。それで自分が納税者に二百万ドル、三百万ドル、あるいは八百万、二千万ドルを払わせたというでっち上げを聞いたら、どう思うであろうか。ファラのスコットランド魂は火のように熱い。わたしのファラは怒りのために別人のように変わってしまった」

「何て可哀想なファラ」

奥さんたちはうなずき合った。

「ルーズベルトは怒る権利を持ってるわ」

「すべての愛犬家は怒るべきよ」

ワシントンDCで開かれた夕食会の会場は、「ファラ演説」で割れんばかりの笑いと声援に包まれたっていう。オッタヴィアン動物医院の待合室もそれに劣らない爆笑だった。

毎日、犬を連れた奥さんたちが集まると、誰かがルーズベルト大統領の「ファラ演説」を再現し、たちまち笑いの渦が巻き起こると、犬たち全員がまるでY地の朝のサイレンみたいに反応して、ウオ――――ン！　ウオ――――ン！

と高くて長い唸り声を上げた。

ルーズベルトは自分以外の者にファラの給餌をさせないっていう。一度ほかの人間が餌を与え過ぎて、ファラは死にかかったそうだ。ルーズベルトは人間と動物を分け隔てなく等しく愛する人物だと言われる。でもそんな公平な精神の彼がどうして人種差別をするのだろう。アメリカ人と日本人は、人間とイヌほどにも変わってはいないのにとあたしは思う。

十月も半ばになったある日。

一日の診療が終わって帰り支度をしていると、メリー看護婦があたしのそばに寄って来た。

「ねえ、アデラ。ちょっといいかしら？　あなたにお話ししたいことがあるんだけど」

今まで彼女のこんな思い詰めたような声を聞いたことがない。そっと二人だけで内密の話がしたいみたいだ。あたしがうなずくとメリーは先に立って二階への階段を登った。あたしが結婚してオッタヴィアン動物医院を出て行った後、ケリィとメリー夫婦は二階の二室で暮らしている。薬剤室の窓口からケリィがあたしたちをチラと見た。二人がもう話し合っていることは彼の表情でわかった。

　二階の奥は夫婦の寝室で、手前のドアが居間だ。中へ入るとメリーはあたしをソファに座らせて、自分は腰を降ろすところがないらしくあたしの前に突っ立って、

「アデラ、ごめんなさい。突然こんなこと打ち明けることになっちゃって」

　車をどこかにぶつけてしまった人間みたいに、メリーは突然あたしに向かって謝りだした。あたしは彼女の取り乱しように何がなんだかわからなかった。

「あのとき、オッタヴィアン先生がお祝いを言ってくれた後、一言そっと気を付けるように言ったのに……、面目ないわ。看護婦のくせに」

　ようやくあたしは少しだけ事情がわかってきた。メリーは唇を噛んでいる。

「ここは看護婦の補充がきかないのに、しかも春の出産ラッシュで仔犬の数が増えてるときにヘマやっちゃって。今度はもうすぐ秋の交配時期と出産ラッシュが始まるっていうのに……」

　混乱したメリーの話を聞くうち、彼女の追い込まれた事情が自分のことになって迫ってきた。メリーはもうできてしまったのだ。妊娠。たぶんそうだ。あたしと同じ五月にサンタフェの教会で、半月ほど遅れて結婚式を挙げたのだから、そろそろ妊娠しても不思議じゃない。普通なら、の話だけど。

　戦場に往くときは軍から避妊具が支給されるって、そんな話をベンがしていたことがある。外地に行けば避妊というより感染症予防のためらしい。けれどケリィは軍役の身では

なく民間の医療従事者だ。何よりY地は戦場とは違う。ここは山中の秘密の研究機関で、感染の心配のある接触などない。

　避妊はオッタヴィアン動物医院だけの切実な急務なのだ。それにY地は科学者の妻たちの出産ブームが続いている。妊娠して後ろめたがっている妻なんてどこにもいない。彼女たちは赤ん坊を抱いてみんなの祝福を受けている。人手の足りないうちの医院だけの事情だ。ケリィは購買部にサックなんていうものの予約を入れていたが、なかなか届かなかったのだという。

「それであたしもね」

　とメリーは小声で続ける。

「自分なりに危ない期間はメモして気をつけておいたのよ。でも私の体調も乱れていたのね」

「先生にはまだ知らせてないの？」

「まだよ。ケリィは、言わなきゃならないことは早く打ち明けたほうが善後策を立てる方法もあるだろうって言うけど、この秘密基地のメサの天辺でどうやって動物医院の看護婦を探すの？　あたしがここへこれたのだって、テックエリアの保安部に親類がいたからなのよ」

　あたしはベンジャミンの婚約者になってここへ来た。

「できたことは受け容れるべきよ」

とあたしは柔らかい声で言った。

「オッタヴィアン先生なんてどうでもいいんだわ。イヌたちだってどうでもいい。あなたとケリィの赤ん坊が生まれるんだから。ねえ。素晴らしいことじゃない！」

うつむいたメリーのおなかはまだ全然膨らんではいなかった。この中にそんな激変が起きているようには見えない。メリーは思い詰めた眼であたしを見る。

「そう手放しで喜ぶわけにはいかないのよ」

「でも妊娠したって、すぐに看護婦を辞める必要はないわ。大きなおなかを抱えて働いてる看護婦はいるものよ。女性は産むものだけど、でも病気でない限り普通に生活するものよ。働けるときまで働いて、それから子どもを産む。あなたはあくまで自分の事情を通せばいいって思うわ」

彼女は一つの結論を見つけたように顔を上げてうなずいた。

これからオッタヴィアン先生にケリィと二人で話しに行くと言う。先生なら新しく生まれる命をきっと祝ってくれる。そして次の看護婦を探す手立てを見つけてくれるだろう。

あたしたちが階下へ下りるとケリィが待っていた。二人が先生の部屋のドアをノックして、中へ入るのを見てからあたしは医院を出た。

ゲートへ戻る途中、遠くの木々が素晴らしく黄葉しているのに気づいた。大きく枝を張ったのはたぶんイチョウの木で、スラリと高いのはヤナギ科のアスペンだ。ニューメキシコにはなぜか紅葉がない。辺り一面、岩山と黄金色の樹木ばかり。

あたしはどうしてここにいるのだろう。なぜかふとそのとき思った。いつの間にこんな所にきたんだろう。アスペンを見上げた。木に聞いてみた。

あたしを知らない？

知らないね。

アスペンの声が聞こえた気がした。

ベンジャミンと結婚するまで、彼の胸をこんなに毎晩毎晩眺めるなんて思わなかった。これが結婚生活というもの？　カラー版の合衆国の地図みたいに、あたしは彼の胸の地図をそらで描ける。おかしな変てこな人体地図。金色のまばらに生えた胸毛の草むらに、干し葡萄みたいな男の乳首が二粒。この広い、ちょっとばかり日焼けした砂色の砂漠の皮膚の、その下に愛の地下水の泉なんかがあるのかしら。

ベンはほとんど毎晩飽きもせず、あたしを欲しがる。メリーの妊娠を知って以来、あたしは彼の要求に応える代わりに、しばらくは赤ん坊を望まないことを打ち明けた。よく今まで妊娠しなかったと思う。ひとつ間違えればメリーと一緒にY地の産婦人科外来に通うことになるはずだった。

ベンは金色のうぶ毛の胸にあたしの顔を額も鼻もぐちゃぐちゃに押し付ける。あたしは今やベンの独占物になって潰れかかり（それはあたしにとっても快楽に違いないけど）、少しばかりうんざりだ。

何だか彼らは（ベンも含めて）、恋人も、友達の恋人も、他人の土地も（かつて白人たちがインディオにしたように）、それよりもっと広い領土や、大きな海も欲しがる。彼と寝ていて眼を瞑ると、夜空を飛ぶ軍用飛行機の遠い爆音、地をこする鉄の車輪の遠い音、波を蹴立てる戦艦の遠い轟音が伝わる。あれも欲しい、これも欲しいと枕の下まで響いてくる。

ベンジャミンは赤ん坊を欲しがったけど、あたしはメリーのために黙っていた。少なくとも彼女の交替の看護婦が見つかるまで、あたしは妊娠できない。何とか手伝わないといけない。ベンたちのＹ地での研究は終盤に掛かっている。それだけは感じることができる。あたしたちの赤ん坊はこんな切羽詰まったときに、慌てて産まなくてもいい。

「だってあたしの母さんは、自分の娘がベンジャミンっていう男と結婚したことも知らないのよ」

あたしが言うとベンは黙った。

そもそも今年の春、Ｙ地で犬の出産ラッシュが起こった原因は犬の交配のやり過ぎだけじゃない。犬たちは科学者の家庭で躾されて、メス犬などは避妊の手当も施されている。

それが常識というものだ。ただ今年初めて発情期を迎えた女の子たちは、Ｙ地の隅々まで初々しいフェロモンの臭いを撒き散らした。メス犬のフェロモンは数キロ先のオスの鼻まででも到達するっていう。

それを感知したオスたちは堪らず家から脱走した。首輪をしゃにむに引き抜き、立ち上がってご主人様がやってみせるように、前足でドアノブを下ろす。そうやって彼らは道に出るとまっしぐらに、自由に生殖相手を求めて飛び出した。

「これは人間の側の問題なのだよ」

と以前オッタヴィアン先生が言った。

Ｙ地で働く科学者たちが元凶であると言う。

「犬は飼い主に似るのだよ。オス犬は男のご主人様に似る。今年に入ってＹ地のご主人様たちは、彼らの研究のクライマックスか何か知らないが、誰も彼も頭に血が昇ってる状態だ。カッカッと興奮して普通ではない」

その興奮がたちまち犬に伝染した。ことはたったそれだけから始まる。

ご主人様は帰宅するとまっしぐらに奥方へダイブする。そうでなくては仕事の緊張と高揚で、彼らの頭は爆発してしまう。毎晩の奥方相手のダイブで、科学者たちは精神をセーブすることができるのだ。

数日後の夕方、メリーと委託犬の散歩のとき、あれからどうなったか尋ねてみた。オッタヴィアン先生にすれば、一人しかいない看護婦が抜けることは片腕をすげ替えられるのに近い。ケリィは薬剤師だからメリーの代わりは無理なのだ。

「先生は黙って考えておられたわ。でもそれからホッと表情を変えて、おめでとう、って言ってくださったのよ」

あたしもそれを聞いてひとまずはホッとする。

犬たちは温和しくゆっくりと歩いた。あたしがメリーを急がせないようにして歩くので、犬たちも敏感に察してあたしの顔をチラチラと見る。人間よりずっとデリケートで頭の良い生きものだ。

「そして先生は次にこうおっしゃったの。メリー、君の腹にはもう豆粒より小さな電気が点いたんだ。それがチック、チックと点滅し始めている」

あたしは彼女の横顔を見た。

「電気？　そんなものがあなたの体のどこにできたの」

「子宮によ」

メリーは自分でも信じられない顔だった。

「そんなもの、いつできたの？」

「受精卵が子宮に着床して二週間ほど経った頃みたい」

着床って胎児の種が根を下ろしたってことだろうか。赤ん坊ってもしかして畑のジャガ芋みたいに生えるもの？

「でも人間の体の中にどうして電気が灯るの」

そんな不思議な話って聞いたことがない。あたしは歩きながら小石に足をとられそうになる。

「あたしも見たわけじゃないからわからないけど」

とメリーも首をかしげる。

「これからね、その点滅する粒がだんだん心臓になって育っていくのよ。そういえば看護学校で、一本の肉の筒みたいなものが右へ折れ曲がり左へ折れ曲がりして、だんだん哺乳類の二心房二心室に形造られていく絵を見たことがあるわ」

「それ獣医学科で？」

「ええ、人も犬も哺乳類だからたいして違わないのよ。でもそんな豆粒みたいな電気の話は聞かなかった」

あたしたちは暫く黙ったまま歩いて行った。

いつもの散歩の雰囲気と違ったので、プードルの女の子が振り返って見る。この子の中にも電気が点いているんだろうか。

「ねえ、心臓って発電機みたいなものかしら」

あたしはふと突飛なことを聞いた。するとメリーの答えの方がもっとぶっ飛んでいた。

「心臓ポンプの拍動で全身に血液が送られていくんだから、発電所と電線の方が似合ってるわね」

「その電気はもともとどこからきたの」

「きたわけじゃないわ。もとからあったんでしょう」

メリーはあっさり言った。

それは変じゃない、とあたしは思う。

「もとからと言っても、あたしたちはちょっと前にこの世界に生まれてきたわけよね。だったら、その前にはこの世のどこにもいなかった。あたしたちの体は影も形もなかったのよ。ということは、あたしたちの命が宿ってから電気も生まれてきたんじゃないの」

「だからオッタヴィアン先生が言ってるでしょ。受精卵が子宮に着床して二週間後くらいに、心臓の形がまだ出来ない前に、豆粒みたいな電気が点滅し始めるって」

何だか凄く遠くて眼に見えないくらいの細い糸を、二人でそろそろ引き出すような感じだ。

「それじゃその生まれる前は電気はどこにあったの？」

あたしがまだ言いつのると、メリーは口ごもってスパニエルのリードを引きながら辺りを眺めた。

「それは生まれるときに持ってきたのよ。世界はたぶん眼に見えない電気だらけなんだって思う。あたしたち電気の海に浸っているんじゃないかしら。あとはスイッチがいつ入るかで決まる」

前をプードルとスパニエルがお尻を振り振り歩いている。この子たちの足はこうやってずっと動いてきた。生まれてからずっと動き続けてずっと生き続けている。

命が電気だったらいつか消えてしまうときがくる。犬の寿命は十数年くらいだろうか。人間の寿命はそれより長くて六、七十年くらい。その間ずっと電気は体の中で働いているのだったら、誕生前から働き続ける発電機。知らなかった、人間ってロボットみたい。今までこんなことあたし考えたことがなかった。

空を見上げるとそろそろ夕日が射し始めていた。ロスアラモス名物の大火事みたいな夕焼けが今から広がる。

「ねえメリー」

とあたしは少しわくわくしながら彼女を見た。

「神、って発電機みたいじゃない？」

顎髭を生やして長い杖をついた奇妙な発電機。するとメリーが横目であたしを睨んで言った。

「言っとくけどうちは敬虔なカトリック信者よ」

彼女の家はイタリアから移民してきた。

「主は電気より遥かに偉大だわ」

やがて夕焼けが火刑みたいにサングレ・デ・クリスト山脈を紅蓮に包む頃、あたしたちはＹ地のフェンスを半周してオッタヴィアン動物医院に帰り着いた。

ベンジャミンにメリーの妊娠の話をすると、案の定、彼の顔色が変わった。

「メリーに先を越されたってわけか」

ベンはそんな言い方をした。

「そういうことだから、今度はあたしたちが気をつける番になったわ。看護婦と看護助手が一緒に出産したら、医院はやっていけない」

あたしは今や結構頼もしい看護助手なのだ。

「看護婦がしくじって、そのツケが廻ってきたんだな」

怒っている。ベンにすればメリーの妊娠は、ケリィに先を越されたというわけだ。どうして自分たちがあのケリィの快楽後の補塡をしなくてはならないのか。ベンはあたしたちの夫婦生活っていうか、それを思い返して不思議がる。

「どうして君は今まで妊娠しなかったんだろう」

ベンはあたしの顔を見た。まだ五月に結婚したばかりなのに。彼はしょげ返った。

あんなに毎晩、熱く抱きしめてやったのに。家に帰ると離れ離れでいるときなんて片時もなかった。毎朝、仕事に行くときは体が二つに千切れるように辛かった。夜帰ってくると彼の体は熱く重なって一つになる。

そんな情熱がケリィの奴より足りなかったなんて、おれの方が弱かったなんてあるだろうか。体も奴よりおれの方がずっと男らしくて逞しい。アデラの体もメリーより若くて張り切っている。

ベンは椅子に座り込んで、ぐだぐだと思い悩んでいる。たぶん物凄くつまらないくだらないことを考え込んでいる。彼のことをあたしは科学者で物理学の研究の徒だと思っていたが、今はメスを孕ませそこなった一匹のオス犬同然にしょぼくれていた。

「コウノトリがぼくらに赤ん坊を運んで来るのはいつになるんだ」

あたしは手の指を折って数えてみせた。

「メリーが無事に出産を終えて看護婦として復帰する頃だから、来年の秋か冬には飛んで来そうね」

ベンジャミンは少し気持ちが収まったようだった。何でも早い者勝ちというものじゃない。メリーが先に産んであたしが彼女から学ぶことだって一杯あるだろう。

妊娠の不思議。オッタヴィアン先生がメリーに話したことを、あたしはベンに教えた。

「ねえ、すごいって思わない。あたしたちの体は妊娠すると、まず十数日で豆粒みたいな心臓の核が動き始めるんだって。ねえ、ひとりでに動くのよ。いったい誰がそのスイッチを入れたの？　命のこと、こんなに不思議だって思ったことないわ」

あたしが眼を輝かせて言うと、

「そうだよ、アデラ！　世界は謎と感動に満ちてるんだ」

蘇ったようにベンジャミンが言った。

「スイッチを入れたのは、原子の中を跳びはねてる姿も影も見えない電子だよ」

この世で一番小さい悪戯者だって。

この電子が入っている原子の小ささにも畏れ入った。例えば人間の髪の毛一本の後ろに、何十万個の原子が一列に横並びしても隠れおおせるっていう。もう想像を超えた世界としかいえない。

電子はといえば、その原子核の周囲を群がって飛ぶ、これまた虻《あぶ》みたいな小ささらしい。

「電子の動きを明かした偉大な人物こそ、れいのニックさんなんだよ」

ベンが打ち明けた。あのボーア博士のことね。

「そんな有るか無きかの電子のことは、ハッキリ確認できるまで存在を認めない頑固者もいるんだ」

「人体に電気のスイッチが入っても、まだ認めたくはないのね」

こんな面倒な学問は、理屈屋の学者がさぞ言いそうな感じだ。

「つまり、そのくらい合点がいきにくい問題っていうことだ。その難しさを例えばニックさんはこう言うんだ。電子の話を聞いて怒り出さない人間はいないって。腹を立てない奴がいるとしたら、彼らはじつはこの話をまるで理解できない人間なんだとね」

「理解できた人間は怒り出して、理解できない人間は平静って言うわけ？」

「ははは。馬鹿な奴は平気でいるんだ」

ベンは独りでクックックと笑った。

「わからないわ……」

あたしの頭はだんだん疲れてきた。

「あなたたち、どういう世界にいるのかしら」

「わからなくていいんだ。原子の世界は不可解なんだ。わかるって簡単に言う学者の方が全然わかっちゃいないということ」

「ねえ、ベン」

あたしは彼の顔を見つめた。奇妙な電子の話のせいで、さっきまで怒っていたメリーの妊娠のことはいつの間にか彼の頭から消えている。

「あなたの研究してるのはそんな世界のことなのね」

あたしはしい、い、いーんとした気分だった。知らない部屋の戸が開きかかっていた。そこからひんやりした風が流れてくる。

「まあな」

ベンジャミンは低い声でつぶやいた。彼の見えない手が開きかけた戸を閉じようとしている。

「それで、その研究をずっとやっていて、あなたは気がおかしくならないの」

「ならない」

とベンジャミンは急に息を吸ったみたいに胸を反らした。

「ぼくらは世界の根源の謎を解きたいんだよ。宗教ではそれを神とかいうようだけど、ぼくらはそんな曖昧な捉え方はしない。それはつまり、エネルギーだ。その正体を追求しているんだ」

あたしはベンの喉仏がよく動くのを見た。彼がこんなに自分の気持ちを口にするのは珍しかった。

やがて彼は自分がいつになく話し過ぎたことに気が付いたみたいで、冷えたバーボンを冷蔵庫から取り出した。真夏でも冷たい水が飲める電気冷蔵庫。これを働かせるのも電子なのよね。彼はその酒の瓶とグラスを手にベランダへ行ってしまった。

とにかくベンジャミンのことはもういい、とあたしは思い直した。それより、これからは自分のことだと。メリー看護婦の後を受けて、このあたしに、どのくらい手伝いができるのか。ベランダに背を向けて立っていた。

＊

メサには秋の気配がどんどん濃くなってきた。

Y地の裏山の方では、毎日のように爆発音が響くようになった。あたしたちも犬たちも今では慣れっこになっている。緑色の木造ハウスが身震いしても、電気洗濯機が跳びはねても、驚かなくなった。あたしたちの夫は毎日毎日何をやっているんだろうって思う程度。

それよりY地の科学者の奥さんたちが大変だった。

彼女たちのおなかがどんどん膨らんできた。今朝もオッタヴィアン動物医院の表の鍵を開けると、スコティッシュ・テリアの奥さんと、フレンチブルの奥さんが、敷石に座り込んだコッカスパニエルの奥さんを介抱していた。コッカスパニエルの奥さんが産気づいたのだ。犬じゃないのよ、飼主の奥さんがよ。

薬剤師のケリィが車を出して、彼女をY地の中の病院に運んだ。一緒に付き添って行ったスコティッシュ・テリアの奥さんは妊娠八ヵ月、二人の連れて来た犬を預かったフレンチブルの奥さんは妊娠六ヵ月。おまけに彼女の犬も膨れたおなかが地面をこすりそうだ。

戻ってきたケリィは、出産が始まるのは今夜あたりらしいと言った。初めてY地の病院を覗いたケリィは、産科病棟が増築工事に取り掛かっているのを見た。

「工事といっても木造の建物だから、箱を継ぎ足していくだけでいい。陸軍の病院が何だか産科に占領されているみたいで、変な眺めだった」

廊下をネグリジェ姿の妊産婦が歩いていて、ご婦人方に病院を乗っ取られたみたいだったって言う。

その夜、コッカスパニエルのナラの奥さんはぶじに男の子を出産した。ナラはそのままオッタヴィアン動物医院に預けられていたけど、若い科学者の夫がナラを引き取りに来たとき、実感をこめて話してくれた。

「地球外生物みたいな顔をしてた」

それが自分の息子との初対面の感想だった。

あたしはメリー看護婦をずっと見守っている。妊娠初期は流産しやすいというから、彼女が待合室に犬を呼びに行くときはついて行く。注射を怖がってテコでも動かない犬は結構いる。そのときはあたしがメリーに代わってリードを引っ張る。大きな犬を診察台に上げるときこそ、あたしの出番。オッタヴィアン先生と一緒に引き上げる。

「あたしを過保護にしないで」

とメリーが困ったように言う。

「あたしは医療従事者なの。だから自分で一番気をつけなければいけない人間なのに、こんなことになって……」

自分の妊娠に歯嚙みする彼女の気持ちはわかるけど、メリーのおなかの中で育ってる赤ん坊はあたしのベビーも同然だ。あたしが妊娠の順番を譲ってやったって思っている。何しろメリーは本物の医療従事者なので、こういうときはシロウトのあたしを先にするべきだった。

でも番狂わせが見舞った。思い通りにいかないのが妊娠だって、あたしは今度、貴重な体験を得た。

そもそも十カ月も過去にやったセックスと出産が、原因・結果として結びつくことを、昔の人間はいつどうやって察知することができたのだろう。セックスすることと、女性のおなかが膨らむ現象を結びつけて、この相互関係に気が付いた最初の人類は、いつの時代のどんな人間だったのか。

草食動物の獲物を仕留めて帰ってきた原始人の男と女が、焚き火で肉を焼きながら二人でぼんやりと考えたんだろうか。いろいろ思い出しながら。

そうやって、つまり、メリーが妊娠して、ケリィとの間にも赤ん坊が生まれることになった。あたしは当分、妊娠を控えるようにしなければならない。あたしまで妊娠したら、オッタヴィアン動物医院の平安は崩れ去る。あたしが病院の均衡を支えている。

「犬や猫だけでなく、この際に人間の赤ん坊のことも知っておくといい」

オッタヴィアン先生は診療の空いた時間に、人の胎児のことを話してくれる。夏の初めメリーの子宮に着床したとき、まだ発芽したてで草の種みたいだった胎児は、夏の真っ盛りになると何とか豆粒くらいに成長するんだっていう。

「そんなのでも成長？」

「そうだよ。その証拠にもし拡大鏡で覗けるなら、小さい人間の形をしている。いちおうヒトらしい顔をしていて、驚くことにぼんやりと内臓の原型もできている」

聴講生はメリーとあたしと、たまにケリィが交じる。「そりゃそうですよね、着床後たちまち一、二週間で心臓を動かす電気のスイッチが入るんですからね」

ケリィが言った。メリーは二階の部屋に帰るとケリィが聞き漏らした講義を聴かせてやっているようだ。

「そうだな。命というのはかくも迅速かつ手回しがいいものだ。生まれる前からすでにびっしりと予定が入っているからね」

メリーの赤ん坊は生まれるべくして宿ったんじゃないかって思う。メリーは自分の妊娠をミスだと悄気ているけれど、そうじゃないかも。赤ん坊が宿ったとたん、心臓を動かすスイッチが入るんだもの。そして残念ながらあたしにはそのドラマがまだ起きなかったということ。

「先生、メリーの赤ん坊は今、どのくらい成長してるんでしょう」

今度はあたしが口をはさむ。メリーは温和しく椅子に腰掛けているだけだ。

「脳と心臓の形が完成して、内臓もほぼ仕上がる。眼や瞼や唇もできて、手を動かしたりするだろう」

思わずワオーって声が出た。まだこの世には生まれ出てはいないけど、この世の底の方には存在してるわけなのだ。

「妊娠四ヵ月に入ったけど、もうしばらく流産の用心をするようにここの産科の先生が仰ったわ」

「そうだ。見えるか見えないかくらいの出血でも、危険はあるからね。普段から気を付けておくこと」

オッタヴィアン先生が柔らかな声で言うので、あたしはクスクス笑った。

「先生の言い方って、犬の飼い主に話すのとそっくり」

「そりゃ何と言っても哺乳類同士だからね。インコやカナリヤなんかとは違うから」

ここの医院にもたまに鳥の患者が連れて来られるときがある。こないだはインコの難産で、先生は温湿布して鳥の肛門をそっと撫でていたものだ。

「先生、あたしがメリーの体を守ります。彼女の赤ん坊はあたしの赤ん坊です。だんだんそんな気持ちがしてきたんです」

「それは心強いね」

と先生がうなずいた。

「しかし胎児の方もじつはなかなかのつわものなんだ。女性の体は妊娠維持のためプロゲステロンという物質が働いている。だが母体に負担が掛かりすぎることもある。そのときはやむをえず流産しなければならなくなる。例えば胎児に栄養を取られすぎるとかね。髪の毛が抜ける。歯も抜ける。胎児は母の健康に構ってはいないからね」

するとメリーがすかさず口を開いた。

「そのときはプロゲステロンが止まるんですね。つまり胎児がこうやって……」

メリーは赤ん坊が小さな手を伸ばし、水道の栓を締めるしぐさをしてみせた。

オッタヴィアン先生は口をつぐんでメリーの手を見た。それからゆっくり首を横に振ってみせた。

「違うんですか？」

とあたし。

「恐るべきことに胎児は母親に対抗するんだ。そういう生きものなんだ。彼はいち早くわが身の危機を察知して、自分自身の力でプロゲステロン放出の操作をおこなう。母体と正反対に。こうやって」

今度は先生が水道の栓を開ける手付きをしてみせた。

赤ん坊はどうだろうとにかく生まれたがっている。そんな生きものなんだって。メリーと、あたしと、ケリィは口をつぐんでうなずいた。

玄関のドアがカラン、カランと鳴る。

尻尾のある患者の来院だ。あたしたちは立ち上がった。先生の講義は以上で終わり！

秋が深まってくると、Y地の附属病院の出産ラッシュはいよいよ勢いを増してきた。科学者の夫も妻もみな若く元気だ。もともと核物理学が歴史の浅い学問だから当然だった。オッタヴィアン動物医院の常連の奥さんたちも、附属病院で赤ん坊を産んで、メリーとあたしはお祝いの花束を持って日曜の昼に出かけて行った。すると病院の中庭には何台ものトラックが入り、産科の入院病棟の増築がおこなわれていた。ここは陸軍の病院で、産科の建て増し工事中なんて不思議な眺めだった。

しかも空に浮かんだようなメサの天辺だってこと。普通なら人けのないはずの岩山。そんな所に町ができて人間の赤ん坊の泣き声が響いている。

「不思議な雰囲気ね」

とあたし。メリーは黙ってうなずいた。

彼女のおなかも最近は少し目立ってきて、足取りが重くなってる。用意の花束は二つで見舞う部屋は廊下を挟んだ向かい合わせだ。

最初に見舞ったのはジャーマンシェパードのジェフの奥さんで、彼女はベッドに腰掛けてアイスクリームを舐めていた。横に置かれたベビーベッドに生まれたての赤ん坊が寝ている。あたしは生まれたての子というものを初めて見た。小さなぶよぶよの肉の塊みたいなのに目鼻がついて、薄い金髪が生えている。

あたしもこんなのを産むんだろうか。

じっと見る。もっともあたしの赤ん坊は黒い髪の毛じゃないかと思う。仰向いた顔の両耳の横にもう降参というふうに両手を並べている。可愛いのと気持ち悪いのと半々だ。女の子だっていう。そうは見えないけど……。名前はまだ思案中らしい。

「お産はどうでしたか」

とメリーが真面目に聞いている。

「もう大変」

金髪の若い母親はアイスクリームの匙を振って、眉をしかめてみせた。分娩室に入って二時間も頑張った。メリーは黙ってうなずいている。

「苦しかったけど、素敵なプレゼントよ。神様からの」

貧血らしい青ざめた顔だ。

「子どもを多く産む女性は神に祝福されるのよ。子孫繁栄はユダヤ教の教え。わたしもやっと母や姉たちの仲間入りができた。でもね」

と彼女の青い眸が宙を見た。

「神様がもし女性だったら、一度でも子どもを産んだなら、多産ばかりを決して強いたりはしないと思う……」

Y地の科学者の大半はユダヤ系だけど、その大半の科学者の夫たちは神よりも科学の方を信仰しているようだった。でもその妻たちは両親や祖父母の教育を受けて、ユダヤ信仰から夫たちのようには自由じゃない。

夫婦の愛の証しの赤ん坊が、神への愛の証しにと移し替えられる。信仰って何にでも割り込んでくるような気がする。

今思うと、あたしの家は信仰心が薄かった。神とかの話が出ることはほとんどなかった。日系の多い町の日系の家はだいたいそんなものだった気がする。

向かいの部屋では男の子が生まれていた。

黒い髪が薄く生えて、こちらも仰向きの顔の横に両手を揃えて降参をやっている。

「お産はどうでした」

やっぱりメリーは同じことを聞く。

「叫んだわ。叫びまくった。後で彼が言ったのよ。恥ずかしかったって、廊下まで筒抜けだったって」

彼女があははと笑ったので、メリーとあたしも笑ってしまった。赤ん坊が泣き出して、新米の母親が抱き上げた。それから自分の胸を開いて乳房の塊を出した。塊としか言いようがない。信じられないことだけど彼女の胸に付いている乳房は、あたしのとはまるで別の気味が悪い肉の塊だった。浮腫《むく》んで血走った肉の袋。

普通の倍くらいに赤黒く怒張した乳房は、ごつごつと青筋が立っている。母親は赤ん坊の口に、自分の恐ろしい乳首を含ませた。母親が乳汁を出すってことは決して普通じゃないんだと、あたしはそれを眺めながら思ったのだ。

濁った白い汁が赤ん坊の口元から溢れ出る。出産したての母と子は、血と乳の匂いがする。そしてやがて数ヵ月もかけて母親はもとの姿に戻っていき、赤ん坊もだんだん人間の子どもらしい愛らしい姿に変わっていくのだ。

帰りに病院の事務局に寄った。じつはここへ入院していると分かってる奥さんたちが七人もいる。赤ん坊を連れて退院するまで、犬を預かっていた。ぶじ出産がすんだかどうか、部屋を訪ねてみようとメリーが言う。

事務局は広くて大勢の事務官がいた。陸軍兵と科学者とその家族がY地には暮らしているから当然だ。産科の窓口を探して行くと、受付の事務官の青年が机を離れて近づいてきた。小さな白と黒の斑の犬を抱いている。

「ジャクリーンさんと、キャロラインさんの部屋を教えてください」

事務官は犬を窓口に置いて入院患者のカードを繰り始めた。痩せた雑種の犬で白い上着をつけている。主人がそばに戻るまで静かにうなだれて座っていた。彼が戻ってきてメモした紙を渡される。

「この子、兵役犬ですか」

あたしが聞いた。

「マスコット犬です。ぼくがノルマンディの海岸で偶然に拾ってきたんです」

ノルマンディは激戦の地で一帯は敵味方の屍骸で埋まったって聞いている。

「屍臭の立ち込めた中から拾い上げたんです」

と彼は声を低くして言った。

あたしもメリーも一瞬、言葉が出なかった。拾い上げてくれた彼の手を見た。胸が詰まって喉に引っかかった。

「ありがとう……」

それだけ彼に言った。

「向こうの机で寝てるのは、他の地域で助けられた犬です。そこに参戦していた兵隊がやはり連れて帰って来たんです。この部署だけでも合計六匹のマスコット犬が飼われています」

指差す方を見ると揃いの白い上着を着ている。

「彼らが病気になったらどうしてるんですか」

メリーが尋ねる。

「ここの専属の獣医が診察します。Y地には軍馬、軍犬、軍鳩が飼われているので、たいていの動物には対応できるんです。鳥ならマスコットのインコもいます。ジョッキーという名前で緑色の綺麗な羽をしてますよ」

そうなんだ。あたしはメサの上にはオッタヴィアン動物医院しかないと思っていたけど、ここにはれっきとした軍隊があって軍馬や軍犬の姿をときどき見ていたのだ。でもまさか伝書鳩まで働いているなんて知らなかった。


次の週の日曜日も二人で病院へ出かけた。花束の支払いはオッタヴィアン先生の役目だ。生まれたのは男の子が二人、女の子が一人。女の赤ん坊の母親デボラ・グレビッツは十日前に出産していた。この病院では上の子がいない母親は体調が整うまで入っている。Y地の仮設ハウスの暮らしは何かと不便で産後の女性には厳しいっていう。インディオの女性が一人お手伝いに付くけど、革靴を電気洗濯機で洗われたりするのだった。

デボラは服を着替えて出かける様子だった。受付では退院の話は聞いてない。

「これからどこへ?」

「今日はね、スコットのお祭りの最終日なの」

そうか。あたしたちもそれがユダヤ教の三大祭りの一つだって知っている。毎年秋におこなわれて、街のストリートを歩くと自然に眼に入ってくる。ある日、道に面した公園にテントがずらりと張り巡らされ、黒服に黒い帽子の髭の男たちが出入りし始める。はたから見るとまるでキャンプみたいだが、男たちの姿が似合わない。

そうかと思えばサンフランシスコの街のアパートメントの、見上げるようなベランダにも、テントを張って寝泊まりする人影がある。それも一週間は続くテント暮らしだ。男性たちの長い髭と黒い帽子と黒服は、彼らが正統派の信者であることを物語っている。

世界史を見ると、ユダヤの先祖がエジプトを出て砂漠を四十年間も彷徨ったのは、紀元前十何世紀のことだったか。そのとき彼らは国を持たない民となって、世界中にちりぢりに離散して行ったのだ。

ロシア、ドイツ、イタリア、フランス、それから北米や、南米にも長い長い足跡を付けた。アメリカでスコットって呼ぶ彼らの祭りのテント暮らしは、遥か昔の先祖の苦労をもう一度、自分たちの体で以て受け直そうとするものらしい。

「それをどこでやってるの？　サンタフェの町まで降りて行くわけ」

「いいえ、ここよ。この病院の裏庭」

あたしたちは顔を見合わせた。そんなこと今まで聞いたことがない。

「ふふ、当然よ。ここでのスコットの祭りは今年から始まったの。言い出しっぺはラビのエスターよ。何しろＹ地の中にシナゴーグを建てたんだから、スコットのテント張りなんてすぐやれるわって」

「そこへついて行っていいかしら」

「かまわないわ。どうぞ」

あたしはデボラの赤ん坊を自分の両手に抱き取った。産後の母親の付き添いって感じだ。でも看護婦のメリーが不安な顔をした。

「新生児を人の集まる場所へ連れ出すの？」

するとデボラの答えはふるっていた。

「イエスは狭くて不衛生な家畜小屋で生まれたのよ。人間と馬と羊とヤギに祝福されたの。そして地べたに寝かされもしたのよ」

だからこの子も大丈夫という。何だか紀元前と一九四四年の出来事がごちゃ混ぜになっている。

「でもイエスは神の子だから平気なのよ。この赤ん坊はそうじゃない。人間の子だわ」

「大丈夫よ。あたしの信仰に賭けて、この子はバイ菌なんかに負けないわ」

母親は押し通す。結局、デボラに押し切られて、メリーはケットでぐるぐる巻きした赤ん坊を抱き、後からあたしがついて裏庭へ向かった。本館と大きな倉庫に挟まれた庭の奥に幾張りものテントがかたまっていた。ここなら職員の眼にもつきにくい。

エスターはよくやってると、あたしは感心せずにはいられない。こんなスコットの祭りなんて男性ラビには思いも付かない。まったく女性ラビの独壇場だ。

エスターはテントの中で忙しそうにみんなに指示を出していた。Y地の購買部に注文していたコーシャ・フードの箱を開けさせる。コーシャとは教義を守って下準備された料理の材料だ。動物の肉は蹄が二つに割れていて反芻するものだけ食べることができる。牛、羊、ヤギ。豚はこれに当てはまらないので禁忌の肉だ。

肉の血をあらかじめ厳重に抜く。レアのステーキは血の色が滲むのでこれも禁忌。肉と乳製品を同時に胃に入れてはならない。たとえば子ヤギの肉をその母親の乳で煮ないこと。だからシチューやチーズハンバーグが禁忌。

「魚はいいのよ。うろことひれのあるものはオッケイなの。イカ、タコ、エビ、カニ、貝類はノーよ」

「信じられない。口から入れるものだけでこんな面倒な戒律を、あのオッピー所長とかニックさんやアインシュタイン博士なんか本当に守ってるのかしら」

メリーが首を傾げると、

「そうね、わたしの見るところ、この研究所にいる男性科学者のほとんどは、ヒレステーキが大好きで、むろんシチューもチーズハンバーグも愛してるわ。そして信仰心の薄い彼らは、妊娠できない女性、つまり子どもを産めない妻をなじったりすることもないのよ」

とエスターは淡々と語る。

「だってそもそも彼らの原子物理学の研究には、彼らがどうしても大家族である必要なんてないんだから……」

そう言うとエスターはうっすらと笑ってみせた。

三つのテントは奥まで突き抜けになっていた。驚いたことにテントの中には馬が何頭もいた。自分の住み処みたいにくつろいでいる。馬のそばにはロバや羊やヤギもいた。

そこに集まった女性たちの中には、オッタヴィアン動物医院に来る顔なじみの奥さんたちもいたし、知らない顔もあった。奥の方のテントまで加えると、百人かそこらは参加しているようだった。

そしてここには下界の祭りでは必ずいるはずの、黒服に黒い帽子、長い髭のユダヤ人の男たちの姿がなかった。ただの一人も見当たらない。

男性信者はどこへ行ったの？

一瞬、辺りを見まわしたけど、その理由はすぐわかったわ。つまりこういうことなのね。Ｙ地にはヒレステーキの好きな男しかいないということ。あるいは、そうでない男たちはとても少ないということ。

手伝いに集まった女性たちは、スコットの食事作りに精を出していた。夕方の祭りまでに支度しなければいけないのだ。

見まわすとデボラみたいに赤ん坊を抱いて加わった入院中の女性が五、六人もいた。彼女たちはテントの敷物の上に座って赤ん坊に乳首を含ませていたり、赤ん坊と一緒に横たわっていたりした。

その中には彼女らが連れて来た子どもたちもいて、何組かの家族の和やかな輪が生まれていた。子どもたちは自分の新しい弟や妹の髪を撫でたり、よだれを拭いたり世話をしている。

その人間の家族のそばに、ロバや羊もくっついている。家族みたいに寄り添って、赤ん坊が生まれた喜びを嚙み締めている感じだ。

「それにしてもこの動物たちはどうしてここへ集まって来たの？」

とメリーが辺りを見る。

「おっぱいの匂いがするからじゃないかしら」

デボラが言った。乳の匂いは家畜たちを引き寄せるのだろうか。

後ろでテントの幕が動いた。誰か外から入ってきた気配がした。でもそれ以上は中に入らなくて、立ち止まって辺りを眺めているみたいだった。

「あの馬はどこから来たんだろう」

グローブス将軍の声だ。

「裏手に警備隊の馬小屋があるでしょう。そこから離れた奴が出てきたんでしょう」

「どうして離れたのかな」

「馬の本能でしょうな」

オッピーが飄々とした声で相手をしている。

「羊とヤギは？」

「ゲートの破れから侵入してきた奴らでしょう。麓のプエブロの村からやってくるんです。ここなら晩飯の材料になる心配はない」

グローブスが見に来たのはまずいんじゃないかと、ふと考えた。でもオッピーが一緒なら大丈夫じゃないかって思い直した。

けれどそもそもオッピーは自分もユダヤ人なんだから、祭りにやって来たんだろうか。それとも裏庭の女性たちの集会を聞き付けて、研究所の所長としてグローブス将軍と一緒に取り締まりに来たんだろうか。それにしては二人とも入り口に佇んだままだ。

しばらく二人は黙っていた。

テントの中には取り立てて厄介なことは起こってなさそうだ。彼らは辺りをゆっくりと見まわしているようだ。

「この眺め、何か思い出しませんか」

オッピーがつぶやいた。

「何かって？」

とグローブス。

「ほら、キリスト誕生の絵があるでしょう」

「ああ、そうだな」

グローブスが思い出すように息を吐いた。オッピーがゆっくりとつぶやいた。

「ジョルジョーネの『羊飼いの礼拝』かな」

あたしも有名なその絵は知っている。聖母は美しい青衣を羽織って、地面に寝かせた幼子のキリストに礼拝をしている。

「そうだな。似ているかもしれん」

とグローブスが言う。

「コレッジオの絵にもありましたな」

「ジョットにもある。ロバと羊がそばにいた」

ははは、と二人の低い笑い声がした。

「いや、畏れ入った」

テントの幕が動く気配がする。

それから二人の出て行く靴音がした。

そんな風に祈りに満ちた時間が過ぎた後、突然に戦争のニュースが追いかけてきた。

オッタヴィアン先生の手元に一日遅れで届いた、十月三十日付の『ニューヨーク・タイムズ』紙である。

昼休みのテーブルであたしたちは新聞を見た。大きな禍々《まがまが》しい活字が眼に飛び込んだ。

日本側六十隻のうち　五十八隻を喪失

ニミッツ、日本軍の二十四隻を撃沈、加えて十三隻も沈没か。

フィリピン海での二度目の戦闘結果を伝えていた。

オッタヴィアン先生はコーヒーを啜りながら、

「この戦いはアメリカ海軍史に長く残るものだろう」

と苦々しい口調でつぶやいた。先生は合衆国の圧倒的な勝利を決して喜んではいなかったのだ。

アメリカ軍が撃沈した日本の軍艦の総トン数は二十万トンになったという。その中には四隻の空母と二隻の戦艦が含まれている。

敵艦で沈んだのは、〈山城〉型の戦艦二隻、〈瑞鶴〉型の二万トン空母一隻、〈瑞鳳〉型の空母一隻、〈千歳〉型の空母二隻、軽巡洋艦三隻、軽巡洋艦あるいは大型駆逐艦一隻、駆逐艦六隻である。

ここの窓からは空しか見えない。新聞から眼を上げると、その空が海に見える。オッタヴィアン先生もケリィもメリーもあたしも、黙ってコーヒーを啜りながら秋の光の薄い空を眺めた。

疲弊した日本海軍にとっては決定的な損害となった。会戦に参加した五十九ないし六十隻の日本軍艦のうち、損傷をまぬがれたのは一隻か二隻と見られる。

撃沈された日本の艦船がどんなものか知らないけど、あたしの眼には海に沈みかけた巨大な鉄屑の山が映った。油まみれの波間に漂う何千もの日本兵の遺体。

秋はそうやってしだいに深まっていった。

# 第五章

# 「新しい世界は神じゃなく、人の子がつくるのだ」

オッタヴィアン先生は今日も昼食後のテーブルに、『ニューヨーク・タイムズ』紙を黙々と開いた。

一日遅れの十一月八日付だ。

待ってました。フランクリン・デラノ・ルーズベルトの大きな写真が載っている。史上初の三期当選から今回は空前の四期連続を勝ち取った。大統領の自信に溢れた顔がある。ケリィとメリーとあたしも先生の肩越しに新聞に首を伸ばした。

遠い彼方の下界では、一昨日から合衆国中が喜びに沸き上がっている。今度の選挙の一般投票数は記録的な伸びだったと新聞の見出しが謳う。ケリィがタイムズ紙の切り抜きを待合室の壁に貼り出した。

何しろルーズベルトの当選は、愛犬ファラの勝利だった。大統領のアリューシャン列島遊説で置き去りにされたスコティッシュ・テリアのファラを、海軍の駆逐艦を出して迎えに行かせたという共和党のデマは国中の人々を驚かせた。

対抗してやり返したルーズベルトの演説は、全米のファラのファンの快哉を呼んだものだ。

「それを聞いたファラの、スコティッシュ魂は怒りに燃えたのです！」

愛犬家もそうでない者も、ファラのために快哉を挙げた。そんなわけでオッタヴィアン動物医院の待合室も、ルーズベルトとファラの勝利に沸いた奥さんたちで、夕方まで溢れ返った。

「しかし、この勝者の大統領の顔は頬が削げている」

オッタヴィアン先生は食後のコーヒーを飲みながら、声を落として言った。確かにルーズベルトの眼の下にはクマが浮き出ている。彼の心臓疾患は今や合衆国中の秘かな不安の種になっていた。

ルーズベルトの病状は高血圧と心臓病らしくて、それをジギタリスの投与と食事療法でつないでいるっていう。それも知る人ぞ知るというものだ。けれどルーズベルトのニューディール政策以来、貧困層まで広く根差した人気は揺るがなかった。

ところでこのＹ地では、あたしのベンジャミンや研究者たちは、妻たちのようには選挙の結果で眼の色を変えたり、沸き返ったりはしない。彼らの眼の色は、もうここへきたときからすでに変わっていたのだから。

合衆国の大統領選挙も二度目の世界大戦も、この人たちにはどうでもよかった。もっと真実を言えばアメリカが勝とうが負けようがどうでもいい。そんなことよりベンジャミンやエスターの夫や、オッペンハイマー所長たちは、差し迫ってきた大事な実験に血眼なのだった。

あたしがベンジャミンと結婚して分かったことが一つある。それは科学者という人種がみんな特別の近視眼だってことだ。遠視では研究や発見ができないってこと。彼らには世界中の人類をどうしよう、なんて大きな思想はないのだ。オッピー博士には確かに稀有な才能があるかもしれないけど、その能力は研究という世界でだけ発現するって思う。

昨日あたしは朝の出勤前にゲートの前でオッピーとすれ違った。彼のれいの菫《すみれ》色の眸はそのときいつもよりなお一層、哀愁を帯びていた。あたしにはそう見えた。何があったのか知らないけど、人間の世界の興味から外れた孤独な人間の眼をあたしは見た。Ｙ地には今、そんな学者たちが世界中から集まって開発の、たぶんクライマックスに向かっている。

メリー看護婦は妊娠の安定期に入った。流産の心配は少なく、赤ん坊は彼女の子宮にしっかり根を下ろして育っていく。

人も犬もＹ地の出産は増え続けるのでＹ地の購買部だけでは足りない。あたしはときどき車でサンタフェの町まで食料その他の常備品の買い出しに降りて行った。一緒に連れて行くのは、プエブロの村から来るお手伝いのアーイダだ。それに犬の奥さんたちも加わった。

メサの天辺に張り付いて暮らす女性たちの解放日だ。彼女たちも各自お手伝いと一緒に来る。Y地からの無料バスは出ているけど荷物が多くなるので、みんな友だちの車などを借りてきた。果てしない半砂漠みたいな荒野の一本道を延々と連なって走る。

ハンドルを握っていると、あたしはプエブロの人たちが神を身近に信じる気持ちがぼんやりとわかってきた。眼の前に広がる大地の果てのなさ。車で走っても走っても変わることのない風景。前へ進んでいるのか、後ろへ後ずさっているのか、わからなくなりそうな頼りなさ。

白い紙に這わせた蟻一匹。

歩いても歩いてないようで、走っても走ってないようで、跳んでも全然跳んでないみたい。何にもやってないのと同じような徒労感。やりきれなさとか。キリストが砂漠の国に生まれたのは必要だったからだ。インディオの人々の神様と同じで、そのうちごちゃ混ぜになってきた。

プエブロも天と地の間に大きな神様を作る。大きくなくては役に立たない。いつだったかオッタヴィアン先生が言っていた。

るだろうか」

「昔、プエブロの長老が言ったものだ。神を選ぶなら生命の贈り主である太陽のほかにあるだろうか」

プエブロは毎朝必ず太陽に向かって礼拝する。それからすべては始まるって。

あたしは生まれたばかりの犬の赤ん坊の体を撫でるのが好き。何て小さな足なんだろう。何て小さな背中なんだろう。小さなお尻、小さな目玉に、小さな鼻。見渡す限りの地平線も自然の造化なら、こんな仔犬の足も目鼻も自然のものなんて。大きなものから極小のものまで、うまく出来すぎている。本当に。

走って走ってようやく景色が変わっていく。

車を連ねてサンタフェの町に入った。

Y地の購買部にはない新鮮なブロッコリーやスプラウト、人参、セロリ、トウモロコシをみんな箱買いする。ルーマニアから来たベンの同僚の奥さんは、茄子から美味しいペーストを作っていて驚いた。茄子を手に入れて来る代わりに、彼女にペーストを作って貰う約束だ。

だから箱一杯の茄子と、委託犬用の冬毛布を二ダース、メリーが着るマタニティの肌着と毛糸のカーディガンに、オッタヴィアン先生の手袋と靴下。ベンは休日に勝手に買い物に行くので手がかからない。あたしは厚手の肌着と来年用の日記帳とインクを二瓶買った。

アーイダとそれらを車に積み込むと、遅い昼食をとりにめいめい食堂に入った。それからサンタフェの町を後にする。みんな駐車場に集まると、アーイダやお手伝いのプエブロが提案した。

「ここまで来たら虹の丘まで行ってみませんか」

西へもう一時間ほど走ったら、刷毛で色を塗ったような縞模様の岩場があると言う。とにかくロスアラモスは何でもありの秘境なのだ。でも土地の人に連れて行ってもらわなければ地図では探せない。アーイダの説明がまた面白かった。

「昔、神様が空に虹の橋を架けているとき、手が滑って橋を地上に落としました」

それが岩山にぶち当たって今も跡が残っているらしい。あたしたちがクスクス笑うとアーイダは付け加えた。

「実際そこへ行って見たら信じられるでしょう」

「ええ、信じたいわ」

やっぱりクスクス笑いながらみんなうなずいた。

車に乗って方角を西へ取って走った。助手席に座っているアーイダがぼそりと言った。

「あたしたちの神様は理屈を言いません」

「理屈？」

「信じなさいとか、愛しなさいとか、善いおこないをしなさいとか、ああしろとか、こうしろとか」

さっきみんなから大いに笑われたので、アーイダはちょっと気分を害したようだった。あたしは黙って静かにハンドルを握っていた。

一時間以上走ると、地平線が切れて片側に岩山が聳える台地に出た。車を降りて丘の上へ登るとそこも岩場だった。あたしたちは黙って立って辺りを見まわした。しばらく言葉が出なかった。

足元も今登ってきた緩い斜面も、岩肌が眼の覚めるような赤、黄、青、緑、茶の縞模様に染まっている。

「虹はあそこから墜落しました」

アーイダが少し陽の傾きかけた晩秋の空を指差した。壁面の縞模様は所々折り重なるように切れて、何層も地面の下に埋まっているらしかった。なるほど天の虹が落ちたらこうなるかもしれないって思う。

学校で科学の時間、岩の色は原始の堆積物が変化したって学んだのを思い出した。湖とか海の底に沈んでいたものが多いっていう。するとこの乾いてカラカラの丘は大昔は水の底に沈んでいたのだろうか。

なんて考えるより、あたしにはやっぱりアーイダのように、大空から虹の橋が崩れ落ちたという方が説得力がある。空を見上げると昼間より光が薄くなって、天の張りというか磁力が弱くなったみたいだ。弛んだ空に支えがなくて、本当に空の底の方からバラバラと石でも落ちてきそうだった。

太陽はだいぶ斜め下のほうに沈みかかっている。

「あれを見て！」

と誰かが鋭い声を出した。

「太陽があっちにも、こっちにも！」

声の主はフレンチブルの奥さんだ。指差す方角をみんな見上げた。晩秋の夕陽が光の長い針を伸ばしていた。あたしは手のひらで眼を覆った。空一杯に光を広げられなくて、弱々しい針金みたいな光線だ。

その力のない火の玉が一個、色はなくて、その少し離れた斜め下にもう一個、ずっと離れた地平線の近くに三個めが針金の白い光を出していた。

「どうして、何で太陽が三個も出るの！」

エスターが声を上げた。ユダヤ教の女性ラビが眉をひそめている。

「ときどき太陽は何個も出ます。落とした虹の橋を探しているのです」

エスターが首を横に振った。そんなことはあり得ない。

「でも太陽は一つではありません。あたしの祖母は若いとき、ここで五つの太陽が浮かんでいるのを見ました。年寄りはみんな見ています。知っています」

アーイダは落ち着いている。

「太陽が何個も出るときは気をつけねばなりません。祖母が言いました。太陽は一つずつ順番に出てきます。番を守るそうです。でもよくないことが起こると、心配してみんな出て来ます。五つの太陽が出たときは、ナバホやプエブロの村に病人が沢山出ました。沢山死んだそうです」

アーイダも最近二つ、三つの太陽を見たことがあると言う。そういえば白く光る太陽は病気のようだった。光の熱を失って生気のない姿だ。

「この太陽はよくありません。悪いことが起こる。もう帰りましょう！」

アーイダは三つの太陽に背を向けると、急いで車のドアを開けた。あたしたちも白い太陽から逃れるように車へ飛び込んだ。パタン、パタン、パタン、とドアが締まる。エンジンの音が高く響いた。


あたしは家に帰ると、ベンジャミンが仕事から戻って来るのを待ち構えて飛びついた。

「三つの太陽を見たのよ、サンタフェの帰りに。斜め十五度くらいの角度で一つずつ並んでたの！」

ベンは振り向かないで服を脱ぎながら言った。

「そりゃ凄いね。めったに見られるもんじゃない」

「それじゃ、めったでなければ起こることがあるって言うの？」

「たまにな」

とベンジャミンはパジャマに着替えてあたしを見た。

「でも三つの太陽よ。並んでたの」

「白く光っていただろう」

「どうして分かるの」

「冬に辺りの空気が低温のとき起こるからさ」

空気中の湿気が氷の粒になって、それに太陽の光がうまく屈折したときに現れるっていう。三個の太陽の話もある。九つの太陽がズラッと並んだという伝説もあるから、それもやはり冬の空気の魔術だろうということだ。

今までわくわくしていた気持ちがスーッと平らになった。不思議でないものは索漠としている。噛みすぎて甘味がなくなったガムみたい。さっきまで半身がプエブロの神話の中にいたのに。

「まずそいつが出るのは冬の夕方だな。風がなくて太陽が低い位置にある。場所は草原や砂漠の広ーい所。その三つくらいかな、複数の太陽が出る条件は」

虹の橋が落ちた場所とそっくり同じだ。アーイダのお祖母さんが昔に見たという話も、本当のことかもしれない。神話じゃない。タネも仕掛けもある手品だ。

　あたしはすっかり萎んだ気分で、テーブルに夕食のお皿を並べた。サンタフェと虹の橋の丘で時間を使ったので、今日の夕食はてっとり早く鶏ももと玉ネギ、アボカド、ポテトのポトフだけ。でも湯気が立って美味しそう。スプーンでまず汁を掬いながらベンが言った。

「食事時に出す話じゃないかもしれないけど、ルーズベルト大統領の病気は結構進んでいるみたいだってさ」

　そんな体なのにアリューシャン列島やなんかに選挙の遊説をしたんだ。まわりの人たちは止めなかったのだろうか。それともルーズベルトが聞かないのか。

「もともとポリオで下半身麻痺の体だろう。それを国民にひた隠しにしてここまでやってきた。止めても無駄かな。普通の肝っ玉の人間とは違うだろうな」

　あたしは熱い鶏肉をスプーンの上で冷ましながら、昼間に見た白い太陽を眼に浮かべていた。アーイダの言った化け物の太陽。不吉な太陽の鈍い光を思い出す。

「そういえばナバホ族の男たちだったか、以前、センターの事務員が言ってたけど、五つの太陽が出たときナバホの村では弓矢の上手い奴が出て矢を射たんだって」

「それでどうしたの」

「当然無理でね、彼らがサンタフェの役所に頼みにきた」

「なにを？」

「馬車と大砲を貸してくれって。かなり本気だったんじゃないか。音だけでも脅せるって考えたかもしれない」

結局、馬車も大砲も出して貰えなかったって言う。

「だって使い方を教えなきゃならんだろう」

その五つの太陽が現れた年には世の中でどんなことが起こったのだろう。

「それは聞かなかった」

戦争？　不景気？　伝染病？　あたしは柔らかい肉を口の中で転がしながら考えた。今なら少なくともその中の二つはもう起こっている。あとはルーズベルトの病気がひどくならないよう、あたしは祈る。

十二月半ばになった。

メサの空からふっつりと太陽が消えた。あの虹の丘で見た三つの太陽どころか、雪まじりのY地を覆う空は、一つきりの太陽も厚い雲の底に沈めてしまった。

これから太陽のない長い長い日が続く。オッタヴィアン動物医院はどの部屋にいても空が筒抜けに見通せる。あたしはじっと眺めていて、これは本当に空なんだろうかと思う。もう雲の形もない。空はもう氷混じりの雲海のスープに閉ざされて鉛色だ。

一階の食堂には毎朝ケリィが熾す薪ストーブが燃えている。ストーブの中にはケリィが丁寧に組んだ〈ばあさんの薪〉が、とろとろと真っ赤な炎の舌を揺らしている。この赤い火がメサから遠く離れたドイツで、カール大帝の歴史的都市を焼いているっていう。

やられてもやられてもヒトラーは国民突撃隊を補充する。アーヘンの戦闘ではドイツ軍と連合軍双方でそれぞれ五千人の兵を失った。オッタヴィアン先生は『ニューヨーク・タイムズ』のその記事から無言で眼を離した。

「ナッツ！」

先生が吐き捨てた。

ナッツには二つの意味がある。一つは木の実ってこと。もう一つはクレイジーっていうこと……。

先生は別の記事に眼を移した。小さい欄だ。米軍が占領したサイパン島に戦闘機の前線基地ができた。そこから十一月、東京を爆撃するＢ29の編隊が初飛行したとある。高度一万メートルを飛ぶ空の鯨を、小さなイワシの群れが迎撃する。防戦するジャパニーズの合い言葉は、〈石に立つ矢〉だ。先生は新聞の束を押しやって、また吐き捨てた。

「ナッツ！」

昼が短く夜が物凄く早くくるので、診療は四時にお仕舞い。外はもう林の黒い影が揺れ騒いでいる。月も星もない夜が真っ暗な重い幕を降ろしていく。あたしは分厚いコートと襟巻きで武装して、山頂の風に逆らってゲートの中に飛び込む。むろん家に帰ってもベンジャミンが戻るのはずっと後だ。

台所でスープの出汁をコトコト作りながら、読みかけのヒコお祖父さんのノートを開く。お祖父さんの書いた漢字が縦にずらりと並んでいる。日本の文字は柱を立てるみたいに真っ直ぐに直列する。慣れないうちは変な気分がしたけれど、今は平気。広がらない字の列。杭を立てるように何十本も刺していく。

〈空〉という漢字が大きく書いてあった。

その下に〈ｓｏｒａ〉と読みが記してある。ソラ、とあたしは声に出した。そして〈ｓｋｙ〉と呼んでみる。頭の上の空のこと。太陽や月、星、雲などを浮かべている空間。メサでは冬の間は閉じられてしまうけど。今みたいに戦争のときは爆撃機が編隊を組んで飛んで行ったりするところ。

ヒコお祖父さんの〈空〉の下には、もう一行、読みが記されていた。〈ｋｕｕ〉と記してあった。クウーって口に出して言ってみた。何のことなの。その下に小さく〈ｅｍｐｔｙ〉とある。カラッポってことなの？　太陽も雲も月も星もないってことなの。するとこのメサの上の空みたいなことを言うのだろうか。

メサの空はｋｕｕか？　サーシャお祖母さんがいたらわかるかもしれないけど、カラッポってことなの？　深鍋がぐつぐつ噴いている。豚肉の切れ端で大量のスープはできないか。冬のＹ地はカラッポで何もない。麓から引いてる水が足りない。山や谷を走る車のタイヤの替えがない。夕食の豚肉と牛肉もない。鶏肉は骨ばかりだ。

メサの空とよく似ている。

鍋を掻き混ぜて人参とトウモロコシを入れながら、あたしはヒコお祖父さんの面影を瞼に映した。面影といっても会ったことがないからカラッポ。ヒコお祖父さんもｋｕｕみたいだって。それがもうこの世にいない人の影法師に妙に似合うような気がする。

普通の人間なら遠泳はできっこない、冷たくて速いサンフランシスコ湾の潮流に、日本へ帰る船の甲板から飛び込んだヒコタロウ。ひと目だけでも会ってみたかったジャパニーズの少年ヒコタロウ……。

いったいどうやってあの湾流を泳ぎ切って、合衆国の人間になれたのか。そんな人間を呑み込んだ海も底知れないｋｕｕのようだ。


毎日、窓の外は白い。空も地上も白くて、降り続く雪の中にＹ地のゲートの衛兵の影が動く。

オッタヴィアン動物医院も犬の患者たちはめっきり少なくなった。少し早いクリスマス休暇のようだ。食堂のストーブでは今日も、ばあさんの薪が火に溶けて崩れ落ちてる。暖かい……。あたしは朝のコーヒーを淹れる。白衣のウエストのボタンが留められないメリーは、今朝もまた少しおなかが膨らんだみたい、気のせいだけど。

ケリィが薬剤室から出て来てラジオを点けた。ケイト・スミスの歌う『我が祖国』が低い雑音付きで流れてくるのが聞こえた。

　神よ、我が愛する祖国に
　アメリカに祝福を与えたまえ

　愛国心まる出しで普段はちょっと鼻につくけど、一九四四年の最後の月になると思うと静かに聴いてしまう。神様はあたしたちのアメリカも、ヒコタロウの祖国日本も守ってほしい。矛盾した願いだけど。

　あたしはこの頃『ニューヨーク・タイムズ』も他の新聞も読まなくなった。窓の外が閉ざされてから、そんなものを読んでもとても遠い感じがするだけ。実感が消えた。Ｙ地の給食配送車が運んで来た昼食をすませると、先生は今日も『ニューヨーク・タイムズ』に眼を通す。でも何も言うことがないみたいに黙っている。降り積もる雪みたいに戦争もやまない。

「ときどき思い出すんだがね」

　窓の雪を見ながらオッタヴィアン先生がケリィに言った。二人はテーブルを挟んで昼のコーヒーを飲んでいる。

「ワールド・ウォー・ツーが始まった翌る年のことだったが……」

先生は窓の外の彼方を眺めるように口を開いた。ワールド・ウォー・ツー、つまり第二次世界大戦は、一九三九年にドイツのポーランド侵攻で起こった。アメリカには何の関係もない、ヨーロッパの無茶苦茶な戦争だって聞いてる。それにアメリカが介入したって。それがそもそもの失策だった。

「日本のナカハマ・トーイチローという人物の家に、マサチューセッツ州に代々続くホイットフィールド家の四代目が、はるばる訪ねて行ったことがあるんだ」

先生の思い出話はとくに前触れもなく、昼食後のテーブルで始まった。

「そのときはまだアメリカと日本の戦争は始まっていなかったからね。パシフィック・ウォーの火蓋が切られるのは翌る四一年日本のパールハーバー攻撃からだ。束の間の平安というか」

ケリィが首をかしげた。

「ナカハマ・トーイチローって聞いたことがあるような名前だけど」

「君は医学畑だから聞いてるかもしれないね。彼はわが国ではジョン・マンで知られてるナカハマ・マンジローの息子だ」

それを聞いてケリィは膝を打った。

「漂流者のマンジローですね。たぶん日本に初めてわがアメリカを紹介した人物の息子」

「そう、そう」

先生とケリィは話がすぐ通じる。ナカハマ・トーイチローは当時の日本ではキタサト・シバサブロー、モリ・オーガイと並ぶドイツ帰りの有名な医学者の一人だって先生が言う。

「そのナカハマ博士の所へ日米開戦の始まる前に、ホイットフィールド家の四代目は何をしに行ったんです？」

「フランクリン・ルーズベルトの名代で、親善使節として訪問した」

親善使節？　あたしたちは笑った。

それは、「ありえない」

とケリィ、

「ルーズベルトがまさか」

とメリー、

「ナッツ」

とあたしが言った。とんでもない、先生はどうかしている。

ニューディール政策を褒めまくる者でも、ルーズベルトの日系人の収容所送りに眉をひそめる者は少なくない。彼の妻のエレノア・ルーズベルトは夫に反旗を翻して、堂々と日系収容所訪問を重ねていたんじゃないの。

「妻のエレノアの使いじゃないですか？」

「ナカハマ・マンジローは十四歳のとき、日本の漁船の遭難で百五十日ほども無人島で暮らしたのだ。それを三代前のウイリアム・ホイットフィールド船長の捕鯨船団が助けて、アメリカの自分の故郷に連れて帰る……」

　それがマサチューセッツ州のフェアヘヴンだったという。日本の少年の賢さに船長はわが子同様可愛がって、学校にも入れ、日本人を受け容れる教会を探して船長の家代々の教会も替えてしまったほど肩入れをしたらしい。おとなになったマンジローは造船・航海・測量術を専門学校で身につけた。

「そのホイットフィールド船長の家の筋向かいに、ルーズベルトの祖父の家があったんだ。母親の方のね。その祖父もホイットフィールド家の捕鯨船の船主の一人だった。子どもの頃からルーズベルトはそこに出入りして、祖父から日本の少年マンジローの思い出話をたっぷりと聞いて育ったんだ」

　ルーズベルト家とホイットフィールド家は遠縁関係で、日本の開港を迫って浦賀に上陸したペリー提督も縁戚に当たる。黒潮の乱れる日本近海で安全なルートを提督に教えたのも船長だった。

「日本の礼儀正しく賢いマンジロー少年は、フェアヘヴンで知らない者はなかったという」

「いったい先生はどこでそんなことをお知りになったんですか」

とケリィが溜息をついた。

「友人に心臓の専門医がいてね、トーイチロー博士のこともよく知っていた。トーイチローは日本の国手《こくしゅ》と言われた医者の一人だからね」

「国手？」

「日本では国を代表する名医のことをそう言うらしい」

と先生。

当時の名門の子どもたちは学校に行かず家庭教師が付くので、少年期のルーズベルトには友だちがいなかっただろう。祖父の話すマンジローの冒険譚に子供らしい親近感と憧れを持っても不思議じゃない。

「また遠縁のセオドア・ルーズベルト大統領も、柔道や剣道を愛する親日派だった。何しろ自宅に道場まで持っていたそうだ」

「彼は日露戦争でロシアと日本の仲介までしましたからね」

「しかし」

とオッタヴィアン先生は眉をひそめた。

「その後の日本のアジア諸国への侵略と暴虐には、セオドアも日本に背を向けた。現在のフランクリン・ルーズベルトもホイットフィールド家の四代、ナカハマ家三代当主を通して、日本へ親善使節団を送ったが、結局、日米は開戦に至ってしまった。ルーズベルトは何とか手を打とうとしたんだろう」

合衆国の西海岸は太平洋を隔てて日本とつながっている。アメリカの国防上、唯一の弱点は西海岸だ。結局日本軍のスパイを怖れてルーズベルトは、西海岸一帯の日系人を町ぐるみ各地の収容所に送り込んだ。国と国の関係と、子どもの世界の関係とがある。利益をめぐるつながりと、幼ない心をめぐるつながり。戦争をはさんだ遠い昔の話だった。あたしの家族や友だちの住む町も取り壊され、着の身着のまま列車に乗せられた。

みんなが席を立った後、あたしは台所で片付けをしながら、ふとヒコタロウのことを思った。そういえばお祖父さんが乗って来たカンリン丸には、フクザワ・ユキチもジョン・マンも一緒だった。ヒコお祖父さんのノートによると、日本に帰ったジョン・マンはトクガワ幕府の通弁方になった。当時の日本でただ一人、英語をしゃべれる日本人になったのだ。

けれど北パシフィック航路特有の大嵐に遭って、艦長カツ・カイシューや幕府の航海方が船酔いに倒れてしまうと、結局、航海術を身に付けたジョン・マンがカンリン丸の操舵に加勢して、サンフランシスコ港にぶじ入ることができた。

＊

　昨日、帰りがけに院内のどこかで忘れ物をしてしまい、一日中それとなく辺りを見まわしていた。待合室の長椅子や靴箱にはなかった。少しホッとした。診察室や薬剤室にはあるはずがない。食堂のどこかに決まっている。

　昨日も霧と雨が混じったので、犬を連れた奥さんは午前中ひと組しか来なかった。それで先生とあたしたちは食堂でゆっくり新聞や本を読んで、ついでに椅子に凭れて午睡もしたのだった。

　ケリィとメリーが自分たちの部屋に引き揚げた後、あたしがまだ食堂のテーブルの下などに手を突っ込んだりしていると、オッタヴィアン先生の穏やかな声が後ろからした。

「君、これを探してるの？」

　振り向くと先生が、紅茶色に表紙の変わったノートを差し出していた。あ、とあたしは声が出かかったのを呑み込んだ。サーシャお祖母さんが遺したヒコお祖父さんに関するノートだった。さあ、と先生がうながした。まずい。黙って受け取って頭を下げた。最悪の事態だって思う。

「あの」

と先生の顔を少し見上げた。先生もあたしの気持ちを察しているのはとっくに分かっていた。

「時代のあるノートだと思って、パラパラと読ませて貰ったよ。しかし気にすることはない」

先生はいつもの声だが、これが普通でいられるものか。

「もしかしてあたしのこと、気が付いていらっしゃいましたか？」

と恐る恐るあたしが聞くと、

「とくに気が付いたことはないが、とにかくこういうことは証明できるものではないからね」

やっぱり、とあたしは心の中でうなずいた。隠しきれないものなんだって石を抱いたみたいな心地がした。

「しかし証明したって何にもならない。このままでいいんじゃないかね」

先生の声はやはり平静で普段通りだった。

「このままでいいんですか？」

「わが合衆国は移民の国だよ。いったいどれくらいの人種の血が混じり合っていると思うかね。そもそもアジア系の騎馬民族がヨーロッパ大陸を東から西へ数百年かけて大移動し、向こうへ着いたらいつの間にかハンガリー人になっていた。人種なんてそんなものだ」

そんな掛け合わせで、犬の世界なんかジャーマンシェパードが出来たり、フレンチブルが出来たりする。あたしはジャパニーズのヒコタロウと、アイルランドのサーシャお祖母さんから父が出来て、それからあたしの母の出身はどこだったかしら。

「君にどこの血がどの程度混じっているか知らないし、そんなことは外見でつき止められるものじゃない」

そう先生に言われると気持ちが少し軽くなった。

「トクガワ幕府の時代に、あたしの祖父はカンリン丸に乗って来た少年水夫だったそうです」

「ほう。それで日本へは帰らなかったのかね？」

先生は白髪の混じった眉をひそめた。

「はい、船が出港する直前に、後ろ甲板からサンフランシスコ湾に飛び込んで逃げたそうです。これは祖母が聞いた話らしいですけど」

オッタヴィアン先生にならば何でも打ち明けることができる。あたしは淀みなく自分の知っていることを答えた。

「ふむ……」

案の定、先生は思案している。胸がどきどきしてきた。あたしは先生の言葉を信じるだけだ。

「サンフランシスコ湾は無理ですか」

水温は低く、潮流は速すぎる、と先生はつぶやいた。無理だね、とまた言った。そして霧の深い窓の前に立って、考え深い眼をしばらく向けていた。

「今、君はお祖父さんのことを少年だったと言ったね。もしかするとカンリン丸の脱出騒動はジョン・マンが手伝ってくれたんじゃないかな」

今まで考えもしなかったことが先生の口から発せられた。あたしは先生の口元を呆気に取られて見つめた。

「ジョン・マンがホイットフィールド船長に連れられて、マサチューセッツ州の家に行ったのも、やはりその年頃だったように思う。ジョン・マンが彼の気持ちを汲んで何とかしてやりたいと思っても変じゃない」

「そうですか」

「何も知らない無知な日本の少年水夫が、アメリカに残りたいばかりに海へ飛び込んだことにする。そんなことはカンリン丸の内部も知り尽くし、サンフランシスコの街にも通じたジョン・マンならばこそ手を貸してやることが出来ただろう」

あたしはハッとした。

サーシャお祖母さんのあのノートに、サンフランシスコの街を通弁方のナカハマ氏とフクザワ氏と一緒に本屋まで行ったと記していた頁がある。二人はそんな関係だったのだ。ナカハマがほかでもないジョン・マンの姓だということをあたしは知らなかった。

ただもう一つ、彼があたしの祖父を船から逃がしてくれたのはいいけれど、それとは別にあたしが長い間ずっと抱いてきた謎がある。

「じつはヒコタロウは、この国ではアメリカ生まれのジョージ・クラウドっていう人物になっていたんです。その名前で最後まで通して亡くなりました。ジャパニーズのヒコタロウが、どうしてアメリカ人になれたんでしょう」

二人きりの部屋であたしの声はだんだん低くなっていた。オッタヴィアン先生は黙って聞いていた。

「そんなことが世の中に本当に通るんでしょうか?」

「トクガワ時代に日本人の移民は未だないし、日本の年端もいかない少年がアメリカに残って、一生偽名で通せるはずはない。後ろ盾となる相当の人間がいたとしか思えないね」

ジョン・マン……なら、やれたろうか。

先生はしばらく黙っていた。それから一つ息をついてつぶやいた。

「この世の真実はすべて明らかになるものでもない。そのままにしておくことだ。やがて知るべきことは神が知らせてくれるだろうし、知らなくていいことは神も放っておくだろう」

そうだ、とあたしは思った。そういうことにしておくのがいい。

そしてこの二人がカンリン丸で出会ったとき、通弁方のナカハマ・マンジローはかつて自分が少年期に思いがけなく与えられた幸運を、アメリカに憧れたもう一人の日本の少年にも与えられるよう計らってくれたのかも……。何しろジョン・マンには世界の海を股に掛けた捕鯨船団のホイットフィールド船長のような人物の後ろ盾もある。

オッタヴィアン先生は窓を見ると、

「もう暗くなったな。送って行くよ」

そう言いながら車のキーをポケットから取り出した。

身支度をして玄関に立つと、林の影がザワザワと揺れていた。霰の粒が車の窓を叩く。

車はY地の長いフェンスに沿って走った。先生がハンドルを取りながら、

「君のお祖父さんはまだ若いのに、どうしてカンリン丸に乗り込むことができたんだね？」

意外そうに尋ねた。

「ヒコタロウは土佐の鯨獲りの船で働いていたそうです。だから外海にも出ていたし、若くて元気があるので雇われたって、祖母が言ってました。土佐は幕府と関係があったようです」

アメリカという国は世界の果ての、それよりもっと遥か彼方にあると水夫たちは思っていたって。幕府の偉いサムライたちは米艦のポーハタン号に乗船し、命知らずのカツ・カイシューとかフクザワ・ユキチとか荒くれ水夫とかが、カンリン丸を操って出港したっていう。

「ジョン・マンはアメリカに来て吃驚したらしいね。なんと国内ならどこでも勝手に行ける国だった。それに引きかえトクガワ幕府は国内のちょっとした旅でも、国境の関門を通

るパスポートが必要だったというからね」

と先生が言った。あたしは日本のことは何も知らなかった。ただ身分差別が厳しい国とだけ思っていた。

「それなら、いっそ海がいちばん自由ですね」

とあたし。海には境界線もないし、船さえあればどこへでも行ける。近い範囲なら船もいらない。自分の手と足で泳いで行けばいい。

そうか、わかったとあたしは思わず一人でうなずいた。

「ジョン・マンもヒコタロウも漁師でしたね！　ということは船乗りです。あの広い広い海を越えてアメリカに来て、この国がキラキラ輝いて見えたんでしょう。狭くて仕切りばっかり設けている日本なんかには、もう帰りたくなかった」

「そうかもしれない。海で育った彼らには、われわれが思う以上に陸は不自由な世界だったんだろうな」

「ええ、ザブンと飛び込んじゃえばいいんですもの」

とあたし。うなずきながら自分の胸がどんどん広がっていく気がする。ヒコタロウみたいに。

「何しろパシフィック・オーシャンは広大ではあるが、飛び込んだからにはいつかはアメリカに着くだろう。嵐に邪魔されたりしなければ、海流が導いてくれる。そしてアメリカも拒まなかった。ただし昔の話ではあるがね」

と先生はひと言、付け加えた。今の合衆国は移民を受け入れすぎて問題を起こしているって。あたしはこないだ新聞で見た日系人収容所の写真を思い出す。砂漠地帯の片隅に造られた広い広い強制収容施設。板囲いの細長い小屋が延々と並んでいる。でもジョン・マンやヒコタロウが生きていた時代は違っていたのだ。

海が自由だというその理由の一つは浮力が味方をすることだ。体がプカプカ浮いて自由自在。海は何て生き易い世界なんだろう。ジョン・マンもヒコタロウもその海の子だった。そして狭い日本の近くの漁場で育ったので、初めて世界の海を見たときは肝を潰したのよ。海がとてつもなく広いってことは、自由がとてつもなく広いってことだ。彼らはどんなに胸躍らせたものかしら。

あたしは考えるうちに舞い上がるように気持ちが弾んでいった。いつの間にか自分が今乗っている車が、涯てのない夜の海を行ってるような気がした。

やがてゲートの灯りが窓に近づいてきて、オッタヴィアン先生は静かに車を止めた。

あたしの海はそのとき切れた。

オッタヴィアン先生にお礼を言って外へ出た。窮屈で不格好なＹ地のゲートが、あたしの頭上をのろのろと上がっていく。やれやれ、ここは海じゃないって、あたしは自分の胸につぶやいた。

雪はその後も降り続けて、Y地の人々をゲートの中に閉じ込めたが、やがてユダヤ教のハヌカーの冬祭りが始まると、夜空に月と星が光りはじめた。しばらくそんな澄み切った夜空を見なかったので、月と星がこんなに美しいものかと驚いた。

ハヌカーはこの世の光の祭りだって、Y地の女性ラビの役目を受け持ったエスターは、忙しそうに八本も枝のある燭台に蠟燭を差しながら説明した。蠟燭にすべて火が灯ると、エスターは祈りを捧げる。そして窓から見える空の月と星を指して、

「天も地も光が生まれました。良き晩です」

と感に堪えたように言ったものだ。ハヌカーの祭りは八日間続く。Y地の手狭なシナゴーグは毎晩、ユダヤ人で溢れた。

なにしろここの科学者はオッペンハイマーや、レオ・シラード、エドワード・テラー、ジョン・フォン・ノイマンなんてたぶんノーベル賞クラスのお歴々から、若手のファインマンたちまでユダヤ系で占めるから、八割方以上になるんじゃないか。

たいして宗教心を持たないことでも彼らは共通で、みんなの心は一つ、仕事への目的に結束している。神を信じない彼らも、美しい夜に信仰心の厚い妻に伴われてここへ来ることは嫌じゃないみたい。あたしもうちのベンジャミンを誘って毎晩のように覗きに行った。

「すべての宗教は光から始まるね」

ベンジャミンは感心したように言う。遥か昔から世界の原理、宇宙創成の源を知るはずのない人間が、どうして異口同音に光を尊ぶのか不思議がる。

「宗教は感受性じゃないかしら」

とあたしが囁くと、

「それはぼくら物理学者の言うことだ」

「あら、物理学者は計算と実験ばかりやってるんじゃないの？」

「そもそも物理学とは世界に対する感受性の学問なのだ」

「知らなかった。あなたもそのようにやってるの？」

「そのような信条で生きている」

ベンは威張ってうなずくと、縁起物の油菓子スフガニヤを頬張った。


一九四四年の年末から四五年の早春にかけて、あたしはそれらの日々が明けない長い夜だったように記憶する。ハヌカーの祭りが過ぎるとまたメサの頂上は雪が降り続き、昼も夜も窓の外は暗かった。そんな間にも科学者の妻たちの出産ラッシュは続いたのだ。さいわいオッタヴィアン動物医院に産みに来る犬の騒動は終熄した。

一九四四年の暮れがどうやって終わったか、あたしは覚えていない。あたしたち夫婦は毎日、玉ネギと凍った鶏肉のカケラを入れたポトフばかり食べて暮らした。
凍らない水と食糧とガソリンが絶対的に不足していた。でもこの山頂の雪ではガソリンを消費する車も動かない。あつらえ向きだって思う。

あたしの大仕事はオッタヴィアン動物医院に通うことだった。夜中に凍てついた雪で朝の出勤はスケート靴が必要だった。でも平らなスケート場じゃない。そして帰りもゲートの外は通行人もいないので、多少雪の層の上部がシャーベット状になっている。

犬を飼ってる奥さんたちはドッグランがないので、広いゲートの中にかれらを放して、バタンとドアを閉じた。いい考えだと先生は言った。

「Y地の犬のほとんどが病気になって連れて来られるより、Y地のあちこちに雪まみれの犬の糞が撒かれている方がずっと幸せというものだ」

あたしもそう思う。

幸いオッピーから犬たちの落とし物についての苦情は言ってこなかった。独身寮の表で不運にも踏んづけたファインマンだけが、電話でガタガタと言っていたらしい。ケリィが途中でガチャンと切っておしまいとなったたって。

一九四四年はルーズベルトの四期目の勝利で合衆国に笑顔が湧いたけど、ドイツ軍と連合国軍との熾烈な戦場はヨーロッパ各地に広がった。オッタヴィアン先生は新聞から眼が離せなくて、あたしやメリーときたらもうもうもうそんな活字から逃げ出したかった。『ニューヨーク・タイムズ』紙なんて、読まない、見ない、しゃべらない。降り続く雪の中で月も星も光のカケラもない正月を過ぎて、メリーのおなかだけがすくすくと膨らんでいった。

年を越えた一九四五年の二月。ドイツ最古で長く国の誇りとした名都ドレスデンが、連合国軍の空からの爆撃で火の海になった。写真でも見たことのあるあの美しい都の空に、二日間併せて千二百機が焼夷弾を落とした。七日七晩ドレスデンは燃え続けて、熱気は摂氏一〇〇〇度に達したっていう。市民の死者は推計三万五千人から十万人くらいだって。他の都市から来た避難民を入れて百万人も住んでいたので、実際の死者の数はわからないとある。

その十日前にはベルリン攻撃でこれも二万五千人の死者が出た。オッタヴィアン先生は新聞を読みながら、もうコーヒーを飲んだりはしない。片手にはチェックする鉛筆を握って、もう片手はコーヒーカップの代わりに握り拳を口に当てている。それをぐいぐい唇に押し当てる。新聞から眼を離したときは口元が紫色になってる。

ドレスデン陥落からひと月ほど経って、日本の東京がB29三百機の空襲で十万人が焼け死んだ。世界中が死人だらけ。焼死。爆死。圧死。殺され方は一杯ある。四月十五日はドイツ最後のベルリン空襲で市民・避難民併せて三百万人に、六千両の戦車と八千四百機の爆撃機が攻撃したって。メリーの前にはもう『ニューヨーク・タイムズ』紙は置かないこと。あたしがオッタヴィアン先生に抗議した。

四月二十八日、イタリアの独裁者ムッソリーニがパルチザンに捕らわれて銃殺。遺骸は情婦クララ・ペタッチと一緒に逆さ吊りにされた。新聞にスカートを逆様にかぶった女が空に浮いていた。もうひと組の男女が死んだ。二日後の三十日、ドイツ大本営の防空壕の中でヒトラーと愛人エヴァは、ゲッベルス夫婦の立ち会いのもと結婚証明書にサインして、その直後、自殺した。二人並んだ自殺体の写真が新聞に出た。

何千万人殺した者でも男女の愛は変わらないのね。あたしは愛がもう特別なものだなんて思わない。特別、愛がなくても人に親切にして、夫のことを守ってあげたい。あたしはオッタヴィアン先生が置き忘れて行った新聞の束を、倉庫の紙屑入れの木箱に片付けた。

夕方、診療時間を終えた先生が新聞を取りに食堂に戻ってきた。あたしが倉庫を指差すと先生は黙って姿を消したが、やがてひと束の新聞を下げてきた。

「これを切り抜かなくてはならんのでね」

一九四五年四月十三日付の『ニューヨーク・タイムズ』紙。

　ルーズベルト大統領死去

　　トルーマン副大統領が政権を引き継ぐ

「ワシントン、四月十二日」歴史上初めて二期以上選出された大統領でもあるフランクリン・デラノ・ルーズベルト大統領が、本日午後四時三十五分、ジョージア州ウォームスプリングスで死亡した。六十三歳だった。

　脳出血を起こした大統領はそのまま意識を取り戻さず、大勝利をおさめた四期目に入って八十三日と一時間で死去した。

　見たことのある風景の写真が載っている。白壁の二階建てはホワイトハウスに違いない。その広い芝生の前庭に軍服や水兵服のようなもの、背広姿やいろんな人々が佇んでいたり、芝生に片膝立てて座り込んでいたり、立ち話をしている姿もある。けれどみんな正面のホワイトハウスの方角を見守っている。

　中から誰か詳細を報告する人間が現れるのを待っているようだ。写真なので天気がいいかどうかは分からない。だけど立ったり座ったりしている人の、足元の芝生にくっきりと影が落ちている。ルーズベルトが逝った日は晴れた日だったかもしれなかった。

新聞の見出しがなくてその写真だけだったら、彼らの背後から撮った様子は一種だらけているように、あたしには見えた。何だかピクニックの出発が延びて待ちくたびれた人々のような、だらりとした力のないみんなの姿だった。でも前から見たら彼ら、彼女たちの顔は茫然として、または悲しみに歪んで、もう涙にくれていたりして、背中の表情とは違っているかもしれなかった。

トルーマンが到着して手助けできることがないかと尋ねたとき、夫人はきっぱりとこう答えた。「私たちが手助けできることを言ってください。私たちがあなたに力を貸す方法がありますか？」

*

分娩室からはいよいよ出産の迫った産婦の呻きが流れてくる。でもあの声はメリーじゃなくて、もう一人、先に入って行った中年の女性だって思う。Ｙ地は依然としてベビーラッシュで、分娩室は順番待ちなのだ。

陣痛は初産では十四、五時間も続くことが多いので、分娩室に運ばれた頃の産婦の痛みはラストスパートだ。赤ん坊は頭を下にして体を旋回させながら、狭い産道をじりじりと降りて来る。もう出口直前まで来てるだろう。耐えかねた産婦はうわごとみたいに口走る。

あたしはそんな彼女たちの声を、廊下の椅子に座って初めて聞いた。こんなにいろいろ口走ったり叫んだりするんだ。分娩室の二人の産婦の声は聞き分けられる。中年の女性の苦しみようは、もしかして初産かもしれない。

「ママ。ママ。助けて。ああ、どうかして！」

彼女のたぶん年取ったママはもうどうにも出来ない。助けてやれない。お祖母さんだってマリア様だって手助けするすべはない。自分が頑張るだけだ。

「ボブ。ボブ。ああ、助けて！」

今度は夫に哀願する声だ。その声が廊下に流れると、斜向かいの長椅子に腰掛けていた鷲鼻の男がビクンと腰を上げた。何か応えようとしたけれど、固くなったまま言葉を呑み込んでまた座り直した。胸で十字を切っている。物腰ではテックエリアの学者のようだった。彼の妻の声はしばらく切れ切れに流れた。

「ボブ。ボブ。ああ、あなた助けて」

無理、無理。誰もあなたを助けられない。本当に叫びたいのは産もうとする女より、産道の出口の前でつっかえている赤ん坊だろう。狭い肉の隧道《トンネル》で宙吊りになったまま、進むも退くもならない。

　どうにかしてほしいのは、まだ眼も見えない小さな人間の子どもだ。

　二足歩行のあたしたち人間の子宮口は妊娠中、胎児が下に落ちないよう固く閉じている。オッタヴィアン先生が言っていた。四足歩行の犬などは胎児が落下する心配はなくて、子宮口は柔らかいままだって。だから出産のとき赤ん坊の体がするりと出やすい。

　人と獣のもう一つの違いは頭の大きさにある。脳が発達した人間は頭が飛び抜けて大きく、産道につかえる。そして骨盤が徐々に開き、赤ん坊の頭蓋骨も縦長に弛んでいく。母と子の体の骨が変形して組み替わるのだ。時間がかかるはずだった。

「あああー、もういや、いやァー」

　喉元につかえるような女性の声がして、パタンと静かになった。それから束の間の静寂が降りて、

　オギャ――

　と激しい煮えたぎるような泣き声が起こった。赤ん坊が生まれた。間違いない。沸騰するような声。ゴールに辿りついた歓声なんて感じじゃなくて、火が点いたような悲鳴みたい。赤ん坊ってどうしてこんなに悲鳴みたいな声で泣くのだろう。

　生まれてくるのは苦しかった！　産道の中は辛かった！　生まれたくなかった！　オ

ギャー、オギャー。あたしの耳にはそんなふうに聞こえる。可哀想に。でもみんな人間はそう言って泣き叫びながら、結局は生まれてきた。

鷲鼻の男が中へ呼ばれて行く。赤ん坊との対面だ。彼も泣きそうな顔である。

赤ん坊の誕生については男性が百パーセント得をしてる。やりたいことだけやって、その結果をまるで当然の褒美みたいに貰う。女性は自分の体一つで実際に頑張らなくてはならない。体を使って勝ち取るしかない。

分娩室のもう一方の空気が切迫してきた。メリーの呻き声が聞こえ始めた。空気が張り裂けそう。いよいよ彼女の番が来た。犬の出産のときも切ない長鳴きをするけど、人間の場合も長い喘ぎ声を出す。あたしは犬のそのときの瀬戸際を眼に浮かべる。

母体がいきむと胎児の頭の一部が見え隠れし始める。排臨っていう。ここまで来るともう待てない。人も犬も同じ。母体はそのままいきみ続け、助産師の手が赤ん坊の頭を引っ張り出すのだ。メリーの息がハッ、ハッ、ハッと小刻みに聞こえる。そう、そう、上手よ。助産師の声が励ます。無理に押し出せば膣口が裂ける。滑り出て破らないように。戻れないけど、進めない。

ルーズベルトの死の報が流れたとき、あたしは空を見上げていた。ルーズベルトがその空へ昇って行ったとは思えなかった。入り口と出口。あっちのドアと、こっちのドア。一つのドアが開いてもう一つのドアが閉じた。ルーズベルトは一人で死んで出て行ったのだ。けれどこないだ二月の硫黄島の戦いでは、アメリカの海兵隊兵士六千八百人が命を落とした。

対する日本軍守備隊の戦死者は二万一千人だ。三倍以上のジャパニーズの死者だって。そして両方併せたら二万七千人の死者が、ルーズベルトに先立ってそのドアから出て行った。ぞろぞろと。

そしてとうとうメリーの赤ん坊の生まれる番が来た。

さっきの女性のときとまったく同じ。産婦の切迫した息遣いの後に、助産師の励ましの声が響いた。間もなく張り裂けるような赤ん坊の悲鳴が起きた。オギャー、じゃなくて振り絞るような悲鳴に近い。泣き声で無事がわかる。

「ようこそベイビー、お疲れ様」

男性医師の声が初めて聞こえた。

「元気な男の子」

分娩室が賑やかな人声で沸いた。看護師がこっちへ呼びに来たので、仕事でここへ来れなかったケリィの代わりにあたしが分娩室に入った。

現役のルーズベルト大統領が急死し、ケリィとメリー夫婦に男の赤ん坊が誕生した春は慌ただしく過ぎて行った。オッタヴィアン動物医院も、Ｙ地の陸軍病院の産科も出産ラッシュの季節だった。メリーは生まれたての赤ん坊を抱いて数日後には早々と退院した。産科の入院病室が足りなかったからだ。

メリーの一家はオッタヴィアン先生が使っていた一階の個室と、隣の医療器具やドッグフードの保管室をあてがわれた。Y地の中には空き部屋があるけど、テックエリア以外の部外者は入ることができない。

あたしはメリー親子と犬の世話に忙しかった。メリーは何度か発熱して体調を崩した。産褥熱というもので無理をしてはいけない。オッタヴィアン先生は見かねてアーイダの妹のイダイケを手伝いに雇ってくれた。それであたしは少しだけらくになった。

五月。

メサの空は晴れ渡って見晴らしが良くなった。大きな白い鷺がゆっくりと王者みたいに飛んで行く。地上のポンデローサ松や柳の木たちを配下のように見おろしながら滑空した。

毎夜、あたしは疲れた体でベッドに沈み込む。

すると体が空を舞うのか海へ落ち込むのかわからなくなる。鳥みたいに魚みたいにぐるぐる空中を、それとも水中を泳ぎ続けるうち、だんだん心地好くなっていく。

こうやって泳ぐあたしはジョン・マンだろうか。

それともヒコタロウ。

あたしの体は泳ぐうちにどんどん軽くなっていく。今は手紙のやり取りも途絶えて、あたしの心から遠くへ行ってしまった父と母。ここはとても広い。広くて境目のない所にあたしはいる。

戦争もあたしから遠くへ退いた。

オッタヴィアン先生もゆっくり『ニューヨーク・タイムズ』紙を切り抜く暇がなくなった。先生は赤ん坊の父親になったケリィに時間を与えてやるため、診察室と薬剤室の間を一人で何度も行き来している。

今日、赤ん坊の授乳のとき、メリーがしくしく泣いていた。ケリィとのちょっとした夫婦喧嘩のせいだった。男の子が生まれて、ケリィはなぜかメリーに威張っているように見える。自分に子分が一人出来たみたいに。

洗濯物を取り込みながらアーイダが教えてくれた。

「ポモ族だったか、面白い歌があるわ」

小さい声で歌ってくれた。

男って何だろう

男なんか、何ものでもない

その男に家族がいなかったら
小道を横切ろうとする小さい虫より
もっと哀れな生きもの

あたし今度うちでベンジャミンと喧嘩したら、このインディオの歌でやり返してやるつもり。ほんとに小さい虫より小さい肝っ玉のあなたたち男……。

持ち上がりで新しく大統領になったトルーマンの噂は、ぱったり聞かない。副大統領のとき、とくに才覚も個性も持たず、そのぶん故大統領の仕事の続きを可もなく不可もなくやっているんだろう。メサの上では誰もトルーマンのことを語らない。そしてＹ地を脅かしてきた実験のための爆発音は間遠になってきた。

なぜだかわからないけど。

メリーがあんなに頑張って産んだ赤ん坊は順調に育っていった。

シナゴーグの仕事で忙しいエスターは、ときどき集会帰りの夕方などレトリバーのエッダを連れて赤ん坊を見にやってくる。

「ロニー院長！　あなたの子分のエッダが今日はご機嫌伺いにまいりました」

エスターが赤ん坊にこう挨拶すると、犬はもう堪らずにワンワンワンワンワン！　と太い声で吠えまくる。建物が揺れるくらいよ。エッダは後ろ脚で立ってサークルの中に前脚を入れると、アーロンの小っちゃな手に触れる。爪は傷つけないように巻き込んでる。

メリーがサークルから赤ん坊を抱き上げた。物腰が何となく母親らしくなっている。父親のケリィも様子を覗きに白い医務服の格好で入ってきた。

エスターがメリーに聞いている。

「アーロンちゃんって名前、どなたが付けたの」

「ケリィなの」

とメリーが夫を見る。

「彼のお祖父さんはフィンランドからの移民で、その名前を貰ったのよ」

アーロンという名前には愛称が思い付きにくい。あたしはエスターが付けたロニーが可愛くて気に入った。メリーは赤ん坊の足を犬の鼻先で揺らせる。

「もしね、女の子が生まれたときは、あたしのお祖母さんの名前を貰う約束だった……」

「お祖母さんのお名前は？」

「ソフィア」

「イタリアの方？」

エスターが聞いた。

「ええ、イタリアからの移民だったの」

みんな故国が違っている。アメリカはつくづく面白い国だ。

「だから次は女の子が生まれたらソフィアね」

それは約束済みのことらしく二人はうなずき合った。あたしはどうしようと自分のことをふと思った。ベンジャミンは赤ん坊をとても欲しがっているけど、どう考えているんだろう。最初の子はベンとあたしとどっちが先に名前を付けるか。男の子だったらヒコタロウ……。それは無理だ。そのときはベンジャミンに譲ってあげる。

赤ん坊のロニーが眠ったので、エスターは犬のエッダのリードを持って椅子を立った。あたしもエスターと一緒に帰ることにした。


オッタヴィアン動物医院を出ると、まだ明るい夕空の下を二人と一匹で歩いた。エスターは犬の散歩を兼ねてメサの上では車は使わないという。それでゲートまで草原を遠回りして散歩することにした。

暦はもう六月になっていた。

サボテンの花がトゲの間から丸い顔を出し始めている。紅色や黄や白のカラフルな小花たちが可愛い。エスターは犬に注意した。

「匂いを嗅いじゃだめよ、鼻に刺さるわ」

エッダのリードを片手に、彼女は自分たちユダヤ人の話をする。茫々とした草原を歩いてるといろいろ思い出すんだろう。

「わたしたちの先祖は本当によく歩いたのよ。地球をぐるりと」

って彼女が言った。

「この足でね」

エスターが自分の足元を見たので、あたしも彼女のすらりとした長い脚に眼をやった。

「モーゼと一緒にエジプトを脱出したのが紀元前のことだから、流離《さすら》いの気質はユダヤ人の魂の基底部に打ち込まれてるのね」

それから約束の地パレスチナにやっと国を造ったけど、これが滅ぼされた。

「そう。エルサレムを出てからは世界中に散らばっちゃうの。ドイツ、フランス、オーストリア、ハンガリー、ポーランド、チェコスロバキア。それからモロッコや中東に行った人々も多かったわ」

歩き続けた足がユダヤの歴史を動かした。

「十八世紀に入って、そんな彼らに素晴らしい土地ができた」

それがアメリカ合衆国だって彼女は言った。

誕生して間もない国は、寄ってたかってみんなで作り上げる。労働力がいるので「みんなおいで！」って呼び集める。宗教の差別などしてる暇はない。移民だって米墨戦争や南北戦争に従軍して、この国の人間になろうとする。

移民たちにとって良いときにアメリカは生まれた。まだ税金の取り立てもない。自分が働いた分だけ自分のものになる。でも働かなかった者は何も得られない。

「わたしの祖父は十九世紀半ば、ゴールドラッシュの時代に東欧から来たの。カリフォルニアには一儲けしたい移民が続々入ってきたらしいわ」

その頃よく空に虹が出ていたっていう。エスターのお祖父さんはその虹のことを思い出話に語ったらしい。

「わしらの頭の上にでっかいのが架かったって。つまり自由の象徴の虹なのね」

新天地を求めて来たのはユダヤ人だけじゃない。ケリィのお祖父さんや、メリーのお祖母さんたちは飢饉難民で渡って来た。

「祖父がカリフォルニアの金山に来た頃は、まだその辺りは州じゃなかったのよ。小さな開拓村ってとこね。金山はガンサンって呼んでいたらしい。中国語なのよ。アジアから金鉱探しの人々が入っていたので、そんな名前が定着したみたい」

それじゃゴールドラッシュの火付け役はアジア人だったってこと？　あたしは驚いた。

「だから中国や、貧しいアジアの国々の人が一杯いたんですって」

「アメリカはその人たちも受け容れたのね」

「そうよ。わたしの祖父は金山で日本人を見たそうよ」

「中国人じゃなくて？」

彼らにその見分けがつくだろうか。

「日本人と中国人は髪の形が違うのよ。中国人は弁髪といって頭は剃り上げて後頭部に残した髪を背中に垂らしたりするけど、ジャパニーズは天辺を剃り上げて、一摑み残した髪の束を頭の上で折り返しているの。その髪型が変わっていたのね」

カンリン丸に乗って来たサムライや水夫と同じだ。

「その日本人はどうしてカリフォルニアに来たのかしら」

あたしはどんどん面白くなってきた。

「漂流中の漁師がサンフランシスコ湾に流れ着くことがあるらしいの。パシフィク・オーシャンには太くて長い海流の走る道がある。それに乗って漂流するので、とても珍しいってわけじゃないの」

金山の番小屋の入り口で、日本人の三人の男が頭の髷を解いて切り落としていたっていう。小刀で代わる代わる互いの髪をジョリ、ジョリと切っていた。変な奴らだって怪しまれないように髷を切り落としていたみたい。だけどザンバラに切った黒い毛の方がよほど妖しく見えたらしい。

「案の定、ちょっと待て、と呼び止められたの。番人が名前を聞くんだけど彼らは答えられない。英語が通じない。番人もジャパニーズもしばらく双方、頭をかかえていると、ザンバラ髪の中の一人が急に声を張り上げて歌を歌い出したんですって」

エスターは思い出し笑いをする。胴間声でおかしな調子の歌だったとお祖父さんは言ったって。

「お祖父さんはじっと聴いていて、それはもしや『ヘイル・コロンビア』の歌じゃないかと思ったのよ。アメリカ大陸が未だ発見者のコロンブスの名前で呼ばれていた時代の歌よ。その頃も大いに流行っていたらしい。アメリカ万歳の歌。ところが英語を知らないジャパニーズが歌うので、とても変だったのね。みんなポカンとして聞いていたって」

エスターが小声で口ずさんでみせた。お祖父さんがジャパニーズの物真似でよくやっていたそうだ。

「ヒル　クロボー　ハップ　ランダ！」

何？　そのおかしな文句？　コロンビア万歳。ハッピーの国。本当はそんな歌だ。

周囲にいた中国人たちが『ヘイル・コロンビア』のメロディを微妙に聴き取っていたようで、やがて声を合わせて歌い始めた。合唱団はさらに一層可笑しくなった。検問の男が呆れて、もういい、やめろ、やめろと制した。

「そんなことで番人は三人に許可を与えたのよ。そしてこう言ったの。わが合衆国は自由を得たい者にはそれを与える。しかしお前たちが口に入れる食物は、お前たち自身で拾いに行け」

そのときエスターのお祖父さんは横に突っ立って聞いていたんだって。そして独り心からうなずいたそうだ。この国ならわれわれも生きていける。みんな生きていける。そう思ったって。

七月になるとメサの空には雄大な雲がかかった。そして午後に激しいスコールが叩きつけるかとみれば、すぐまた射るような太陽の熱線が降り注ぐ。ニューメキシコの山岳地の気まぐれ天気には呆れてしまう。

でもメリーの赤ん坊の発育は着実そのもの。三ヵ月足らずで体重は倍になった。腹這いにすると頭と肩を持ち上げて首を自由に動かす。名前を呼ぶと歯のない口でニッコリ笑うようになった。

ロニーの玩具は今のところ自分の手だ。その手で触れる物を鷲掴み。それから叩く。叩いた後は口へ入れる。入れたらなめる。しゃぶる。吸いつく。嚙みつく。柔らかい小さな手の甲が赤くなって可哀想なほど。

メリーも、ケリィも、あたしも、お手伝いのアーイダも、犬たちも、赤ん坊のロニーを見守っている。

ところである朝のこと。

あたしは朝食のとき胸がむかむかして、洗面所で少し吐いた。吐いてからドキッとした。思い当たることはあるのだった。息を止めた。信じられない気がしたけど、あたしは信じないわけにはいかなかった。とくに不思議でも何でもない。きっとそうだ。でも大切なことはまだ、ベンジャミンには打ち明けないでおこう。

メリーにもむろんオッタヴィアン先生にも。しばらく自分だけの秘密にして抱いていたい。この大切なことを抱きしめていたい。口に出して言葉にしてしまうのは勿体ない。まだ言葉にならないそれを、ロニーみたいにあたしも触ってさまざまに確認してみたい。摑んで、なめて、嚙みついて、しゃぶったりしたい。

ふと思い出した。

戦争はどこに行ったの。

知らない。何も聞かないし、知りたくもない。

オッタヴィアン先生は黙って新聞を読んでいる。

あたしの吐き気はその後もときどき起きた。でも仕事は休まずに行っている。お乳の出が良くないメリーに心配をかけたくない。少しあたしは痩せた。

七月十五日の朝、あたしはまだ暗いうちにふっと眼が覚めた。寝ていて戸外の妙な気配を感じたからだ。ベッドの枕の下が低くゴロゴロ鳴っていた。頭を起こすとそれは枕の下じゃなく、窓の外の道を車が通っている振動だって気が付いた。

騒がしくはない。何台もの車が物音を立てないよう、静かにそろりそろりと移動してる感じ。まるで大きな体のライオンとか豹とかが、獲物に気づかれないよう息を殺して進んでいるみたいだった。厚いカーテンにその影は映らなかったが、ゲートの方角に向かっているのは分かった。

ベッドを降りてカーテンを少し開けてみると、軍用トラックの大きな影が進んでいた。ライトだけが猛禽類の目のように照っている。その後にジープの列が並んでやって来た。ライトを消している車もある。ひと目を避けているようだ。

ジープが去ると見慣れたＹ地の住民のマイカーの列が来た。見覚えのある一台の赤いセダンが通り過ぎて行く。ノーベル物理学賞を受賞した足でイタリアから亡命して来たっていうエンリーコ・フェルミ博士だ。博士の横顔らしい影が見えた。次の車には誰が乗っているのか。たぶんＹ地の研究所の大型の猛獣といったような人物が、車の窓から影だけ一人また一人と流れて行く。

車の長い列は切れなかった。

ベンジャミンは行かなくていいのだろうか。ベッドを振り返るとベンも眼を覚ましていた。でも枕に頭を付けたまま、起きようとはしない。

「フェルミ博士の車も出て行ったわ」

あたしが言うと彼はそれには答えずアクビをした。

「今日は日曜でぼくは休みなんだ」

そして、ヒラヒラとこっちへ手招きして、

「おいで、縞リスの奥さん。ぼくらはまた寝直すのだ」

ベンジャミンは薄い掛布を頭から引っ被った。

あたしは何だか寝るどころではなくなった。あの物々しい車の列はどこへ行くんだろう。巨大なトラックに積まれていたものは何だったのか。オッピー所長はあの列にいたのかしら。フェルミ博士がいたんだからオッピーがいないはずはない。

するとうちのベンジャミンはなぜ休みなんだろう。これから行く所では彼は用なしなの？　エスターに聞いてみようかと思った。エスターのご主人もテックエリアの学者だった。ベンと同じに今日は休みなんだろうか。それとも彼は今の列と一緒に出て行ったのか。

時計を見ると午前五時過ぎだった。いくら何でも早すぎる。窓の外の車の列はそろそろ終わりかけていた。ゲートから出て行けば行き先は麓だろう。そこからどこへ向かうのか。

ベンはまた眠ってしまったので、あたしは灯りの消えた居間を出た。表のドアを開けると、道の街灯がぽつりぽつりと灯っていて、空は曇っているらしく星は一粒も見えなかった。

未明の道を歩いて行くと、黒い家並みの間に人影が動いていた。先ほどの車の出発をゲートまで見送りに行った人々が帰って来たのだ。あたしがそっちの方へ歩いて行くと、ゲートからゾロゾロと何十人も戻って来る。口をきく者は誰もいない。押し黙ってやって来る。

途中でばったりとエスターに会った。

「見送り？」

とあたしが聞くと、彼女はこわばった顔でうなずいた。

「ご主人は何処まで行かれたの」

「塩の砂漠の近くよ」

エスターは仕方なさそうに答えた。そこへはわざわざＹ地の学者が家族を連れて遊びに行ったりする。でも今の季節はやめた方がいい。標高が高くて涼しいメサの上と違って、その辺りは熱砂の底の底だ。夏場はサソリものびてしまうっていう。遊びに行く所ではないけど、まして仕事で行くなんて考えられない。

「そんな所へ何をしに行くのかしら」

「さあね」

エスターは生返事をする。男たちの仕事は秘密裡におこなわれてきたが、いよいよここまで漕ぎ着けると隠しおおせることはできないのだ。地元で呼ぶ塩の砂漠とは、砂が塩辛いのじゃなくて塩みたいに白い砂のことだ。よそ者にはホワイト・サンズという地名で通っている。

「朝日が昇る頃にはＹ地の男性は誰もいなくなるらしいわ。みんな車で南の方角を目指して、サンディア山の頂上に登って、そこで今晩はキャンプファイヤーをやるんだって」

暗い道を引き返しながらエスターが言う。サンディア山は塩の砂漠の方角へ向いている。サンディア山頂から砂漠の方を望むと何か見えるものがあるのだろうか。距離はずいぶん離れている。Ｙ地から塩の砂漠まで二百マイル以上ある。サンディア山からはどのくらいだろう。

Ｙ地のみんながその山に出かけて行っても、たぶん一人だけ男が残っているとあたしは思う。ベンジャミンのさっきの口ぶりでは、彼はどこにも行く気はないみたい。彼はなぜか気が塞いでいる。


家に帰ってそろそろ朝食の支度にかかっていると、オッタヴィアン先生からの電話が鳴った。明日は休診にするっていう。明日は月曜日ですよ、と念を押すと、医院を開けても誰も来ないだろうと先生は言った。

朝の十時くらいにベンジャミンはベッドから出て来たが、寝不足気味の瞼が腫れたような顔だ。朝食のパンを少し千切っただけで、コーヒーを二杯飲むと椅子を立った。それから窓の外を眺めているので、彼もサンディア山に行く気になったのかと思った。でもベンはあたしを振り返ると、思い付いたように口を開いた。

「ぼくら二人だけでどこかへ行ってみようか」

あたしは少し笑いたくなった。

「ええ、どこの山でもオッケィよ」

彼は子どものように少しうなだれて、

「そうだな。寝袋を積んでサングレ・デ・クリスト山脈の方へ行かないか」

え。みんなが行くサンディア山とは方向が反対だ。

「北へ行くの？」

とあたしが聞き直すと、

「何で。君は南へ行きたいのか？」

とベンは仏頂面で言った。

「別にどっちでもいいのよ。あなたと一緒なら」

面倒なときはこう言うに限る。彼はそれを聞くと機嫌を直して、すぐオッタヴィアン動物医院のケリィに電話をした。休日はずっとロニーを抱いていたいケリィは、二つ返事で自分の車をあたしたち夫婦に貸してくれることにオッケィした。

やがて昼過ぎ、何という目的もなく食料と寝袋を積み込んで、あたしたち夫婦はサングレ・デ・クリスト山脈へ出発したの。車窓から振り返ると、男たちがみんな出払ったY地はしんしんと夏の陽に打たれていたの。

＊

Ｙ地の研究者たちはみんな車に乗り合わせて麓へ麓へと降りて行った。騒然とした一日が始まったのだ。ベンジャミンとあたしは彼らとは反対に、ゲートを出ると裏手の山地へ入り、リオ・グランデ河沿いにどんどん登って行った。河はサングレ・デ・クリスト山脈とサン・ファン山脈の間を濁流になって流れ下っている。川音を聞いていると彼らの言葉で叫び合っているみたいだった。

ベンジャミンは黙ってハンドルを握っている。車に乗り込んだときからしゃべらない。河辺に続くポンデローサ松の木たちが手を振り片足上げて踊っている。泥をこねて固めたような路面に車は跳ね飛び、松の木の踊りは激しくなっていく。

さっきまでいたＹ地の町が夢のようだ。口とか眼とか足を持って歩きまわる人間たちが、みんな瞬時に吹っ飛ばされてしまったみたい。人間のいない風景がどこまでも続く。

ベンジャミン。あたしたち何処へ行くの？

胸がドキドキしてきた。いったい何処までこの山深くへ入って行くつもりなの。あたしたちだけＹ地の人々と反対方向に素っ飛ばして大丈夫？　あなたはＹ地の研究所の一員でしょう。みんなが降りて行った方角では、何処か遠い砂漠で明日辺り大変な実験が行われるんじゃないの？

今朝早く暗いゲートをぞろぞろと出て行ったあの車の長い列。あの大きな機材や何か、あれが使われる大変な事が砂漠で起きるんじゃないの。それでベンジャミン、あなたもみんなと一緒にサンディア山の天辺に登ってその火花とか火炎とか、何だか知らないけどその凄まじい光景を、その眼で確認すべきじゃないのかしら。

そして、それが成功したら、あたしたちはそれからどうするの。研究所はめでたく解散になって、家へ帰れるの？　それとも今よりもっと忙しくなって、この人里離れたとんでもない山奥でずっと暮らし続けるの？

それともあなたたちがやった仕事は大失敗をして、合衆国に重い責任を取らされる、なんてことにはまさかならないわよね……。とにかくあたしもここへ来て足掛け三年暮らしたので、あなたたちの置かれた状況のほんの少しくらいは理解してるつもりよ。

ベン。あなたはどうしてみんなと見に行かないの？　逃げてるんじゃないわよね。それならなぜ行かないの。どうしてこんな山の中に入っちゃうの！　あたしにはどうもそう思えるのよ。あなたはみんなと砂漠の大花火は見たくないの？　なぜ、どうして。

自分たちの二年二ヵ月にやった結果を、その眼で見てしまうのが怖いの？　ベン。時間はどんどん進んでいく。今頃こんな山奥を走ってていいの。

河の畔に盆地がある。そこに幾つかのインディオの集落が現れては、どんどん後ろへ流れ去っていく。河と一緒に素朴な人々の暮らしがあるんだ。いつかアーイダの案内でプエブロの村に行ったのが、ついこないだのように思えてくる。あれはメサに来て間がない頃だ。世の中にはいろんな暮らし振りの人々がいるって知った。

プエブロの長老は言ったものだ。

「何も持たない方が厄介ごとは起こらない」

だから土産の砂糖もコーヒーも受け取らなかった。物は少ないほうがいいって。まるで風が吹いて去って行くような手ぶらな人たち。昔から蓄財観念というものを持たない種族だ。集落はその風の吹き溜まりみたいな所にあった。

でも本当のところ今のメサはインディオの人々にとって、金の鉱脈みたいなものになった。厄介ごとの大半は貨幣の力で解決できる。プエブロのアーイダも彼女の妹もY地に働きに来てる。アーイダの夫も荷役の仕事をしているのだ。

持たない人々は賢くて、持ち過ぎた者は愚かに見える時代は過ぎていくんだ。持ち過ぎてる人間同士、国同士で起きた今度の戦争では何百万、何千万くらいの人が死んだのだろう。ヨーロッパでパシフィク・オーシャンで、今世紀最大の厄介ごとが起きている。ベンジャミンたちもその担い手に違いない。

ねえ、あなた。そんな顔して何を考えてるの。

川縁から少し入った所に小さな建物があった。厨房と二段ベッド付きの部屋が三つ。厨房といっても料理の火は外で薪を焚いて作る。今夜泊まる部屋の窓を開けて、さっそく二人で掃除をした。夕方あたしは肉の缶詰めを開けて用意の野菜と一緒に焼いた。

ベンは石清水の出る所を探しに行って、バケツで水を運んできた。体を洗うのと調理用と飲み水の確保ができた。二人で煙を流しながら夕飯を食べて、コーヒーも飲んだ。夕暮れが迫ってきてもあたしたちはそこにいた。

辺りには鳥の鳴き声しかなかったけど、鳥も日が暮れると塒《ねぐら》に帰る。しんと耳が詰まるような静けさになった。かすかに葉ずれの音と遠い川の音がしたけど、それも静けさを深くするみたいだった。

「山が息を殺してるみたいだな」

ベンがつぶやいた。今頃サンディアの天辺で野宿している人たちも、こんなに静かに過ごしているのだろうか。それともみんなで酒を飲んで騒いでいるのだろうか。どちらもありだって思う。

「何だかちょっと淋しくなってきたわね」

とあたしは薪の炎を見ながら言った。

「ねえ、ベン。いつかケリィが言ったの覚えてる？　世界でいちばん淋しい場所があるなら、それは原子の中じゃないかって」

みんなでプエブロの村に行く道中のことだ。

「ああ、あいつ、そんなこと言ったな。部外者は宇宙とか物理学なんてものをすぐ感傷的にとらえるんだ」

ベンは木切れをくべながら軽く笑った。

「あたしもあれから、原子は淋しいって感じるようになったわ」

だって一枚の木の葉っぱの大きさが仮に原子核だとしたら、それを包んでる原子全体の大きさはメサの台地より大きいって言うじゃない。そしてその中全体がスカスカでカラッポだって……。

「それって想像を絶するカラッポ度だって思うわ。あたし考えただけでゾクゾクして寒くなる」

聞きながらベンジャミンは火に染った赤い顔でくすりと笑った。

「でもね、その想像を絶するスカスカの原子がさ、何億個か何兆個か集まって人間の体ができてるんでしょ。それってあたしたちそのものがスカスカってことじゃない？　もう想像を超えた世界って思わない……」

「原子の世界と、この世界は一緒に考えるわけにはいかないんだ。超極小の世界には超極小の世界の法則がある」

「だって同じ世界じゃないの。あたしたちの体の中に原子がある。一つで成り立ってる世界でしょう」

「よしよし、興奮するんじゃないよ、リスの奥さん」

ベンジャミンが言った。

あたしは彼を睨んで言った。

「いい？　だってね例えば男と女が寝るとするわね。しっかり抱きしめ合って寝るの。するとスカスカとスカスカが合体することになる。そして……」

ベンは少し眠そうな瞼をして聞いていた。

「……そしてインサートしてもやっぱりスカスカ」

ベンが笑った。

それでも赤ん坊は女性の子宮に宿るのだ。がらーんとして見渡す限り何もない淋しい所で、育っていく。あたしの胎児はどうなっているのだろう。子宮の羊水の中にゆらゆらと逆様に浮かんでいるんだろうか。

あたしはふと現実の問題を思い出した。いつベンジャミンに妊娠のことを打ち明けたらいいのか。口に出せばたったひと言だけど、勿体なさすぎてまだ言う気にならない。

ベンはウイスキーの小瓶の栓を開けた。

「君も飲むかい？」

ベンが言ったのであたしは首を横に振った。スカスカの原子の中で眠っている豆みたいな胎児が浮かんでくる。ふと思った。事実ありのままの世界を見る眼があったら、世界はどんな風に映るんだろう。でも事実っていう規定されたものは、この世に一つもないのかもしれない。蟻の目に映るのも事実だし、ティラノサウルスの目が見たものもやっぱり事実の世界じゃないかって。あたしの眼に映る世界も、顕微鏡に映る世界も事実だって。こんな風に考えるのもベンの言う感傷なんてものだろうか。

ベンジャミンが立ち上がって焚き火の始末を始める。あたしも食器を厨房に運んだ。シートを畳んで、焚き火を消すと辺りは真っ暗闇の底に沈んだ。

「おいで、可哀想なスカスカちゃん」

とベンジャミンが手を差し伸べた気配がして、あたしも手を出して彼の手を握る。それから建物の中に戻った。

二人でさっき掃除した部屋に入ると、二段ベッドの下の段に入り込んでスカスカの体同士で抱き合った。マットの薄い寝台はベンに押し付けられると背中が痛かった。それから、つまりあたしたちはインサートしたんだけど、気のせいか少し満ち足りなくて変な気持だった。

しばらくしてベンジャミンが聞いた。

「どうだった?」

「スカスカじゃなかった……」

　あたしが答えたら、

「そうだろう。それがこの世の真実ってものだ。事実の追究なんてものは科学の世界だけで充分だ」

　と彼は言った。


　蓄音機もラジオもない。とりあえずビールでも飲もうということになって、ベンは栓抜きを、あたしはチーズを取りに厨房へ行った。薄暗い電球の灯りを点けて木目のすり減ったテーブルで乾杯した。

「何に乾杯する？」

「まずは淋しい原子に」

　あたしが言って、アルミのカップの縁を合わせた。

「カップもスカスカなのに洩れないね」

　とベンが笑う。本当に。なぜかしら。

「君の体から体液が漏れないのも変だね」

　ベンジャミンはビールを飲みながら少しずつ陽気になっていった。あたしはおなかの赤ん坊のためにビールのカップをテーブルに戻す。ベンは飲みながらしゃべりだした。

「さっきのスカスカの原子の続きを話そう。そのスカスカよりもっと不思議な話だ。ぼくらの手に触れるものは何一つ、実際には触れてはいないんだ」

「どういうこと？」

「ぼくがビールを飲むと、ビールはぼくの喉を落ちていく。しかしそのビールの液体は、ぼくの喉の粘膜に触れることはない」

　またおかしなことを言う。

「どうして」

　ベンはアルコールが入った熱い手を伸ばし、あたしの手を摑んだ。

「こうして摑んだぼくの手も、やっぱりアデラ、君の手に触れてはいない。この世のものの何一つ、互いに触れ合うことはできないんだ。アデラは原子のスカスカが淋しいって言うが、この世に生まれて未だぼくらはこの世そのものに本当は触れていない」

　ベンはしばらくあたしの手を摑んでいた。あたしはベンの言うことが呑み込めない。

「いいか。物の硬さは錯覚なんだ。原子から成り立つすべての物には電子が働いて、双方で弾き合う。だからぼくらは抱き合うこともキスすることも実際には未だしていない。していると感じてることのすべては勘違い。髪の毛の百万分の一もない隙間を挟んで、ただ唇と唇を震わせているだけだ」

　ベンジャミンがあたしに顔を近づけて、おやすみ、のようなキスをした。柔らかい彼の唇。あたしは片手をテーブルの上に押し当ててみた。こっちは硬い。

「その硬いのと柔らかいのと感触の違いは、本当は硬さの違いじゃなくて反発力の違いなんだ」

この世界には眼に見えないものがあるっていうこと。見えなくてもエネルギーが満ち満ちているっていうこと。でもこんなことがわかってきたのは、あのボーア博士たちがこの二十年間くらいで探り当てた、原子の研究の業績なんだって、ベンは背筋を伸ばすようにして言った。ぼくはそんな凄い頭脳のそばで働いているんだと。

ベンジャミンは少し酔って気のせいか少し幸福そうに見えた。

あたしはそっと首を伸ばして聞いてみた。

「ねえベン。今あなたたちがやってる研究と、その原子とかは何か関係があるんじゃないの」

何だかまともに尋ねてしまった。

「ない、ない。あるはずないじゃないか」

ベンはたじろいだように見えた。

「だいいちぼくらはスカスカだとかなんとか言ってるが、原子論というものは例えば一歩一歩、じつは神に近づいて行く理論と言ってもいい」

「どうして物理学に神が出て来るの？」

「神は人間の想像力を超えた現象だ。祈りの対象じゃない。人間に突き付けられた、一つの動かしがたい事実だと思うんだ」

不信心者のベンジャミンの口から、神なんていう言葉が出るのは珍しい。いつか彼が物理学は感受性だって言ってたのを思い出した。

その夜、ベンはいつまでも寝室に戻ってこなくて、普段はそれほど飲まないウイスキーを一人で空けていた。あたしは何だか夜の底に取り残されて息苦しいほどだった。二段ベッドの下の段に入って、あたしは短い夢のつぎはぎだらけのを見た。そして一回だけ洗面所に吐きに行った。ついでに厨房を覗くと、ベンはまだ起きていて、テーブルにもたれてる背中が見えた……。苦しそうな背中よ。

やっと寝付いた最初の夢は、天とも地とも海とも見定められないどろどろした所に、草とも虫ともつかない変な生きものが、芽を出したっていうか、頭を出すのを見た。それから揺らぎながら手みたいなものが生え、足みたいなものが生えた。でもやっぱりその蠢くものは草といえば草で、虫といえば虫のようにも見える。その顔のようなところに眼が出来て、口が出来て、手足を振っている。

分かった。これがサーシャお祖母さんのノートに書いてあった、ジャパニーズの神様たちね。ヒョロヒョロ動いて、蚯蚓《みみず》に手足が生えたようで貧相な体をしてる。ヒコタロウの国の小さな弱々しい神々よ。

あたしは笑ってしまった。

次に出た夢は恐ろしい大魔神みたいだった。天の高みから地上にカミナリのような大音声で怒号していた。長い髪の毛。こちらは天上界の者と知れるけど、地上の人間の老人の姿にも似ている。ただ蜃気楼のように巨大な影だけど。稲妻が空を切り裂いて、遥か下には恐ろしいほど深い青の海が二つに分かれていく。左右に水の断崖がゴォーッと音を立てて生まれる。

三っつめはこちらはいちめん葦の原が広がっている。そこにヒクヒクと蠢く小さな神々たち。見れば見るほど草みたいな虫みたいな生きもの。生きものじゃなくて小さな神よ。神は生きていないものだけど、死んでもいない。つまり死なないものなんだ。

その小さな神たちが行き場を探して右往左往している。辺りは火火火火火火、赤いものがボウボウと襲いかかる。世界は戦さの火だらけだ。火火火火火火が荒れ狂う。小さい神々は蟹のように火火火火火火に追われて逃げ惑う。山の神も火火火火火火、川の神も火火火火火火に包まれ、樹木の神も立ったまま火火火火火火に焼け焦げていく。焼け滅ぼされていく。

四っつめの夢は夜空一杯にひときわ巨大な火火火火火火火火火火火が噴き上がる。満月を半分に切り取ったような半円形の姿、葦原中の火火火火火火火火火火と火火火火火火火火が手を結び、満月の一〇〇〇〇〇〇〇倍にもそれ以上にも膨れ上がり、まず半円の中心は白色光の火火火火火火火火が燃え、半円の一つ外側は黄色い火火火火火火火火が盛り、また一枚外側は橙色の火火火火火火火火を放ち、次は青色、次は紫色、と炎の王冠を重ねたように火火火火火火火火火の虹が空の彼方に橋を架ける。

あたしは呻いて眼を開けた。

一人ぽっちで寝台に寝ていた。

上の段をそっと覗いて見ると毛布はカラッポのままだった。灯りが点け放しの厨房を見に行くとウイスキーの瓶が倒れて、ベンジャミンがテーブルに突っ伏して眠り込んでいた。窓の外は真っ暗で月も星もなかった。

翌る朝、空は曇っていた。

厨房に火はなくて、もうわざわざ外で焚き火をする時間もないので、あたしたちはソーセージを食べて缶詰めのスープを喉に流し込み、帰り支度を始めた。寝不足のベンジャミンに車の運転はさせられなくて、あたしが替わることになった。

昨日、サンディア山に行った人々が、何時頃に戻って来るか。ベンも黙っているけどそれだけが頭にあるに違いない。もう結果は出てしまっていることが信じられない。成功と不成功の二つのうちどちらか一つしか現実はなかった。こんな山奥に来てひと晩眠って、さて朝がきたら世の中はもうすっかり変わっていたってこと……。とにかくいっときも早く帰ろう。

車の後部シートに寝不足で伸びてしまったベンの体を横たえさせて、あたしは荷物をまとめると車を発進させた。朝の太陽がさんさんと光る矢のように刺し貫く。リオ・グランデ河沿いに下ると、昨日、来るときに見たインディオの集落がまるでそっくり同じ静けさで立っている。ここの時間は止まったままだ。あたしは車のスピードを上げた。

メサの麓まで帰って来ると、彼方のY地のゲートへ向かって車の長い列が尾を連ねている。昨日サンディア山へ向かって行った人々が一泊して戻って来たのだ。彼らは山の頂上にテントを張ってどんな光景を見ることができたのだろう。車の渋滞が続いて、人々は道に降りて石に腰を降ろしたりして互いにしゃべり合っている。

そういえばあたしはいつかどこかで、こんな人々の群れを見たような気がした。人間が疲れ果てた姿で長い列を作っている光景はドキリとさせる。幸福な人間が群れるのと、不幸な人間が群れるのでは顔が違うのだ。どことなく様子が違うって思う。

でもどこかで見た気はしたけれど、そのはずがなかった。ユダヤの民がモーゼに導かれてエジプトを脱出したのは、紀元前一三〇〇～一二〇〇年頃の『旧約聖書』の話だ。でも出エジプトの話を読んだ者は、人間の長い列を見るとみんなドキリとするんじゃないか。人が群れるときは何かが起こったときだ。人が群れるときは不意の災難が似合うのだ。

けれど、この朝の行列は車で近づいてみると全然逆だった。後部シートにうち倒れたベンジャミンを待っていたのは、華々しい朗報だった。ただ山越えと不眠に疲弊した人々は口笛を鳴らす元気もなくしていたのだ。道端の岩に腰を降ろした人々は掠れた声で、それでも喜びを抑えきれずに語り合っていた。

「あのときは驚いたな。山の上で日の出を二回も見てしまったんだから。南の方角の空がパアッと薔薇色に染まった。事実、日の出直前だったからな」

一人が言うともう一人が後を継いだの。

「その後すぐ、もう一度空の色が朱に変わった。だが最初の日の出を見た眼には、二度目の光は暗かった。薄ぼんやりとした朝日だったよな。本物の太陽の方が光度が足りなかったとはね」

そこへもう一人の男がやってきて横に腰掛けたのよ。

「ぼくはアルバカーキの近くで、インディオの親子を病院まで乗せてやったんだ。娘が腕を痛めて治療を受けに家を出たとか言っていた。娘は生まれつき眼が見えない。夜明け前に家を出ててくて歩いてたら、突然、大きな光を見たらしい。そのとき眼の見えない娘までアッと声を上げて立ちすくんだと言っていた。物凄く大きな閃光だったらしい」

車の列が動き始めたのであたしが自分の車に戻ると、ベンジャミンが寝起きの顔でぼんやり体を起こしていた。

「もうすぐ帰り着くところよ」

とあたしは彼に教えた。

ベンはぼんやりと窓の外を眺めている。窓の向こうでは長い車の列がのろのろと坂道の上へ上へ移動して行く。ベンは何か言いかけて押し黙った。ここまで帰り着くと、後はもうただ実験の成否だけが、彼の頭に重くのし掛かってくるのだろう。

「どうやら成功らしいわよ」

とあたしは車を出しながら言ってやった。

「ほんとか」

彼は小さな声で返した。

「ねえ、アルバカーキの外れから砂漠の実験場まで、距離にするとどのくらい？」

「百三十マイルくらい。車で四時間ほどかな」

そんな遠くからの光を、眼の見えない娘が感じたのだろうか。あたしたちはしばらく黙っていた。

「大成功ってことかしら」

「そうだろう」

ベンジャミンが物凄く素直な声でうなずいた。バックミラーで彼の顔を見るとうつむいている。

泣いてるの？　ベン。

よかったわね、おめでとう。

でも何て小心者のあなた。あたしだったらサンディア山の頂上まで登って行って、夜明けの一大閃光をこの眼で見ているに違いない。この自分の眼で。

「スカスカの原子がどうやって大爆発を起こしたの」

「昨夜も言ったように、原子核は強い力で閉じている。それは世界でいちばん強い力なんだ。人間の手でその原子の扉をぶち壊したんだから破裂するさ」

ベンはもう隠さずに話してくれた。でも隠さなくてもあたしにはやっぱり何がどうなってるのか分かることのできない話なんだけど。

そしてスカスカの原子は淋しいどころじゃなくて、物凄く緊縛された小さい塊だったのだ。けれど原子といっても種類があって、何でも爆発するわけじゃないようだ。その爆発する危ない癇癪玉みたいな種類の原子は、不毛の地同然のあのインディオの居留区一帯に、地下に埋もれた鉱石の中で眠っている。


車の列がようやくY地のゲートを潜った。

昨日と一変した町並みに吃驚したわ。

軍楽隊の音楽みたいなのが流れてきた。でもおとなの歌声じゃない。へたくそで揃わない。十歳かそこらの男の子たちが歌いながらやって来た。道の角を曲がって姿を現したのは、玩具の太鼓やラッパ、ハーモニカも混じった子どもたちの音楽隊だ。

可愛い『アリの兵隊』の行進曲。

遠くではY地の軍楽隊のマーチも聞こえてきた。こちらはいつもの『我が祖国』を歌っている。通りはY地の住人が総出で手を振り拍手を送っている。喜びを表すことは何て単純素朴なんだろう。口笛。拍手。片手でガッツ、両手でガッツ！　手を振って、投げキッス。歌う。叫ぶ。笑う。跳び上がる。みんな興奮の極みたい。

車の窓の外を泣きながら歩いている男がいる。

ぽろぽろ涙を垂らして拭いもしない。

歌いながら行進する人々も来た。

口笛をピューピュー吹いて突っ走って行く男。

「グレート・アメリカ！」

手を振りながら行く女性たちの群。科学者の妻たち。

おめでとう。おめでとう、あなたたち。

本当に頑張ったのね。心から尊敬するわ。

あたしたちの研究所に祝福を！

子どもたちの誇らしい『アリの兵隊』のパレードに続いて、今度は犬の行進が現れた。犬たちの背中には「ハッピーバースディ・アトム！」なんて絵の具で書いた帯が巻いてある。その中には銀色のドレスを引きずったみたいなあのコッカスパニエルのナラや、黒いレトリバーのエッダもいた。エッダは隣家の奥さんに連れられていて、飼い主のエスターの姿はなかった。シナゴーグでも何かお祝いをやっていて忙しいのだろう。犬たちはとにかく陽気な顔付きで歩いている。

Y地は町中がどよめきで沸き返っていた。

ベンとあたしは家に帰り着くと、窓のカーテンを閉めてベッドに入りしばらく仮眠をとった。枕の下にも外のざわめきは続いていたけど何だかとても疲れていて眠り込んだの。

眼が覚めると夕暮れだった。

それから外へ出ると、薄闇の降りたゲートに今日最後の勝利の帰還兵たちの車が戻って来るところだったわ。実験はアラモゴルドの半砂漠地帯でおこなわれたって。彼らはその道のりを五時間近くかけて帰って来た。みんな疲れ切って、オッピーもフェルミ博士も車の助手席で死んでる人間みたいに眼を瞑っていた。

翌る日、ベンが出勤すると、あたしは不意にY地の病院の産科に行く決心が付いた。オッタヴィアン動物医院は休診になった。行くなら今日だ。

支度して家を出ると昨日の続きでまだ町じゅうがざわついている。近くで大火事でも起こったような、いつにない人通りだ。でも本当に大火事が起こったのだ。信じられないほどの、とてつもない大火事が。みんな家に居る気がしなくて、とりあえず外へ出て来たっていう様子だ。

Y地のベビーラッシュ騒動で病院には行き慣れていた。産科の診察室は相変わらず妊婦の列で混雑していて、ゆっくりはできなかった。順番がどんどん進んであたしが呼ばれた。白いカーテンの中に入れられて、外側から大きな医者の手で、あたしの子宮の中の胎児の形が計測される。やっぱり妊娠三ヵ月だったの。順調な発育だって。

出産予定日は来年の三月辺りらしい。

「最終月経日から受胎日に見当を付けるので、予定日は当てにならない予定日です。念のためにね」

と白髭の老医師が季節外れのサンタクロースみたいな笑顔で言った。小さな命を何だか彼に授けて貰ったような気分で頭を下げた。あたしはたっぷりした重みのある、経験したことのない幸福を感じたの。

町に出て通りを歩きながら、一昨日から今日までの出来事を反芻してみた。今日も町中ざわついていた。研究所の大半の人は、じつはこんな大成功の実験結果を予測していなかったみたい。産科の待合室にいた女性たちも、みんな夢の出来事みたいにしゃべり合っていた。唯一信じられるのは彼女たちのおなかに赤ん坊が宿ったってことだけ。

いったい、破れるはずのない扉が破れて、核分裂した原子というものが、どうやって巨大な連鎖反応を起こすのか、最終的には誰も予測がつかないらしかった。まるきりの不発っていう悲観的予想や、軍用トラック一台が引っ繰り返る程度などと、情けない話も流れたようだっていう。

すべての原子が解放されたらどのくらいの規模の爆発を起すのか。

一昨日ベンジャミンはあたしを連れて、反対方向の山へ走ったのだ。あたしは病院から家に帰り着くと、まだ妊娠の話はしなくて、夕食のときまた彼に言った。

「ねえ、なぜみんなと行かなかったの？　あたしも行きたかったわ」

ベンジャミンは返す言葉がないようだった。

あたしが食事の片付けを終えると、ベンは一枚の紙を出した。陸軍省へ出す報告文の下書きだって言う。現地へ行った担当者が半日かけて頭を悩ましていたらしい。タイプ打ちの文章が並んでいた。

「その地方一帯は昼間の太陽より何倍も強いサーチライトで照らされた。その光は金色、紫、すみれ、灰色および青色であった。その光は近くの山々の頂き、谷間や尾根を筆舌につくし得ないほどはっきりと美しく照らした」

次の何行かは打ち直した後にインキで棒線を引かれて消してある。

「爆発後三十秒たって、最初の爆風がやってきて人をも物も、すべてを強く打ちのめした。同時に強い、連続した恐ろしい爆音が轟いた。それは世界の最後の日をつげるかのようであった」

遠い山肌の蔭を金や紫、青や灰色のサーチライトがカッと照らし出す。恐ろしい光があたしの瞼に映った。町の噂では十五マイル離れた塹壕で、遮光眼鏡を掛けていた兵士が失明したっていう。爆風は彼方のソコロの町の民家の窓ガラスを吹き飛ばした。もくもく湧き上がる原子雲の天辺が空を突き抜けて昇って行ったたって。

「現地検証のときグローブス将軍が何て言ったと思う？　おれたちはとうとうクソッたれ

野郎になっちまった、って……」

それ、どういう意味なの？　あたしはベンを見た。

「将軍は本当は何が言いたかったの」

ベンはあたしには答えずに、後を続けた。

「ところでその閃光を見てオッピーは何て言ったと思う。われは死なり。世界の破壊者となれり」

わからない……。あたしは首を振った。

「何のこと？」

「ヒンズー聖典の一行だって」

「将軍もオッピーもてんでに何を言ってるのか、何を考えてるのか全然お手上げだわ」

するとベンは少し笑った。

「二人とも同じことを言ってるんだ。自分たちはこの世の地獄を、この手で作ってしまったって。だから最悪の死神で、そして最低のクソ野郎だって言ってるのさ」

ああ、そんな最低の言葉を使わないで。

あたしは昨日おこなわれた酷い実験にも、ベンジャミンの口から出る汚い言葉にも打ちのめされてテーブルを立った。こんな最悪のときに、何で赤ん坊を授かってしまったんだってあたしは思った。

翌日の朝、オッタヴィアン動物医院がやっと開くと犬の奥さんたちが待合室に溢れた。犬を家に置いてきた奥さんたちも多かった。みんなアラモゴルドの情報を得るため集まって来たのだ。彼女たちの夫は科学者だけど幾つもの部門に分かれているので、入って来る情報も様々なのだ。犬を置いて飛んで来たんだってわかる。

一人の奥さんの話では、爆心地から二百マイルも離れた町の窓が吹き飛んだって。

別の奥さんはこうしゃべり出したの。

「爆発までの残り時間の読み上げが始まって実験に参加するグループと、観測するグループとに無線で伝えられてくるのよ。うちの夫は観測グループだった。分から秒へ間隔が短くなるとどんどん緊張が高まってくる。夫たちはその場で聞きながら、みんな自分たちの計算は正しいので爆発は起こるはずだって思っていたのよ。でもわずかな疑念が残るのは抑えきれなかった。それで彼は心の中で祈ったって。『神様、わたしは成功を信じています。でも信じていなくても助けてください！』夫たちは人間がまだ入ったことのない未知の領域に行き着こうとしていたのよ。でもそこでは何が起こるか計り知れない。だからそこにいた学者のすべてが祈ったんだって」

オッタヴィアン先生もメリーもケリィもあたしも、戸口に立って聞いていた。奥さんたちも犬たちもみんな彼女の話に耳を傾けていた。

「キリスト教、ユダヤ教、無神論者……。みんな心が一つになって祈ってた瞬間。爆発が成功したらこの合衆国にある各地の工場でこの仕事に携わった何万人もの人たちの、努力が報われる。そして我らのアナウンスの声が『点火！』って、ついに流れたの。凄まじい爆発が起こり、轟くような大音響がしたとき、シェルターの後ろに立っていた一人の研究者が爆風で地面に叩きつけられたの。即死だった」

Y地の人々の口はもう止まらなかった。

今まで三年にわたって夫たちは秘して語らず、妻たちも決して尋ねなかった。聞き出そうなんてしなかった。口に出すことは仕事を崩すことだってよくよく知っていた。それが地上二十マイルの成層圏に達するほど原子雲を噴き上げたからには、隠すことなんてなくなった。人々の口は水道の蛇口みたいに全開した。

そのうちあたしは誰の話が事実と少し違ってるとか、その通りとか、よく分からなくなってしまったの。ベンが仕事から帰ってきたので尋ねると、彼もお手上げみたいに首をひねっていた。

その興奮が醒めやらない八月五日夜のことだ。

ウラン原子を詰め込んだ原子爆弾が日本のヒロシマに投下された。そのラジオ放送がY地に流れたの。新聞の束がどっさり放り込まれた。誰もすぐには信じられなかったけど、ラジオは鳴り続けたわ。

Y地はそれで一変した。日本の死者の数も被害状況もまだよく分からない。これから調査が始まるのだ。外へ出ると昨日までの楽隊はいちどきになりをひそめて、異様な静けさだった。その底の方でひそひそと人声が流れていた。泣き声もあった。罵る声もあった。

誰を罵るの？

世界を司どる神を？

それともあなたの夫たちを？

あたしのベンジャミンを？

アラモゴルドで実験が成功した後、予想以上の結果に戦慄したY地の科学者たちは、以後この爆弾は人間のいない海上の無人島でのみ使用する、つまり相手国への牽制の目的以外にはこれを用いないという要求書を政府に出したって、ベンジャミンが言った。

でもつくってしまった後のことだ。

そしてオッペンハイマーは、この人類の文明を破壊しかねない爆弾の製造方法については、合衆国だけでなく広く国際間で共通の情報として持ち合うことを、七月の実験以前から提言していたっていう事実も知った。

でもそのときは実験の段階まで進んでいたのだ。

ところが学者たちの提案は、ヒロシマの原爆投下ですべて木っ端微塵に吹き飛んだ。そして三日後の八月八日に、今度は日本の都市ナガサキに二発目の原子爆弾が落とされた。

今度はウラン型より一・五倍も強いプルトニウム型の爆弾だっていう。

Ｙ地の人々の浮かれた気分はどん底まで落ちてしまった。原子という物凄く小さいものがこんなに恐ろしいなんて知らなかった。小さすぎて想像することもできないスカスカの破裂。ギュッと閉じた原子の扉には世界地図の一角を塗り潰すくらいの破壊力が潜んでいたのだ。

新聞の写真には粉々に壊れた日本の建物の残骸が広がっている。見渡す限りの焦土にポツン、ポツンと黒焦げの電柱が倒れかかっている。焼け焦げた泥で捏ね上げて作ったような人間、人間の子ども、馬、その他の死んだ体。遠くに雲を浮かべて何も知らぬげに寝転がっている山並み。個人の喧嘩は石が飛んでくるくらいだけど、国の喧嘩は屋根ごと、いいえ空ごとドサリと落ちてくる。

「どうして二発目まで落としたのかしら」

メリーとあたしたちはささやき合った。そばでケリィが口を開いた。

「一つめは」

と彼は言う。

「アメリカが複数の原爆を持っていることを、日本に知らしめるためだろ」

「…………」

「二つめは、それで日本が降伏するまで、何回でも爆弾を落とす意志があるってことを、懲りない猿の帝国に気付かせるためだ」

こうなってしまったのよ、ヒコタロウ。あたしはつぶやいた。こんなことになってしまったのよ、ジョン・マン。二人につぶやきながら、あたしは自分の震える胸にも言い聞かせた。イギリスのチャーチルが持って来た原爆開発の話に乗ったのは他でもない、ルーズベルトだ。もとは日本贔屓だった大統領の恐しい変身。みじめで無力で惨憺たる日本。バージニアの伯父さんの農園で働く母さんと父さんの顔が浮かんできた。

何にしても、Ｙ地は縮み上がった。雲の天辺から奈落の底に突き落とされた。

原子爆弾の想像を超えた威力のせいで、アメリカは日本の敵というより人類の敵とされるかもしれない。

原爆はヒトラーが造り上げるはずだった。原子核研究が進んでいた日本も当然その研究に入っていた。けれど真っ先にそれを造って使用したのはアメリカだ。

八月十四日、日本はやっと降伏した。死にたがる猿の国が生き残ることを選んだのだ。両手を上げて連合国に降参した。誰が見ても遅かった。

オッタヴィアン先生は患者の犬たちが来ないので、半日かけて新聞各紙を読んでいた。そしてある朝ついに、この医院を閉じることをみんなに告げた。これから自由時間を与えるので、このメサを降りた後の仕事先を探しに行くように勧めた。先生はみんなの身の振り方が決まってからすべての片付けを完了してメサを下りる。

急ぐことはないって言った。

先生はＹ地の住民の情報を調べていたようだ。間もなく犬の奥さんたちが犬を連れて次々にやってきた。これまでお世話になった礼をのべてお別れの挨拶をした。彼女たちの夫は足掛け三年滞在したこの研究所を後にして、もとの大学や施設、新たな研究拠点に発って行く。あたしは今や人類の敵の拠点が急速に解体されるのを見る。

「ぼくたちはカリフォルニアに戻ろうか」

とある日、研究所から帰ったベンジャミンが言った。地元の工科大学に教授のポストが出来たって言う。

「あたし、赤ん坊ができるのよ」

とあたしはやっとベンに告げた。八月に入ると吐き気が薄れて、そのぶんおなかの膨らみが少し目につくようになった。でもベンはとくに気が付いてはいないみたい。彼には今後の煩悶がのし掛かっていたのだから。あたしは今しかないって決心したの。

「それで赤ん坊はカリフォルニアに帰って産みたい」

そのカリフォルニアに父さんと母さんの住んでいた家がまだあるとは信じられないけど、大学には当分の間ぼくらが住む家くらいは探して貰えるようだ。

「よし、それなら三人で帰ろう」

ベンはあたしのおなかを見てきっぱりと言った。それで話は決まった。Ｙ地の外へ出たら母さんにベンジャミンと結婚したことや、赤ん坊の妊娠を知らせることが出来る。この隠れ家の生活が終わりを告げるのだ。

原子の研究をする核物理学っていう分野はこれから先はもっと忙しくなるという。戦争に用いれば世界の破滅、人類の発展に用いれば平和な明日へ、原子の研究は両極に通じる学問なのだという。ファインマンも大学に職を得たらしい。ヒロシマ、ナガサキのショックから腰が抜けたばかりだというのに、ベンジャミンたちは超多忙な身の上になりそうだった。

待合室はがらんとなった。犬の奥さんも犬たちもみんな家の中が大変みたいだった。オッタヴィアン先生が自分でコーヒーを淹れて飲んでいた。あたしは先生にベンジャミンとの話をした。赤ん坊が生まれることも打ち明けた。

「それはめでたい。ベンジャミン君も立派な学者になるだろう」

あたしはふと聞いてみたくなった。

「先生。原爆開発が文明なら、文化って何でしょう」

先生はコーヒーを片手に少し言葉を探してるみたいだった。

「そうだな……。文明は開発にカネがかかる。だがそのぶんカネも生んでくれる。その点、文化にはカネはかからない。したがってカネを生むこともない」

「先生はどちらがお好みですか」

「そりゃ僕は文化だな。カネはもう充分持っているし」

そうは見えないけど。あたしは肘の綻びた先生の上着を眺めた。


九月。

いよいよY地を去るときが来た。引っ越しの手配を終えた夜、表の通りに久しぶりにレコードの音楽が流れた。どの家々も最後の団欒のひとときの曲を選んだようだった。向かいの家からラヴェルの『ボレロ』が聞こえてきた。ベンジャミンは窓を開けて耳を傾けた。

あたしは耳でなく夜空の星に眼を吸い込まれた。一つ、二つ、三つつ、ひときわ輝く星が見える。あの一つ一つが静かに燃えて発光しているのだ。メサの最後の晩に、美しい星と好きな音楽が味わえるとは思わなかった。


一夜明けると風変わりなパレードの朝だった。

窓を開けると、昨夜の通りはゾロゾロと人の波が動いていた。音楽のない行進だ。人と車がゲートの方へ方へと動いて行く。旅の荷物を揃えていると、表に聞き覚えのあるエッダの吠え声がした。ドアを開けると、エスターと犬のエッダが入ってきた。

エスターのご主人はまだ研究所に仕事の残りがあって一緒には帰れない。それで今日は大型荷物も積めるワゴンを運転して、アルバカーキの駅まであたしたちを運んでくれることになっていた。あたしたちは急いで荷物を運んだ。エスターがそれを手伝ってくれる。

「今朝は早くからシナゴーグの片付けをすませて、あらためて深く礼拝してきたのよ。こんな半端な人間にラビの仕事をお任せ下さって有り難うございますって」

Ｙ地に運び入れていた祭壇・神具その他は数日前にサンタフェのシナゴーグに返納することができた。エスターはまた一人の女性に戻った。ベンジャミンはあたしたちの荷物をエスターの車に運び込む。エスターとエッダ、一人と一匹。それにベンジャミンとあたしたち夫婦が車に乗った。

九月初旬のサングレ・デ・クリスト山脈は雪がなくて、見知らぬ山みたいだった。この山肌が血のような朝日に染まる景色はもう二度と見ることができない。

車の列がゲートへ向かって延々と連なっていた。どの車の窓からもＹ地の学者たちの妻とその子どもたちの顔が覗いている。ひと目見るなり、女、子どもの大移動。それから犬たち。若い妻たちの多くは妊婦だった。あたしもその中の一人。まじまじと見つめられて「おめでとう！」ってささやかれる。

どこかで聞き慣れた楽隊の曲が流れてきた。あの『ヘイル・コロンビア』。お別れに軍楽隊が演奏してくれてる。ゲートを出ながら奥さんや子どもたちが振り返って手を振った。グッバイ。あたしたちのＹ地。テックエリア。

外へ出るとあたしたちの車はオッタヴィアン動物医院へと向かった。見慣れた木造の建物がフェンスを背に立っている。中には入れて貰えずフェンスにぴったりくっついていた奇妙な動物医院。ここで過ごした日々をフィルムみたいに巻き戻す。玄関の前に赤ん坊のロニーを抱いたメリーと、荷物を両手に提げたケリィが立っていた。エッダが前足で立ち上がって高く吠えた。

オッタヴィアン先生と、手伝いのアーイダとイダイケの姉妹が見送りに出て来た。三人はケリィ一家の後ろに並んで立った。先生は閉院の手続きをすませてから最後に一人でここを発つのだ。後部座席のドアを開けて赤ん坊のロニーを抱いたメリーが乗り込む。アーイダがあたしを抱きしめて頬ずりした。プエブロは背が低いから爪先立っている。

「あなたに会ったときからなぜか他人の気がしなかった」

と彼女がささやいた。

「あたしもよ。ずっと昔から会っていた気がする」

アーイダの薄い褐色の肌と黒い眸があたしの眼に迫ってきた。

先生が無言で片手を上げた。それからゆっくりと大きく振った。

女と子どもと犬たちの車はゆっくり山道を下りて行った。何台かに一台くらいは赤ん坊が乗っていた。アルバカーキ駅から先は帰路が分かれる。合衆国中に学者の妻たちは散って行く。

出産間近の妻たちは念のため夫と共にＹ地に残った。Ｙ地の病院は最後の一人が発つまで開いている。ただこの岩の台地メサには致命的に水が足りなかった。車のガソリンも不足だ。それで妊娠八ヵ月のおなかで下山する妻もいないわけじゃなかった。

下山部隊はときどき車を止めた。人間の子と犬の子のおしっこタイムだった。おなかの大きな妊婦や産後の母親たちはもっと頻繁に「タイム」を要求する。昼食とおしっこと赤ん坊の授乳のため、メサを降りた原っぱで一時間ほど休憩した。犬と男の子たちは車を飛び出し、授乳の女性たちは車の窓を全開にして風を入れた。

高地なので夏も涼しい。原っぱは下界みたいにいちめんの青い草地じゃなくて、岩の大地にまばらに草がそよいでいる。メリーは夏服の胸を広げてロニーにおっぱいを含ませた。あたしはエッダや医院で馴染みの犬たちを連れて原っぱを歩いた。それから辺りを見まわして岩陰の後ろへまわるとしゃがみ込んだ。

「あっち向いていて」

でも犬たちはじっとあたしを見ていた。人間も自分たち犬と同じだということを理解したみたいだ。温かいあたしの尿が足の間から草の地面に吸われていく。少し幸せな心地がするのはなぜだろう。ずっと以前からそう思っていたの。犬も人も、男も女も、どうしてか、こんな生理現象のとき平和な気分になる。

戦場でおしっこをする兵士たちはどうなんだろう？

爆心地のヒロシマだったら？　ナガサキだったら？　そのときも放尿は気持を和ませるの？

　何だかその先は考えられない。頭の中の思いを打ち消してあたしは立ち上がり身繕いをして、エスターやメリーたちの方へ戻って行った。戦争のない空と地上は、大きなスープ皿の上澄みみたいに静かだった。

　赤ん坊のロニーはお乳を吸うのにくたびれて眠りかけていた。困ったわね、とエスターが言う。車に戻ったらまた悪路が続くからお乳が飲みにくいのに。

「そしたらガブッて噛んじゃうのに」

　メリーは恐ろしそうに言った。

　エスターが白い手の指でロニーの顎をつついてみる。

「お目々をあけて。さあ、もうちょっと美味しいおっぱいをお飲みなさい」

　こくこくと下顎がまた動き始める。小さい唇の端から白い乳汁が垂れる。見ているとあたしの乳房までしくしく疼いてくる。あたしたちは、と思い始める。あたしたちは、少なくともあたしたちは、人間のことだけを考えようと、疼く乳房のその胸から思いが湧いてくる。人間のこと、子どものこと。犬たちや生きもののことだけを。

　見渡す限り岩混じりのニューメキシコの大地の、草と岩の海の中で、赤ん坊に乳を含ませている女たちの姿が見える。子どもたちが辺りを駈けまわり、赤ん坊は四つん這いになってもぞもぞと動いている。

その草、草、草、草、草の海を、子どもたちや犬の歩いたり這ったりする影がある。

まるで小さな神々たち。ヒコタロウの故国の草の神々だって思う。

でも、いいえ。そうじゃないとも。

あの草の中の影は神じゃなくて人間だ。人、人、人、人、人、人、人と、犬、犬、犬、犬、犬、犬たち。新しい世界は神じゃなくて人の子がつくる。人の子、人の子、人の子、人の子、人の子、人の子、人の子たち。

# 謝辞

もうだいぶ以前になるが私は一冊の古い本を入手した。『ロスアラモスからヒロシマへ』というタイトルからも察しがつくように、アメリカの原爆開発の手記だった。著者であるフィリス・K・フィッシャーという女性は、科学者の夫と共に二年間暮らしたニューメキシコ州の辺境が原爆開発の研究所とは知らなかった。後年、彼女は国連関連の支援活動でソーシアルワークを務めたようで、人権思想の持ち主の聡明な人であったようだ。

結婚したばかりの彼女は、世界と隔絶した岩山の台地で両親に住所を知らせることもできず、夫の仕事の内容も教えられなかった。私は読みながら自分がとんでもない世界に入り込んで行くのを覚えた。秘密裏に進む夫たちの原子爆弾開発と、それと知らず家事と子育てに明け暮れる学者の妻たちの日々がある。

体験記の冒頭には戦後、夫と共に来日したフィッシャーが広島を訪れ、原爆慰霊碑の前に立ったときの情景が綴られる。前かがみの弱々しい一人の着物姿の老女が、小菊の花を碑に供えている。「人間の人間に対する非道」をアメリカ人の女性として忘れまい、と彼女はその場で念じたのである。

ところでこの本の日本版の翻訳も一風、変わっていた。四人の女性グループが共同で翻訳に当たり、合同の訳者名を「橘まみ」とした。原書の内容も日本版の出来方も普通ではない。私はいつかこの本を小説化させて貰いたいと思ったが三十数年前の在野の女性による著作で、翻訳と出版代表「田口るり」さんの所在が知れない。その後、偶然に沖縄の石垣島在住であることをつきとめ、電話で小説化したい旨を申し出ると、出来る限りの協力をするとの即答だった。話は急ピッチで進み、講談社の『群像』に連載が決まって、現地取材の手続きと資料集めの追い込みにかかった。

そんな折に田口さんからの連絡が不意に途絶え、やがて彼女が動脈瘤破裂で急死したことを知ったのだ。連載開始直前で私は危うく膝を突きかけたが気を取り直した。小説の粗筋はフィッシャーの体験記を基本にして、主人公や登場人物、細かい設定を新たに作り直した。田口さんが存命ならば得られる情報を失った私は、一人で出直すことにした。そんな経過を経て連載を書き継ぐこと十六回で本作ができあがった。

最終回の原稿を執筆中に故人の長男・聰さんから連絡を戴いたのは思いがけないことだった。亡くなった田口るりさんのご冥福を祈ると共に、この本発刊の契機を作って戴いたことに御礼を申し上げる。また連載半ばに定年退職された編集者の嶋田哲也さんには、関連テレビ番組の録画と英語版資料の邦訳など大変お世話になった。この本に関わって戴いた友人その他の皆々様にも、あらためて御礼申し上げます。

二〇二三年七月　　村田喜代子

参考資料


・フィリス・Ｋ・フィッシャー『ロスアラモスからヒロシマへ　米原爆開発科学者の妻の手記』橘まみ訳、時事通信社、一九八六年
・ローラ・フェルミ『原子力の父　フェルミの生涯』崎川範行訳、法政大学出版局、一九五五年
・Ｗ・Ｌ・ローレンス『０の暁　原子爆弾の発明・製造・決戦の記録』崎川範行訳、創元文庫、一九五〇年
・東理夫『コンプリート版　アメリカは歌う。』作品社、二〇一九年
・ダグラス・ブリンクリー編『「ニューヨーク・タイムズ」が見た第二次世界大戦』上下巻、池上彰日本語版監修、原書房、二〇〇五年
・ビル・ブライソン『人類が知っていることすべての短い歴史』楡井浩一訳、ＮＨＫ出版、二〇〇六年
・猿谷要『検証　アメリカ５００年の物語』平凡社、二〇〇四年
・ジョン・Ｗ・ダワー『容赦なき戦争　太平洋戦争における人種差別』猿谷要監修、斎藤元一訳、平凡社ライブラリー、二〇〇一年
・藤永茂『ロバート・オッペンハイマー　愚者としての科学者』ちくま学芸文庫、二〇二一年
・ロベルト・ユンク『千の太陽よりも明るく　原爆を造った科学者たち』菊盛英夫訳、平凡社ライブラリー、二〇〇〇年
・Ｒ・Ｐ・ファインマン『ご冗談でしょう、ファインマンさん』上下巻、大貫昌子訳、岩波現代文庫、二〇〇〇年
・佐藤千登勢『フランクリン・ローズヴェルト　大恐慌と大戦に挑んだ指導者』中公新書、二〇二一年
・谷光太郎『ルーズベルト一族と日本』中央公論新社、二〇一六年
・市川裕『ユダヤ人とユダヤ教』岩波新書、二〇一九年
・大嶋仁『ユダヤ人の思考法』ちくま新書、一九九九年
・中濱博『中濱万次郎　「アメリカ」を初めて伝えた日本人』冨山房インターナショナル、二〇〇五年

・服部逸郎『幕臣航海記　太平洋を渡る遣米使節』人物往来社、一九六四年
・マサオ ミヨシ『我ら見しままに　万延元年遣米使節の旅路』佳知晃子監訳、飯野正子・高村宏子・篠田左多江・今井輝子訳、平凡社、一九八四年
・村山有『修好事始　日米両国関係史　上』時事新書、一九六〇年

初出
（「新「古事記」an impossible story」）
「群像」連載　二〇二一年九月号〜二〇二三年四月号
（二〇二二年五月号、八月号、一〇月号、一二月号休載）
＊本書は単行本化にあたり加筆修整を行いました。
本作品はフィクションであり、人物・事象・団体等を
事実として描写・表現したものではありません。

村田喜代子（むらた・きよこ）

一九四五年、福岡県北九州市生まれ。一九八七年、「鍋の中」で第九七回芥川賞を受賞。一九九〇年、『白い山』で女流文学賞、一九九七年、『蟹女』で紫式部文学賞、一九九八年、「望潮」で川端康成文学賞、一九九九年、『龍秘御天歌』で芸術選奨文部大臣賞、二〇一〇年、『故郷のわが家』で野間文芸賞、二〇一四年、『ゆうじょこう』で読売文学賞、二〇一九年、『飛族』で谷崎潤一郎賞、二〇二一年、『姉の島』で泉鏡花文学賞を受賞した。ほかに、『花野』『八幡炎炎記』『屋根屋』『村田喜代子の本よみ講座』などの著書がある。

# 新古事記《しんこじき》

二〇二三年八月八日　第一刷発行

著者　村田喜代子《むらたきよこ》

発行者　髙橋明男

発行所　株式会社講談社

〒一一二-八〇〇一　東京都文京区音羽二-一二-二一

電話　出版　〇三-五三九五-三五〇四

販売　〇三-五三九五-五八一七

業務　〇三-五三九五-三六一五

印刷所　凸版印刷株式会社

製本所　株式会社若林製本工場



ISBN978-4-06-532683-1